大湖波澜

秋鹤 著

五洲传播出版社·北京
China Intercontinental Press

图书在版编目（CIP）数据

大湖波澜 / 秋鹤著 . —北京：五洲传播出版社，2023.7
ISBN 978-7-5085-5066-4

I. ①大… II. ①秋… III. ①长篇小说－中国－当代 IV. ① I247.5

中国国家版本馆 CIP 数据核字 (2023) 第 103037 号

大湖波澜

著　　者／秋　鹤
责任编辑／梁　媛　侯琴雅
设计制作／北京原色印象文化艺术中心
封面设计／张伯阳
出版发行／五洲传播出版社
地　　址／北京市海淀区北三环中路 31 号生产力大楼 B 座 6 层
邮　　编／ 100088
发行电话／ 010-82005927, 010-82007837
网　　址／ http://www.cicc.org.cn　http://www.thatsbooks.com
印　　刷／北京市房山腾龙印刷厂
版　　次／ 2023 年 7 月第 1 版第 1 次印刷
开　　本／ 787x1092mm　1/16
印　　张／ 14.5
字　　数／ 240 千字
定　　价／ 76.00 元

一幅波澜壮阔的大湖画卷

秋鹤同志的《大湖波澜》出版，是一件值得庆贺称道的事情。这部作品倾注了作者的心血和热情，体现了作者对生活的思考，对父老乡亲生存状态的关注，对湖湘地区山水风物的热爱。虽然是虚构作品，但其题材却源于生活，设置了与现实生活高度同质的图景，让人感到真实而又亲切。可以说，这部作品勾画了一幅大湖地区民众为追求幸福生活而进行不懈努力的壮丽画卷。

作者之所以把作品命名为“大湖波澜”，是有深刻寓意的，既有对江湖波澜的自然呈现，也有对社会波澜的隐喻暗指；既有对个人命运斗转的喟然感叹，也有对时代变迁大潮的客观折射；既有对乡邻争端的生动描绘，也有对结构矛盾的客观陈述。开卷之后，作者笔走，读者思移，情节波澜与情感波澜产生共振，实现了作品主题和思想内涵对读者的启示。总之，波澜二字，妙趣横生而又韵味无穷。

自然风物的景象波澜奠定了作品内容的铺展场景。江河安澜、海晏河清一直是中国人对太平盛世的向往，也是对美好生活的一个重要评判标准。如何处理人与水的关系，直接关系到大湖地区群众的生存状态和生活幸福。在作者笔下，人水关系在长达五十年的时间维度中，经历了两次变迁。第一次变迁是从适应顺应水环境到改造利用水环境，人们从忍受水旱灾害之苦到集合力量开展治水实践，实现了从水势迫人到人进水退的状态转换，体现了从靠天吃饭到人定胜天的精神跨越。第二次变迁是从改造利用水环境到治理优化水环境，生活开始好转的人们从过度开发和利用水资源、污染水生态到开始重视合理利用水资源、保护水生态，实现了从人进水退到人水共生的状态转换，体现出从人定胜天到天人合一的精神升华。从作品中可以体悟出人水关系的三重境界：水驱使人、水旱慑人、人水相分；人控制水、水服务人、人水相隔；人水共生、水润泽人、人水相容。当然，秉持充分尊重历史的态度，不能简单对人水关系认识的这三重境界进行优劣排序。是因为对人水关系的理解是随着时间发展而渐次升华的，是随着普罗大众的生活条件改善而改变的，也是随着主人公吉农的成长进步而深化的，使先进的理念真正变成改造社会的实践，需要大众集体认知和共识的建立。人水关系只是人与自然关系的一个缩影，思考以人水关系为代表的人与自然界的关系，有助于我们在感受风雨波澜的同时实现认知水平的提升。

时代变迁的演进波澜揭示了作品主题的叙述逻辑。人都是生活在一定的时代中的，时代构成了人物发挥作用的大舞台。一部作品的精彩之处，既在于对具体历史时刻的精巧描绘、对故事情节的细致刻画、对人物恩怨情仇的生动表现，更在于对宏大社会变迁的自然过渡、对时代声音的细节展示、对人物精神状态的巧妙转换。《大湖波澜》一书揭示的深刻主题主要在于对时代变迁演进波澜的集中呈现。作者秉持强烈的民本情怀，深刻关照湖湘地区百姓的生存命运，在对他们五十年来衣食住行的描写中展现出时代变迁的宏阔图景。在计划经济时代，受制于自然条件和社会经济环境，湖区百姓普遍面临着物资短缺、缺衣少食、出行不便、居无所安等问题，在较低生活水平的不断影响下，人们对自己的命运没有太多的奢望，对幸福生活的理解和追求层次较低，满足感和幸福感主要来源于生活中的点滴小事。能够吃饱穿暖、居有定所，能够与朋友们天真无邪、玩耍打闹，能够读书考学、不断进步，等等，都是值得幸福和喜悦的事情。但在市场经济时代，经历了改革开放的大潮，大湖地区的社会波澜彻底改变了无数普通百姓的生活，人们开始富裕起来，衣食住行得到了全面改善，对环境的要求空前提高，人们的自我意识、自主意识普遍增强，越来越多的普通人开始试图掌握自己的前途命运。与此同时，获得感、幸福感和满足感的实现却变得不那么容易，物质充裕并不必

然带来精神富足，什么是幸福生活，如何创造美好生态环境，是书中提出的重要问题，也是越来越多普通人心底生发的恒久之问。

奋斗拼搏的生活波澜启迪了作品内涵的表达意蕴。自然界的风雨总有平息之时，人世间的风雨却是连绵不绝。面对生活的波澜起伏，勇敢的前行者总能坚定不移，在遍尝生活的辛酸时酝酿生命的甘甜，传播奋进向上的生存哲学。《大湖波澜》一书基调高昂、色彩明丽、人物形象饱满突出，是一曲奋进者的赞歌。书中用含蓄隽永的语言启示我们，生命是可贵的，生活是可叹的，为美好生活而奋斗是值得的，奋斗的结果终究是美好的。作者着力刻画的人物吉农，是一个对家乡父老怀有赤子之情的农民的儿子，他的人生旅途既有风雨激荡之时的波澜起伏，也有峰回路转之后的别开生面，他的个人努力与时代潮流交相辉映，人生足迹与时空转换交织在一起。吉农有梦想、有担当，用拼搏奋斗实现了人生理想，成功实施了绿色计划，改变了湖区的发展面貌，也使自己经历了一次次成长和跃升。其实，吉农这个人物形象正是中国改革开放进程中无数优秀人物的一个缩影，有更多的“吉农们”参与和见证着中国发展进步的历程。这些平凡英雄没有书写惊天动地的壮丽史诗，却在平凡的岗位上为创造美好生活而拼搏奋斗，他们是所在领域、所生存地域的真心英雄，他们用智慧、心血和汗水推动着中国现代化的车轮滚滚向前，托举着大国崛起的梦想。而正是在经历了人生奋斗之后，坐看夕阳晚霞、渔舟唱晚的景象之时，在回首往事，无悔峥嵘岁月之际，才能真正理解美好生活的真实含义，真正感受到生活的可爱之处，并由此对人生有更深刻的感悟。

好的作品在于能够给人带来美的享受，并能够启发人们更深刻地认识世界、观察环境、体味生活。《大湖波澜》一书，虽然描绘的是和平年代的生活场景，但却是波澜不断，让人的阅读过程不乏美的享受和精神启发。读此书时，感受文字如行云流水般顺畅，字里行间激荡着一股前进的力量，随着情节发展，内心波澜起伏，情感的浪潮不时涌动；读罢长思时，又觉行文如美酒般醇厚有力，全书映照着一种为民造福的情怀和格调，又有一种功成身退的潇洒气度。细品此书，读者在品鉴一名务实、负责的好官的成长故事时，大概会经历从情感波澜转向思绪安澜的心路历程。

是为序。

李源正

2022 年 10 月

目 录

第三章　湖畔历练

第四章　治水保垸

第五章　推波逐绿

第六章　绿色城乡

第一章
经风历雨

二十世纪中后期的大湖，湖阔波涌、洲滩密布、河沟纵横、堤垸分割、堤防脆弱、洪水泛滥、非涝即旱、灾害频发。在大湖出生长大的吉农，亲身经历了因水患造成的家园损毁、庄稼失收、缺吃少穿和流离失所。

溃垸

1965年7月的一天，火红的太阳尽管已经向西边天空缓缓移去，但还是异常灼热，烤得土地焦黄，晒得人们睁不开眼，没有一丝风，人们都想着法子往阴凉的地方躲。

有劳动能力的社员是不会躲的，也不能躲，他们要参加“双抢”[1]。这个时候正是一年中最忙碌的季节，早稻成熟了，要把谷子收割回来；紧接着翻耕水田，把晚稻秧苗插下去；棉花也要采摘了。更令人烦恼的是，偏偏在这个忙得不可开交的时候洪水涨了，大家还要去抗洪抢险。因此，哪怕天气再炎热，社员们也要

1 “双抢”即收割早稻，抢插晚稻。

下地干活。只有老人和卧床不起的病人待在家里。淘气的孩子们四处寻找阴凉。

吃过午饭，6岁的吉农穿着一条姐姐传给他的补丁压补丁的花裤衩，打着赤膊，在家里玩泥块、垒灶台、过家家。正玩得起劲的时候，吴德站在门口说："吉农，咱们去队屋边玩，那里凉快些。"

吴德是沙坪大队支部书记吴成的儿子，比吉农年长两岁，和吉农同住在第二生产队，正在上小学一年级。放暑假了，吴德在家闲得无聊，常约吉农出去玩耍。

吉农放下手中的泥块，迎上去打了个招呼，又折回来，在两间茅草屋里看了看，母亲和姐姐都去水田里插秧了，病床上的父亲已经睡着。于是，吉农跟着吴德出了门。

队屋在一块紧靠老堤的土台子上，占地四五亩。台子东北方是哑河，中央一栋五间木瓦结构的房屋，坐北朝南，两端分别建有三间横屋。屋前有一块宽大的禾场，从禾场前面的缓坡下去是一片水田。房屋后面与东西两侧栽有杨树、柳树、樟树、苦枣树。这里原是地主家的老宅子，所以房屋周边的树树龄都很长，树干粗壮，而且枝叶繁茂。大树不仅可以遮风挡雨，也是避暑纳凉的好地方。房屋西边有棵上百岁的樟树，树干比水桶还粗，树冠圆圆的，直径估计有十多米。一直以来，这里都是百姓们的休闲场所。

吉农和吴德来到队屋时，一群六七岁的小伙伴正在屋边的树林子里面嬉戏玩耍。男娃儿有的光着膀子，有的只穿条短裤衩，还有的干脆赤身裸体，女娃儿们大都穿着用土布缝制的花裙。他们玩耍的游戏也各不相同，有的捉迷藏，有的过家家，有的走石子棋，有的跳着用稻草编织的绳子。

吴德在树荫下找了块磨得光光的地皮，用瓦片画出一个棋盘，拉着吉农比赛踢格子棋[2]。

2　格子棋，一种游戏方式。在地面上画一个四五米长、两米宽的方格子，两人并行站在格子的一端，同时单腿起跳，跳着用脚踢各自面前格子里的瓦片；瓦片必须在每个方格中停留一次，没有停留或停留多次，视为犯规；双脚落地和中途换腿也是犯规。谁先把瓦片踢到另一端的方格子里就算获胜。

两人才比了三轮，突然听到有人大声喊道："大堤出险了！快去抢险啊！"

吉农停住脚，对吴德说："我们去看看吧。"

吴德赢了两轮，兴致正浓，见周围的小伙伴们都走了，才很不情愿地跟着吉农一道向出险堤段走去。

出险的堤段在沙坪大队的东北角，离大队部两三百米，是一条由西北向东南延伸的老堤。

湖区的老百姓与水有着不解之缘，怕房屋被水淹，都要找地势高的地方住，老堤堤面上便挤得满满的。他们又怕干旱缺水，干旱了要把水从河里引进来，滋润庄稼；田地里的水多了也不行，必须排出去，否则庄稼会被淹死。所以，临河的堤段都要选择适当的位置安装排灌设施。出险的堤段就埋有抗旱排涝的硒管。

埋硒管的堤段明显比两端的堤身矮小一些，堤面上也没有住户。堤外边是一条哑河，堤内是若干年前淤积起来的冲积平原，因为土质含沙多，被当地人叫着沙坪垸，人民公社时期称为沙坪大队。沙坪大队有五百多户人家，两千多农民祖祖辈辈就居住在垸内，耕种着六千多亩土地。

这次的险情是因为堤身矮小，加上硒管没有塞牢，被洪水冲开，导致河水倒灌。吉农与小伙伴们跟随着人流涌到出险堤段时，大队长舒友带领社员们正在拼命组织抢险。

出险堤段最低的堤面与河水相差不到半米，河堤内侧离硒口几米远的水面，冒出脸盆大的水泡，堤身已经开始脱坡[3]了。舒友正指挥一群青壮劳力在迎水面打抱围[4]，在硒管前堵入口。抢险人员有的挑土、有的打抱围、有的垒沙袋，紧张而有序地忙碌着。土场[5]离出险地点太远，舒友就安排劳力在高大结实一些的堤段背水面，就近挖来泥土倒在出险的堤脚。沙袋不够，舒友就安排社员四处找来

3　脱坡，堤坝等水利建筑物的斜坡被水冲塌。

4　打抱围，用木桩等材料将渗水的地方围起来，然后填沙土、石块等。

5　土场，取土的场地。

麻袋、布袋和各种编织袋，装上土，抛在迎水面的老硆口。眼见硆口越冲越大，堤内脱坡越来越严重，舒友在社员中挑出几个水性好、年纪轻、身体强壮的男劳力，手挽手站在硆口前，用身体挡住河水，减轻冲力，以保护抛下去的泥土、沙袋不被河水卷走。如果有块石抛下去就好了，可是根本找不到；打抱围的木桩都是就近社员捐献的，有几个社员还从家里背来门板和木方。尽管抢险人员竭尽全力，甚至冒着生命危险抢救大堤，最终由于单薄的堤身浸泡时间太长，抢险作业面太窄，加上器材严重不足，太阳落山前，河堤溃决了，气势汹汹的洪水涌进了垸内。

舒友是吉农的姑父，四十来岁，瘦高身材，国字形的脸庞时常板着，两道浓眉也很少舒展，看起来凶得很。他三十岁出头当上大队长，很会办事，爱讲真话，也主持公道，威信高，深得社员们的信服和尊重。他与吉农的二姑结婚前有过一次婚姻，并且生育了三个子女。吉农的二姑个子不高，鹅蛋脸、柳叶眉、皮肤白嫩、清秀俏丽，是典型的江南美女，花季的年龄刚过不久，就被招工到西湖地区最大的棉纺织厂当纺织工人，几年后放弃农家子弟日思夜想的“铁饭碗”，回到农村与舒友结了婚。

舒友生长在水窝子里，天天和水打交道，自从当上生产队干部，十多年来几乎每年都要组织防汛抢险，像沙坪垸这样的险情不知抢过多少次。这次沙坪垸大堤溃决，没有抢住，确实有些意外。

今年的汛期来得早，持续时间长，沙坪大队南边外河里的洪水一直居高不下，有几天都超过危险水位。十多天前刚刚进入汛期舒友就带着青壮劳力赶到防守的责任堤段，除杂草、清障碍、修通道、开导浸沟，每天二十四小时轮流巡堤查险，还处理了多处险情。社员们累得筋疲力尽，外河洪水才退下去。大家正准备稍加休整之后，再投入“双抢”，没想到内河又出现了险情。生长在水窝子里的人对内河防汛看得不是太重，认为几条哑河积不了多少水，对河堤压力不大，即使发现险情，也容易抢住，思想上有些麻痹大意。其实浸泡了一个多月的矮小堤身早已弱不禁风，根本经不住底硆漏水的冲击。险情出现后才会有些措手不及，最终导致堤垮垸溃。

吉农眼睁睁地看着洪水冲垮河堤，涌入垸内。刚开始，洪水只把河堤撕开了一道小口子，继而越撕越大。好在内河是静水，没有多大压力，口子撕到十多米宽便停止了。河水顺着缺口涌向沙坪垸内，金灿灿的稻穗、绿油油的蔬菜和即将吐絮的棉花，一片一片地全部淹没在洪水之中。

虽然大部分农户住在河堤上，但也还有几十户选择在垸内地势较高的地方居住。居住在垸内的农户大多数被水淹了，家具用具、牲畜家禽都来不及转移，浸泡在水里，还有些老人和孩子没有撤离。舒友弄来几条小木船，组织社队干部和社员，把船划到垸里，逐户查看清理；又指挥家里有木料的社员把木板、木方拼在一起当船用。大家想尽办法把被困的老人、小孩和能搬走的家具用具转移到堤面上。

溃垸后，鱼是最活跃的。沙坪垸内几口堰塘里养殖的草鱼、鲤鱼、鲫鱼，不少自繁自生在沟港渠道内的野生鱼，这时全部窜了出来。河堤溃决时，河里的鱼在河水的作用下，顺着溃口流到垸里，然后与垸内的鱼汇集在一起，拼命寻找出口，向上水游去。这些鱼成群结队地游到溃口处，极好捕捞。社员们拿着渔叉、鱼钩或渔网，见到鱼就捕。有时鱼蹦到堤面上，可以直接用手捡到鱼。

吉农正想着能否碰上好运气，能捡到一条鱼，给生病的父亲补补身子。“扑通”一声，一条一尺多长的鲤鱼正好蹦到离他不到一米远的地方，他立即扑过去，双手刚碰到鲤鱼，却被人猛地推了一掌，倒在地上。抬头一看，鲤鱼已经在吴德手中了。鱼头被吴德的双手紧紧捏住，鱼尾还在不停地摇摆。吴德尽管站的位置离鲤鱼有两米多远，但他比吉农高出大半个头，体格也强壮得多。所以，他见到蹦上岸的鲤鱼后，一个箭步冲上去，推开吉农，把它抢了过来。

吴德仗着父亲是大队书记，天不怕地不怕，经常欺负小伙伴，是个小魔头，哪个小伙伴有好玩的物件、好吃的食品都要孝敬他。

“鱼是我先看到的，赶快还给我。”吉农从地上爬起来，一边大声喊叫，一边奔向吴德，试图把鱼夺回来。可怜他那小小的身板，被吴德用力一撞，摔了个

四脚朝天。他再次爬起来，冲上前，双手死死地扭住吴德不放。围观的大人、小孩谁也不愿意去管。这时，舒友正好路过，立即跑过来，把吉农拉开，并厉声喝道：“农儿，鱼都到人家手里了，还抢什么！早点回家。”

吉农听姑父的话，松开双手，委屈地拍拍身上的泥土，重重地叹了一声气，默默地离开溃口处，迎着即将降临的夜幕，朝家里走去。

倒房

吉农居住的沙坪垸是偌大的冲积平原中的一个小垸。冲积平原的东面是一个宽阔浩瀚的大湖泊，人们把它叫作大湖。这个大湖，东北角连接长江，属扬子准地台[6]江南地轴上的断陷盆地，盆地形成于燕山运动和喜马拉雅运动时期。第四纪以来，大湖拗陷盆地在新构造运动作用下，再次全面下沉，形成沉积，成为长江中游沉积层序分布最广、厚度最大、类型最全的地区。

汉晋以后，长江流域人口逐渐增长，垦殖活动强度增大，自然植被受到破坏，长江的含沙量开始增多，河道逐渐淤塞，河床自动调节抬高。东晋永和年间，湖泊的淤积加速，形成大小不一的湖群。唐宋时期，随着堤防不断修筑，江面束狭、泄洪不畅，洪水水位抬升，江水顶托倒灌概率增大，使湖泊呈现明显的扩张之势，水域面积不断扩大。清朝中期开始，由于朝廷疏于治理，加上地方堵口截流，围垦造田，大湖面积开始衰落。到十九世纪中叶，大湖进入有史料记载以来由盛变衰最为强烈的阶段，湖泊水域面积从六千多平方公里，萎缩至三千多平方公里。

大湖由东北至南到西北呈“U”字形，东北部叫东湖，南部叫南湖，西部叫西湖，东、南、西三个部分由较窄的湖面或宽大的河道连成一个整体。长四百多公

6　扬子准地台，指包括从云南东部至江苏的几乎整个长江流域和南黄海在内的准地台。为晚元古代末由扬子旋回形成的地台。

里、流域面积两万平方公里的北水由西向东流入西湖的北部；长一千多公里、流域面积近十万平方公里的南江由西南向东北，流入西湖的南部。

十年前，大湖遭受了有史以来最罕见的洪水袭击，大大小小上百个自然形成的湖汊子垸全部被淹，变成一片汪洋。洪灾过后，江东县北部六个公社出动几万劳动力肩挑手提，在大湖的西部围垦起一个大垸，当地人都称之为湖西垸。沙坪大队就在湖西垸南端的一个子垸里。

沙坪大队南临南江，东北面有一条哑河，可通往湖西垸六个公社的集镇。明朝末年，吉农的祖先们陆续从江西吉水搬来居住时，这里还是一片滩涂，随着岁月的流逝，泥沙不断淤积，慢慢形成了冲积平原。据说祖先们原先选择在一块泥沙淤积起来的平原上修建房屋，但是房屋年年被洪水淹没，后来人们便不断地在平原周围修筑大堤，挡水护垸，并将房屋搬迁到地势高的堤面上。

吉农家的房屋在子垸东北边的老堤上，是新中国成立初期父亲分家时修建的两间茅草房。门朝东开，门前是哑河；房屋后面是一片水田；沿哑河南行三公里就到了临湖公社机关所在地。

公社机关所在地是个集镇，集镇东边的哑河在最南端与大湖交汇。交汇处有个排水、行船的水闸，水闸由苏联专家援建，动力是蒸汽机。水闸将湖西垸与大湖连通，闸门只在内外河水位相差不大，而且需要引进湖水或者排出垸内渍水的时候开启。有时枯水季节也开启闸门，用以放行过往的船只。社员们去公社集镇办事一般走堤上，几十分钟就到了，有时候也划船去。

吉农出生在一个人丁兴旺的大家庭里，爷爷和奶奶生育了五个儿子、三个女儿，父亲在兄弟姐妹中排行老大。听父亲讲，分家时吉农还没有出生。那时，二叔早已离开家去外地工作。全家人说起二叔都很自豪。新中国成立前夕，二叔在西湖地区高级农业中学读书，加入中国共产党，从事过地下组织活动，解放初期到西湖地区西北方的山区剿匪，剿匪结束调到南京炮兵学校任职。三叔出生不久就过继给本家伯父，已经在相邻的公社结婚生子。大姑嫁在本生产队，就住在吉农家隔壁。二姑嫁给舒友。四叔也已结婚，生有两男一女三个孩子，虽然分灶吃饭，但还住在祖屋里。只有小叔和小姑还未成家，跟父母一起生活。

当时农村分家，分出去的儿子要独立门户，父母亲会从祖屋拆部分房屋给儿子。吉农家的祖屋是祖辈传下来的，有五间正房两间偏屋，正房木瓦结构，偏屋盖着茅草。爷爷和奶奶商量：“大儿子分家要打发点家产，就拆两间偏屋给他吧！”

父亲听说后坚决不要，他说：“家里就这么几间房屋，我把偏屋拆走了，老的老、小的小，八九个人怎么住得下。”

爷爷过意不去，就从祖屋找了几根木头，几块木板打发给大儿子。修建房屋的材料不够，父亲又划着船到山区买了一些树条、木方、楠竹等回来。

吉农家的房屋也建在老堤上，祖屋往南走相距六户人家。房屋建得很简陋，两间正屋两间偏屋不到一百平方米。正屋的间壁由中间高、前面低、后面更低的三根立柱支撑，立柱之间用木方连接；房屋的八字顶由木条或楠竹连接，盖上稻草；周围的墙壁用粗黄麻梗裹稻草，中间用细竹竿加固，制成草帘后糊上淤泥。正屋旁边搭的茅草偏屋，左侧作厨房，右侧是猪圈、鸡笼和厕所。

正屋里面陈设非常简单，一间放了一张由四根细木柱支撑蚊帐的床铺，两个小床头柜，一个放衣服的旧立柜。家里女人多，父亲不知从哪里弄来一个放镜子、梳子、发夹等用品的矮柜。另一间在中间用砖头砌了两堵矮墙，搁几块木板，开了张简易床铺。夏秋两季，为防止蚊子叮咬，床铺四个角会绑上竹竿，挂上蚊帐。房屋的角落里，还用土砖砌了个放粮食的土池子。其实，吉农从没有见到过池子里放粮食，绝大部分时候放些铁锹、锄头、簸箕、扁担等杂七杂八的农具用具。

做厨房的偏屋里，灶是用泥土垒起来的，一大一小两口锅。大锅平时很少用，只有过年过节或家里来了客人，煮煮饭、烧烧水。灶后面放了一个没有门的碗柜，碗柜分上下两部分，上部分两层用木板隔开，放碗、钵、筷子和油盐瓶罐；下部分放脸盆、脚盆、簸箕、筲箕、擂钵和一些零零散散的厨房用具。灶的旁边有一张四方桌子，四条长板凳；切菜的砧板和刀平时放在桌上，吃饭时移开，这样可以把桌面腾出来。厨房里还有两只水桶和一根扁担，以及一大一小两口缸，大缸盛水，小缸装米。

另一侧偏屋，猪圈在房屋前面。吉农家的猪圈是个摆设，因为没有多余的粮食，养不起猪，猪圈里时常放些柴火。偏屋后面是厕所，也叫茅坑，在地上挖一个坑，埋口缸在坑里，缸弦略高于地面，缸上放两块木板，人站在木板上拉屎、撒尿。鸡笼在茅坑后面，家里常年养了五六只鸡。鸡白天敞放在笼外觅食，晚上回到笼里。鸡蛋是舍不得吃的，要拿它换油盐。

除了讲究的富裕户外，一般老百姓家的猪圈和茅坑之间是没有间壁的，猪圈和禾场之间也只用几根木棍或竹竿隔离，只要能把猪关住就行了。偏屋周围的墙壁也很马虎，有的插几根秸秆或树枝，有的挂块破布或麻袋片，有的垒几块土砖，一眼看去，屋里屋外风光直通。上厕所夏天还好，有凉风吹进，只是害羞的人要观察周围有没有眼睛；一到冬天，拉次屎恰似受次刑罚，寒冷的北风吹得屁股刀割一般疼痛，如果蹲的时间长了，两腿会变得僵硬，屁股也会红肿，甚至生出冻疮来。

吉农家的厕所和猪圈是相通的，厕所内外也只插了一些黄麻梗隔离；茅坑开始只是一个土坑，后来筹了点钱，才买了口缸埋进去。孩提时候的吉农，最怕冬天上厕所，尤其是晚上，哭喊着让母亲拿个瓦罐接着。稍稍懂事后，他差点因为厕所不密封误入歧途。

那天下午，上小学的吴德放学后找到吉农，说是去看稀奇。两人来到彭三妹家厕所旁的稻草堆后躲了起来。吉农问："这么神神秘秘，有什么可看的？"

吴德一脸坏笑，小声说："等会儿你就知道了。"

一会儿，小巧白嫩的彭三妹走进了厕所，吴德轻手轻脚来到茅坑外面的墙壁边，一只手扒开挂在屋檐下的麻袋片，另一只手召唤吉农向他靠拢。吉农好像一下子明白了什么，随即心跳加快，血往上涌，赶紧地跑掉了。

说来也怪，几年后，高中毕业的彭三妹在沙坪大队学校任民办教员，与当校长的吴德谈起恋爱，有段时间形影不离、如胶似漆，爱得死去活来的，俨然是一对恩爱的小夫妻，但后来不知道是什么原因，突然就分手了。

其实，像吴德这样调皮捣蛋的小男生，利用间壁偷窥蹲茅坑的小媳妇、小姑娘的事时有发生。吉农几次亲眼看到他们被赶得抱头鼠窜。

吉农家房屋的柱子都很细小，而且柱子、串梁（制作房屋的长方形或圆形木料）之间的连接都是用铁丝、麻绳、铁钉固定的。房屋虽然能勉强支撑起来，但经不起风吹雨打。湖区的农民没有栽树的习惯，即使栽树，也只栽些长不高大而且材质不好的杨柳树、苦枣树、桑葚树。有些人在房前屋后栽一些水竹，大拇指粗，两三米高，四季常青，像队屋那样周边有几根古树的老宅子很少很少。大湖地区属北亚热带季风湿润气候区，风雨特别多，尤其是夏秋季节，风暴频繁。因此，在广袤的湖区，一旦风暴来了，无遮无挡，不牢固的房屋时常被风吹倒。吉农从记事起就提心吊胆，害怕自家房屋被风暴吹倒。家里经常备有几根木桩，风暴来了顶上房屋。

决堤溃垸后的第二年夏季，有天下午，吉农正在家里玩耍，突然一场风暴刮来，正在田间劳作的父母亲，立马放下手里的农活，赶到家里，与大姐二姐一起堵大门，顶柱子、墙壁。风越吹越猛，雨越下越大，墙壁不停地摇晃，紧接着房顶被大风刮走了，没过几分钟，只听“吱、吱、吱”几声响动，柱子快折断了。父亲赶紧拽起旁边吓得哇哇直哭的吉农，一脚踹开房门，并朝妻子、女儿大声喊道：“顶不住了，快出去，趴在屋外边！”

全家人刚出大门、趴在禾场里，房屋就被暴风吹倒了。

房屋吹倒后，吉农又回到祖屋与爷爷奶奶暂时居住在一起。这时，四叔已另立门户，拆走一正一偏两间祖屋，在祖屋旁边建了新房；最小的叔叔也从江东县一中毕业，去湖西垸北边的一所公社中学当了老师；小姑嫁到了邻近大队。可是，三叔的继父母过世后，一家八口人又搬了回来，住在祖屋里。祖屋的房子更挤了，剩下的四间房屋住了十来个人，如果吉农一家六口再进去，实在住不下。

吉农的父亲见祖屋太拥挤，只好四处借钱筹材料，半年后才勉强在原来的宅基地上，建成两间比原来更小、更差、更单薄的茅草房。虽然住进了新屋，吉农心里更加忐忑不安，生怕刮风下雨、碰上大风暴。

大旱

连续几年的洪涝灾害之后，又遇上特大干旱。沙坪垸溃决的第三年，进入夏季不久，老天爷就没有下过一滴雨，好像忘记了天底下还有个大湖，以及生存在大湖地区的几十万生命。

火红的太阳仿佛掉在了地上，把大地烤成一片焦土。持续的高温使得四处都是灼热的空气，让人没有地方躲藏。江河、湖泊、池塘成了避暑胜地。吉农家门前的哑河，每天下午两三点就有人陆陆续续下水，到了五六点河里聚满了人。有些小孩中午就一头扎进河里，有的甚至从早到晚泡在河水中。

吉农怕热，一心想找地方纳凉，恨不得早饭也不吃，就往河里钻。人在水里泡的时间太长是不行的，容易生病，还容易溺水。吉农的一个表兄就因为在哑河里游泳的时间太长，体力消耗太大，游到河中后没有力气游回岸，淹死了。有的人说是他未吃饭，没有力气游到岸边；有的人说是他腿抽筋，游不动了淹死的；还有的人说得更邪乎，说是原先淹死的人变成水鬼后要投胎，找表兄作了替身。表兄出事时吉农也在场，当时年纪小，正和几个小伙伴在河边玩，突然发现表兄不见了，于是拼命喊叫。等大人们找到表兄时，已经晚了。

表兄淹死以后，有段时间，下河游泳的人谨慎了许多，再也不敢一个人单独下水，整日泡在河里的人也没有了。天黑前哑河里的人就不约而同地爬上岸，穿衣回家，就怕被水鬼抓过去做替身。不过，这仅仅是迷信的说法，真正的原因是担心发生险情无人救助，溺水身亡。

吉农在哑河里也发生过危险。那次，他和一群小伙伴在哑河里戏水纳凉，见吴德等大点的孩子游到了河对岸，心里痒痒的，也想游过去。可是，根本不会游泳的他，一到深水处，双脚离开河底，马上两手乱爬，两耳嗡嗡地响，两眼冒着金花，口鼻里呛进了水，人渐渐往下沉，随即失去了知觉。

吉农清醒时，发现自己躺在堤坡上，周围站满了人。原来小伙伴见吉农游离岸边后，先是手脚打得水花四溅，随即不断下沉，便拼命地喊：“救人啊！吉农游不动了。”

正好有两个大人路过，把吉农从水里拉了起来。从那以后，吉农再也不敢擅自下水游泳。平日里，父母亲在他背上用锅灰做上记号，发现记号没了，就要罚跪挨打。为了不罚跪挨打，吉农极其小心地保护着记号，不敢沾水。每天太阳落山前后，他还是可以在哑河里游上个把小时的，但必须有大人盯着，有时是父亲，有时是母亲，有时是姐姐，有时是堂兄表兄。每天早上起床，吉农就盼望太阳早点偏西，早点接近地平线，因为只有那个时刻到来，才能去河里享受凉爽。游完泳，吃完饭，躺在禾场里的竹床上乘凉，母亲坐在竹床边，拿着芭蕉扇子不停地给他驱蚊、扇风。屋里太热，吉农有时睡在禾场里，母亲则通宵为他摇着扇子。他睡香了，养足了精神，第二天又到处去游玩，可是母亲还得拖着疲惫的身子去参加集体劳动，为全家人的生存奔波、操劳。

天气再酷热，聪明人都有躲避的办法，可农作物就撑不住了，尤其是赖水而生的稻谷。大湖地区是稻谷主产地，是国家重要的粮食生产基地，全省六成的粮食在这里产出，七成的国家粮食征购任务由这里完成。这片土地上，九成的耕地种植着水稻，老百姓几乎都是靠种植水稻获得生存的。

由于近两个月没有下雨，原本不多的地表水，很快被高温蒸发了。社员们急得像热锅里的蚂蚁。

干旱刚来时，社员们用水车，把沟渠、池塘里的水输送到田里，缓解燃眉之急。时间一长，沟渠、池塘都干涸了，水车也没水了。内河里虽然还有一点水，但水车扬程不够，车不到水，有的地方就把全大队的社员组织起来，把水一截一截往上提。但因为受旱面积太多，根本解决不了问题，只能眼睁睁地看着稻田干涸，稻叶发黄。

沟渠、池塘里的水逐渐耗尽的同时，哑河、湖泊里的水也快见底了。河湖里的水与田地的落差太高，除非集中众多的人力水车，通过几级车水，但沙坪大队田地太多，而且分散，水车不够。后来大队筹钱买了一台柴油抽水机，日夜不停地在各生产队轮流抽水。但是几千亩水田，干旱了几十天，都需要抽水灌溉，这台柴油抽水机完全是杯水车薪，无济于事。

由于干旱缺水，当年的早稻大多枯死，短收了七成；晚稻因为延迟了育苗、插秧的季节，短收了四成。全年收割的稻谷，在完成国家征购任务后，所剩无几。年终决算，一个劳力一天才六分钱的收益。吉农家收入少得可怜，每个月仅分到几十斤稻谷。

眼看要过年了，生产队分给家里的粮食快要吃完了，年货却一点没有准备。吉农的父亲寻思着去外面做点小生意，贩点东西卖，赚点钱渡过难关。父亲喜欢做生意，也很会做生意，十多岁就开始做小生意。他先是把自己捕的鱼、挖的藕拿到集市上去卖；后来收购周边人家多余的莲子、花生、棉花、鱼虾等农副产品，拿到集市去卖；再后来把贩卖的东西拿到大湖周边的县城或大集贸市场去换钱，或者换些布料、毛线、鞋帽、油盐、饼干等。新中国成立前的一年腊月初，父亲把收购的几百斤稻谷、棉花，用租的一条木船，运到大湖南边去卖，但腊月二十八快过年了还没有回家。爷爷急着去找，找了几个县城和集镇，腊月三十才找到父亲。这才知道父亲被人骗了，一船货物赔得干干净净，不敢回家。

这次父亲吸取教训，带去的东西少，全是一些小宗的农副产品。他提前两个月就开始准备，到信得过的社员家里去赊购农副产品。亲戚家的东西说点好话可以赊到，非亲非故的社员家里的东西，就必须交订金。社员们害怕父亲亏掉，辛辛苦苦攒的一点东西会打水漂，加上家家户户的农副产品本来就没有多余的。到出门前，父亲才收了些带壳莲子、干鱼、黄花、花生、棉花，总共不足百斤。东西不重也好，体弱多病的父亲挑得动。父亲出门之后，吉农一直挂念着，掰起手指头数日子，还不停地问母亲："爹爹出门多久了？路上顺不顺利？东西卖出去没有？能不能带点好吃的回来？病情有没有复发？"

那天深夜，父亲悄悄地溜回家里。这次换回了毛线、饼干、生红薯、红薯干，还有毛巾、肥皂、洗脸盆等一些日用小商品。同时，还带回了吉农爱吃的棒棒糖。

爱吃糖是孩子的天性，父亲每次出远门，吉农都期盼着他早点回来，与其

说是盼望父亲，不如说是盼望父亲带回的几颗糖果。父亲手头拮据，每次买得不多，就几毛钱的，但是每次都变着花样，所以姜糖果、打白糖、牛皮糖、棒棒糖、桂花糖等吉农都吃过。

父亲回到家里的第二天，赊账的债主们都来收账了。有的事先说好要物资，当然更多的是要现金。父亲很讲信用，把赊账还完，自己就只剩少量的毛线、饼干、生红薯和薯干了。

毛线是粗的，留下来织毛衣。吉农的母亲很会织毛衣、做布鞋、绣鞋垫，除了炎热和蚊虫太多的夏天，几乎每个能够利用的夜晚，她都会在灰暗的桐油灯下做针线。每当这个时候，吉农就守候在母亲身旁，看着她一针一线地缝着、织着、绣着，眼睛眨都不眨一下。累了就趴在母亲的大腿上睡觉。睡着了，母亲就会轻手轻脚地把他抱到床上。

生红薯和薯干都是自己家的口粮。做饭时，母亲先把一小筒淘好的米放在锅里，和水煮沸，再用筲箕把米汤沥出，然后把洗净、剁成块的红薯，或者洗净、泡胀的薯干放在锅底，最后把煮好了的米饭铺在红薯或薯干上面，稍微放点水，盖好锅盖，焖十几分钟，米饭和红薯都熟了。

红薯饭香喷喷的，吉农和姐姐、妹妹都抢着吃，可是连续吃十天半月就厌烦了。红薯饭粗糙，有时候卡在喉咙里咽不下去；加上缺少油水，容易上火，有时候两三天拉不出屎来。不过，饿极了肚皮的吉农还是盼望着有口红薯饭吃。

可惜，父亲带回来的生红薯、薯干少，仍然没有使吉农家里的粮食维持多久。腊月二十九的晚上，母亲还是悄悄地拿着围裙，找富足点的亲戚、邻居借了煮白米过年。

失火

谷雨时节，万物茁壮成长，大地一片生机。河渠边碧绿的枝叶把柳树压弯了腰，沟渠里茂密的野草争先恐后地疯长着，油菜花儿已经凋谢，结出了丰硕的果实。社员们忙忙碌碌，有的收割油菜籽，有的翻耕绿肥，有的整理稻田，有的抢插秧苗，有的播种棉花。早插的秧苗已经扎下根来，慢慢地发出新叶，青青的叶片十分耀眼。还有几个社员正弓着背，仔细地清除秧田里的杂草。

湖西垅的老百姓有个不成文的规矩，虽然都是出集体工，但男女劳力干的农活是有区别的，水田里的、偏重的农活一般由男劳力去干，旱地里的农活轻松些，则留给妇女们。当然，春插、秋收，尤其是“双抢”，实在太忙，尽管都是水田里的活，妇女们也是要下田的。

社员们清早出工，上午八九点钟回家吃早饭，下午一点钟左右回家吃中饭，饭后赶紧出工，太阳落山结束一天的劳作，收工回家吃晚饭。出工收工，要仔细倾听挂在队屋禾场旁边那棵老樟树上的洪钟发出的声音。距队屋远的社员听不到钟声，全凭感觉，或者互相吆喝。吉农的大姐一般不出早工，留在家里招呼弟弟、妹妹们起床，收拾家务，做早饭；吃完早饭下地干活，中午提前回家做饭。

那天，春插接近尾声，大姐和母亲在最后一块田里插秧。那丘田有三四亩面积，娘俩要了八分田。插秧按面积记工分，一般宽三寸、长五寸左右的架子禾[7]，插五分田的秧苗记十分工；也有插六七分田记十分工的，那是宽四寸、长六寸以上的架子禾，或插散手秧[8]。大姐的手很灵巧，临近中午，田里的秧苗快让母女俩插上了架子禾。她与母亲打了一声招呼，洗洗手脚，提前回家做午饭。

大姐做的仍然是汤饭[9]。她每天做饭都要费一番心思，先看看米缸里有多少米，再决定煮白米饭还是做汤饭，不过煮白米饭的时候极少，绝大多数时候都是做汤饭。米多时，青菜放少点；米少时，青菜放多点。近段时间米缸里没有多少米了，所以大姐煮出的青菜糊看不到几粒白饭。吃饭时就一碟酸盐菜或几片酸刀豆、几块酸萝卜。这饭还不经饿，吃后两三个小时，肚子里就饿得咕咕叫，有时还会四肢发软。

7 架子禾，在耙平的水田里，用木制的架子纵横拖出线条，秧苗插在线条交叉点上。
8 散手秧，用绳子把水田分成垄，在垄中按规定的尺寸插上秧苗。
9 汤饭，又叫青菜糊。将煮熟的米饭里放一些青菜，多加一些水，煮成米糊。

大姐顺路在自留地里摘了一把青菜，回到家中，把稻草从屋外抱进灶台前的柴窝里。柴窝很简陋，在离灶孔几十公分远的地方，绕着墙角，用几根小木桩围成一个一平方米左右的长方形围栏，木桩之间用竹片和草绳固定。她放下稻草，转身拿竹筒在米缸里舀多半筒米，想了想，又将筒里的米倒点回去。将半筒米倒进洗脸盆里淘洗干净，再从水缸里舀两瓢水放在锅里，盖上锅盖。然后绕到灶孔前，拿把稻草放在灶孔里，划燃火柴，点着灶孔里的稻草，又去洗青菜。

在一旁和妹妹玩耍的吉农，突然看见灶孔里的火烧到了灶外，正沿着散落在灶外的稻草，向柴窝烧过去，大声喊叫："姐姐，着火了！"

大姐回过神来，顺手拿起一个脸盆，从水缸里舀起一盆水，用力泼过去。火大了，很快烧到了柴窝里，她又去水缸里舀水，再泼。四五个来回过去了，火势不仅没有压下来，而且越烧越猛。转眼柴窝里的稻草烧燃了，大姐一边泼水，一边哭喊着："救火啊！快来救火啊！"大姐冲着吉农喊："赶快把妹妹牵出去。"吉农拉着吓得大哭的妹妹往屋外跑，嘴里大声哀号着。

茅草屋原本就容易着火，加上今年遇上特殊年景，"谷雨"季节雨很少，天天阳光灿烂，屋里屋外、屋上屋下的茅草晒得焦干。一会儿，火烧着了靠柴窝的茅草间壁。很快，偏屋屋顶上的茅草烧燃了。邻居们纷纷赶来救火，有的用桶浇，有的用盆泼，有的用树棍、树枝打，但都是杯水车薪。熊熊的大火烧到了正屋。隔壁的杨大伯冒着滚滚浓烟，一个箭步冲进屋里，把灰头土脸的大姐救了出来。父母亲从田地里赶回来，看到姐弟几个已经出来，心里稍微轻松了一些。

父亲还不死心，想把火灭掉，从身旁的社员手中夺过水桶，到门前的哑河提水，拼命去浇，但无济于事。不到几个小时，茅草屋连同破旧的家具烧了个精光。一家人抱成一团，号啕大哭。母亲边哭边诉说："老天爷不开恩呀，前年风暴吹倒我家的房屋，今年又起火，让我们怎么活啊！"

社员们纷纷过来开导，有的说："烧也烧了，想办法再修，别想不开，哭坏了身子！"

有的说："不幸中的万幸，孩子们没有出事。"

还有的低声细语说："两间破破烂烂的茅草屋，值不了几个钱。火烧旺地，兴许会因祸得福呢！"

舒友也赶了过来，对大哥大嫂说："你们也别太难过了，队上会帮助你们把房屋建起来的。"

不少人陪着吉农一家人难过流泪。失火后，大姐十分内疚，总觉得是自己没有招呼好，才出了这档事，把失火的责任揽在自己头上。她从小就不爱说话，现在话更少了，常常一个人呆呆地坐着，别的小伙伴邀她去玩，怎么邀都邀不动。父母亲见女儿这个样子，很是心痛，反复对她说："这事不能怪你，是家里条件太差了，住茅屋，烧稻草，还要你这个未成年的女娃娃做饭。"

吉农也有些懂事了，拉着大姐出门玩，找大姐说话，想方设法让大姐振作起来。

跌入大湖

房屋被大火烧毁后，家里一时拿不出钱来重建，吉农的父亲想去大湖里捕鱼，积攒几个钱回来，重新修建房屋。

当时，没有经过生产队、大队、公社三级组织同意，社员是不能随便离开耕种着的土地，外出搞其他营生的。父亲先找舒友求情，请妹夫帮忙做通生产队长和大队书记的工作，再由大队出面，向公社汇报。社队干部看到这家人没有房屋住，到处寄居，实在可怜，加上有大队长出面，就批准了他去大湖里捕鱼的请求。不过，约法三章：暂定一年；按月向生产队缴钱换取工分；按工分在队上分粮分物。

在大湖里捕鱼，船是必备的，买船需要的钱尽管比修建房屋少，但吉农家里还是拿不出来，父亲只好四处去借。借来借去仍然不够，就硬着头皮和卖船的商量，半买半赊地弄回一条旧木船。船太小，容不下一家六口，父亲就把两个小女儿寄放在爷爷奶奶家里，带着妻子、大女儿和吉农上船。四个人在船上也很拥挤，但是没有办法。大女儿不能不去，父亲怕自己旧病复发了，妻子没有帮手；

想把吉农与两个小女儿一起留在爷爷奶奶家里，又担心两位老人照顾不过来，还怕吉农调皮捣蛋，两位老人管不住，只好带在船上。

在大湖里捕鱼用的工具是牛钩。牛钩的形状像现在的鱼钩，只是大了许多：小的半寸长，大的一寸左右。牛钩的一头用细绳子连着钩柄，另一头连着粗两毫米左右、长两百米左右的绳子，连接牛钩的绳子圈在两米多长的竹竿上。放牛钩时，人卧在船头，将绳子一截一截放入水中；收牛钩时，又将绳子一截一截收起来，圈在竹竿上。

牛钩每天天黑前放入河水中，第二天天亮后收起来。放牛钩很有讲究，一般选择水面宽百米左右的湖汊、河道或港湾。两根固定牛钩的竹竿插在浅水区，牛钩悬在水中。牛钩离河底的高度依鱼的习性确定，一般距河底尺把远，也有贴近河底的，那是钩深水鱼用的。人们用小竹筒作悬浮器调节高度。鱼在水里游动时，碰上牛钩就跑不脱了。

通常早上一边收钩一边起鱼，有时不收钩，只把水中的钩检查一遍，看有没有鱼。最兴奋的是钩到鱼用网把鱼捞上船。捕到的鱼一般半斤以上，大的十几二十斤，三五十斤的也有，但极少，完全凭运气。有时一天能捕几十斤鱼，也有时一天一条鱼都捕不到。

放牛钩时很干净，不像坨钓把钩捏到牛屎上，两手会沾满屎；牛钩捕的鱼较大，不像丝网捕到的鱼那么细小；牛钩捕的鱼好吃，不像鹭鸶咬到的鱼有气味。所以，父亲在坨钓、丝网、鹭鸶、牛钩等大湖地区几种主要的捕鱼工具中，选择了使用牛钩。

一家人挤在小木船里，常年在大湖里放牛钩捕鱼，最怕的是刮风起浪，尤其是刮强风暴，起大浪。刮风了，湖面越宽掀起的浪花越高，对小船的威胁越大。父亲一旦发现有风暴的苗头，就会赶紧把船开到岸边、堤下、窄河、浅滩、港湾等背风的地方，尽量躲避风浪。有时躲也躲不掉，浪花打进船舱，舱里积满了水，母亲和大姐拿着瓢盆不停地往外浇，父亲就站在水里，双手使劲扶着船舷，生怕翻船。

大湖里的风浪太多、太大，小木船翻过好几次。有一次，天空乌云滚滚，雷鸣电闪，紧接着狂风大作，暴雨倾盆。父亲站在水里紧扶船舷，不一会儿腰痛病发了，咬紧牙根强忍着，实在忍不住了，腾出一只手来想揉揉腰，一个浪头打来，把船掀了个底朝天。幸亏船是停靠在岸边浅滩处的。父亲见船要翻了，顺手把吉农抱在怀里，奔到岸上。这时，母亲也把大姐拽上了岸。船是吹不走的，早已用一根粗麻绳牢牢地绑在扎进岸上的铁矛里。父亲把吉农放到岸上后，转身又扑到水中，先把全家人赖以生存的牛钩、渔网、渔叉等工具打捞上岸，再去捞被单、衣服、锅碗瓢盆等能找到的用具。

风暴过去以后，父亲把木船翻转过来，搭好船上的遮棚，整理好捕鱼的工具用具，正准备另寻好的地方去放牛钩，突然眼前发黑，四肢瘫软，重重地倒在船舱里。父亲发着高烧，说着胡话，两三天昏迷不醒，水米未进。母亲急得六神无主，不停地在他头上敷着湿毛巾。吉农和大姐痴痴地待在旁边，害怕得不得了，心想：如果爹爹有个好歹，今后日子怎么过啊！期盼他早点好起来。第四天早上，父亲的烧退下去了，人也清醒了许多，还喝了点稀饭，全家人终于松了一口气。

大湖地区的夏天，不仅风暴多，洪水也来得勤密。南江和北水两条河流上游的丘陵山地一旦下雨，洪水就会自上而下直入湖中。遇到山洪暴发，下泄的洪水中裹带着泥沙，江面上漂浮着浪渣、树木、死牲畜，偶尔还夹杂一些被冲毁房屋的木板、门窗、桌椅等杂物。山洪暴发期间是不能放牛钩捕鱼的，水流太急，牛钩固定不牢，容易被洪水冲走；上游漂过来的漂浮物，也会卷走牛钩；碰上洪水猛涨，水位迅速上升，几个小时就见不到牛钩的踪影了。每到这个时候，渔民们就三五成群地把船停靠在大湖岸边进行休整。

有次山洪暴发，洪水到达大湖时，吉农家的船和五六只渔船并排停在南江与大湖交汇的矶头[10]旁边。船与船紧挨着，从这艘船可以跳到那艘船上去，他家的小木船正好夹在中间。大人们有的在船头整理牛钩，有的在船尾生火做饭，有

10 矶头，防洪大堤岸边、保护河岸、堤防和田地的建筑物。

几个妇女坐在船舱里纳鞋底、织毛衣，做着针线活，谈天说地，时不时还开开玩笑。在船尾玩耍的吉农，突然看到江面上漂来一个木盆子，急忙去捡，双脚没有站稳，一头栽进洪水里。船停在下游，正在船尾生火做饭的六婶娘看到了，惊吼道：“农儿掉进水里了！”她立马弯腰，一只手拉着船舷，另一只手去捞吉农。幸好停船的地方是个回水湾，吉农掉进漩涡里，漩了几圈漩到了六婶娘手边。说时迟那时快，六婶娘迅速捞起吉农。

吉农呛了几口洪水，脸色苍白，呼吸微弱。父亲从六婶娘手里把他接了过来，平躺在船板上，使劲用双手压胸部，母亲把嘴对着他的嘴用力吸气，少顷，只听得“哇”的一声，水从他嘴里涌了出来。

吉农脱险了，大家异口同声地说：“这孩子命真大，洪水淹不死，今后一定会有出息的。”

那时吉农还小，只有点朦朦胧胧的印象。母亲怕他忘了六婶娘的救命之恩，时常提起，要不是六婶娘把他一把捞起来，他早就去见大湖里的阎王爷了。

争水惹的祸

深秋，水田里的稻谷一片金黄，社员们已经忙碌起来，有的打理扮桶，有的修整箩筐，有的把镰刀磨得飞快，作好了秋收的充分准备。还有一些血气方刚的红卫兵，放下手头的农活，胳膊上带着鲜红的袖标，四处寻找“反革命坏分子”，把他们拉到大队部批斗。

那天，吉农的大姐出嫁，刚刚被婆家人接走，沙坪大队的民兵队长就带着七八个红卫兵小将闯进了家门。小将们翻箱倒柜，拨坛打罐，屋里屋外，屋前屋后，折腾了一两个小时。吴德跟着起哄，在吉农的床头翻出一把木头手枪。私藏枪支，这还了得，吴德赶紧报告民兵队长。民兵队长气势汹汹，握着枪，逼问吉农的父亲：“为什么家里藏有手枪？是想造反啊！”

站在一旁的吉农，连忙解释，说：“是安哥给我做的，拿着好玩。”

小将们见实在搜不出什么“犯罪的证据”，就撤退了，把父亲带到了大队部。那支木头手枪也被同时拿走。

红卫兵小将不光抄了吉农的家，爷爷奶奶家里，四叔家里都抄了。有人告发，二叔前不久回家探亲带了枪支，藏在老家里。小将们把爷爷奶奶家床铺和桌子底下以及灶孔里面都挖开了，偏屋的土砖墙也被卸掉，也没发现枪支。不知是谁说：“可能把枪藏在了菜园里。”

大伙又一起涌到屋后的菜园里，把菜园里的土地挖了个遍，一无所获，不服气地回去了。同样，爷爷和奶奶被带到了大队部，当晚接受审讯，还要在第二天召开的社员大会上接受批斗。

红卫兵小将在抄四叔家的时候，抄出了他大儿子吉安写的一首打油诗，诗中写道：“半米半汤一顿饭，肚皮不饱课不停；强忍强学长本领，总有一天大事成。”

红卫兵小将们你一言，我一语，硬说是：吉安狗胆包天，诬蔑社会主义美好生活，还怀有政治野心。把四叔父子俩都带到了大队部。可怜的吉安从此失去了上学的机会。

吉农的爷爷有些经济头脑，新中国成立前耕种着祖辈遗留下来的几亩土地，慢慢发迹了，有了积蓄，就拿闲钱添置了一个小湖泊，有近百亩养鱼水面，新中国成立后划了一个富农成分。他曾经当过保长，有些威信，方圆十里家长里短、邻里纠纷都请他出面调解。他还喜欢打抱不平。当时，有个姓周的恶霸横行乡里，无恶不作，他经常组织乡亲们和这个恶霸斗。

新中国成立前两年的一个夏天，一个多月没有下雨，干旱十分严重，田地里的农作物已经干涸、发黄，急需把河道里的水引进去灌溉。那时湖西垸没有围垦，大湖地区湖泊密布，河沟纵横交错，四通八达的河道都由当地一些恶霸强占着。吉农的爷爷所在子垸周围的河道，被一个姓周的恶霸强行管控。恶霸雇有打手，时刻扛着枪巡河，凡是经过河道、使用河水的老百姓都要交钱，也不能不交钱擅自在河里捕鱼。眼看田里的稻谷就要干死，垸内的几十户老百姓拿不出钱来孝敬这个恶霸，推举爷爷去找恶霸交涉，并承诺稻谷收割后补交钱款，恶霸死活不同意。

晚上，趁着月光，住在子坑里的几十个男劳力用铁锹、锄头悄悄地挖着河堤，想扒开一条口子，把河水引进坑内。河堤的口子还没挖开，恶霸带领保镖，乘条木船过来了。他一边指挥艄公把船向河堤岸边靠近，一边喊道：“别挖了，快停下来，不然我要开枪了。”

老百姓本来心里憋着怨气，哪里肯听，挖堤的人越来越多，而且越挖越起劲。这时船已接近岸边，恶霸不敢上岸，只听见“呯”的一声，不知哪个保镖朝天开了一枪。本想吓唬吓唬挖堤的人，没想到却立即激起了民愤。

河堤上吵吵嚷嚷，人声鼎沸。老百姓为“抢水”挖堤的、打架的工具都带齐了。有人用渔叉把船拖到岸边，几个人持着棍棒上了船，双方厮打起来。爷爷赶到现场，想制止械斗，使劲地喊：“别打了，停下来好好谈谈。”

对峙的双方根本停不下来，只听“扑通、扑通”几声，有人掉进了河里。吉农的爷爷跳上船只，好不容易扯开厮打在一起的人群。连忙清点人数，双方各有两人落水，恶霸也在其中。有三个掉进河里的人已经上岸，唯独没有见到恶霸。

原来，老百姓对这个恶霸早就恨之入骨，今天终于找到了报仇的机会，棍棒、拳脚一起打在恶霸身上。夜色中，你推我拉，年近六旬的恶霸，身上挨了不少棍棒，体力有些不支，掉进了河里。爷爷立马找几个水性好的年轻人，潜入水中寻找。天亮时，在河中找到恶霸。打捞上来一看，恶霸的头被打破了，腿被打断了，早已咽了气。

尽管不是吉农的爷爷弄死的恶霸，但还是与这个恶霸的家人结下了怨仇，也成为后来红卫兵小将一次又一次批斗他的“罪证”。

要吃白米饭

接二连三的灾难降临使弱不禁风的吉农变得更加瘦小，还平添了几分木讷。他的四肢像竹竿，皮包着骨头；拳头没有鸡蛋大；细长的脖子上顶着一颗圆圆的脑袋；圆圆的脸蛋上两只黝黑发亮的眼睛和一个圆润饱满的鼻子；两只耳垂又厚又大，显眼地挂在脑袋两边；个子不算太矮，模样也还端正，就是弱不禁风，还三天两头生病。父母亲带着他四处看乡里郎中，求菩萨保佑。郎中说：“这孩子没什么疾病，是饿成这个样子的。”

其实母亲心里清楚得很，自怀上吉农起就从来没有吃饱过。十月怀胎正赶上国家三年经济困难时期，家里穷得叮当响，餐餐稀粥，有时放几片菜叶子。如果哪餐有碗白米饭，弄点萝卜、青菜、辣椒下饭那就算改善生活了。油盐也金贵，放得极少。父亲为了给母子俩补充营养，偶尔在夜深人静的时候去河里捞几条鱼回来，悄悄地煮熟了给母亲吃。母亲生吉农后，坐月子的日子里，仅仅吃了奶奶为孙子藏了半年多的几十个鸡蛋。这种待遇连他的姐姐，堂兄堂姐、表兄表姐们都没享受过。

吉农是吉家的长子长孙，而且父亲不惑之年才得子，一大家人把他看成宝贝似的。他出生的当天，爷爷见是个带把的，就给孙子起了个名字叫“国龙”，有望孙成龙的意思。可是，吉农一出生就体弱多病，两岁时差点夭折。奶奶是农村大户人家出身的，读过几句书，也有些迷信。见孙子病成这个样子，十分心痛，思前想后，觉得是名字叫“大”了，怕难养活，便对长子长媳说：“重新起个名字吧！看能不能好养一些。”

父亲一脸忧郁，说：“那叫什么名字呢？”

奶奶想了想，说：“就叫吉农吧！不忘老祖宗留下的本色，当个吉祥如意的农民。”

家里人都说好，就把名字改了过来。名字改了，吉农并没有强壮起来，主要是因为依然经常饿着肚子。

吉农吃不饱饭并不是因为家里人好吃懒做，也不是因为父母亲不会安排，而是生存条件太差，田里地里没有好收成，加上家里没有正劳力[11]，挣的工分不够，生产队分配的粮食太少。

吉农出生的湖西垸是若干年前南江和北水长期流经、不断演变形成的沟湖纵横的冲积平原。围垦后，垸内有近百万亩面积。哑河、沟渠密布，湖泊、池塘众多，沼泽地和沙丘散落其中。上万亩的湖泊有十多个。沼泽地在湖泊的周边，淤泥很深，野草茂盛，谁要进入这片地带，必须找当地熟悉地形的农民当向导，否则陷进去就永远出不来了。吉农听老人讲，曾经发生过外地人来沼泽地挖藕，经沼泽地去湖泊捕鱼，陷在沼泽地被淤泥活埋的事故。沙丘是南江和北水从上游带入的泥沙，经过若干年沉积，形成的一个个土丘。除去河沟、渠堤、湖泊、沼泽和沙丘，剩下的二十多万亩耕地，由垸内居住的十多万人耕种。

耕地主要是水田，种植稻谷，一年两季，头季春天播种夏天收割，第二季夏天播种秋天收割。沼泽地附近的低洼田，称为甩亩，大多无人耕种，少数田只种一季中稻。稻谷是水生作物，离不得水，但也怕水多受渍。大湖地区雨水丰沛，而且集中在春夏两季。水利设施也很差，遇上连续几个小时大暴雨，渍水排不出去，稻谷被淹，轻则减产减收，重则完全失收。个别年份干旱少雨，灌溉设备欠缺，湖塘、沟河里的水灌不到田里，稻谷缺水也容易减产减收；如果连续多天不及时补水，稻谷就会干死，颗粒无收。减产减收是经常的，失收的年景也时有发生。种植稻谷是当地农民赖以生存的先决条件，即使知道有水患或者旱灾，都不能放弃，年复一年，周而复始地与老天爷抗争着。为来年有个好收成，老百姓冬季也不能闲着，必须在水田里种上绿肥。绿肥品种很多，有的种植紫云英、草木樨、苕子等作物，这些绿肥直接翻耕，压到土壤中或经堆沤而成肥料；有的种植油菜，油菜可以不等成熟，把青叶和梗翻耕压在土壤里沤成肥料，也可以待成熟后收获菜籽，榨油食用。明媚的春天是绿肥生长茂盛的季节，成片成片的绿叶

11　正劳力，干农活的男青壮劳动力。

从中，点缀着鲜艳的红花、黄花、紫花、白花，漂亮极了。在依靠“一个屁股，两只手”耕作的时代，农民习惯了种植绿肥，因为它是促产增收的主要手段。后来，虽然有了尿素、钾肥、磷肥、氮肥等化肥，但人们常常没有钱购买，只能继续依赖绿肥。那时种田水平不高，加上缺肥少药，病虫害十分严重，即使风调雨顺的年份，稻谷产量也不高。

大湖地区生态环境不好。主要是二十世纪五十年代南江和北水上游的树木几乎被砍光，植被遭到严重破坏，抵御自然灾害的能力十分脆弱，风调雨顺的年份极少，十年中七八年有洪涝灾害，没有洪涝灾害的年份又容易出现干旱。因此，吉农家所在的湖西垸稻谷年年减产减收，老百姓时常忍饥挨饿。

老百姓不光是粮食不够，吃不饱肚子，饮水、烧柴、出行都很困难。吉农家还算幸运，有段时间饮水不成问题。门前有一条哑河，水质还可以，洗菜、洗衣直接去河边；平时用水桶把河里的水挑到家中的水缸里，烧饭、做菜、饮用。可是好景不长，后来当地兴起种植黄麻、苎麻。黄麻和苎麻脱胶都要在哑河里浸泡，污染了水体，河里的水不能饮用了。饮水只能找池塘或明沟里的雨水，勤快的老百姓会到几里路远的南江河里去挑。洪水季节的河水和沟塘里的雨水很浑浊，就在水缸里存放几天，有条件的人家在水中放些明矾，等浑水澄清了再饮用。

烧柴很紧缺，主要是稻草、棉梗等秸秆不经烧，一年从生产队分得的秸秆两三个月就烧完了。没有柴烧，就会断炊，老百姓只好四处寻找。树木栽得少，沟港渠堤、湖中滩涂的野草成了主要燃料。老百姓把野草割回来晒干，当作烧柴。

出行的土路又小又窄，因为泥土含沙量大，雨水又多，常常是雨天一脚泥，晴天一身灰。所以去远点的地方，大多坐船走水路。

社员们按劳动工日获取报酬，分配实物。十分工为一个劳动工日，一个男壮劳力每天记十分工，妇女和未成年的劳力每天只有五六分工。生产队将每年所得的农副产品折成现金收入，再按社员们参加集体劳动得到的工分，折算成每个劳动工日的收入，最后按劳动工日把实物分配到户。正常年景一个劳动工日可得到三四角钱，遇上风调雨顺的好年景一个劳动工日可得到七八角钱，如果碰到洪涝灾害或特大干旱，一个劳动工日才值几分钱。

按照劳动工日分配的实物主要是稻谷，加上一些稻草、棉梗等副产物，有时也分一些棉花、油菜籽、花生等经济作物。稻谷、棉花、油料籽完成国家征购任务之后，按月分配给社员。正常年景有正劳力的家庭分得的稻谷，可以勉强维持日常生活。

母亲为了把粮食留给孩子们吃，吃饭时自己很少上桌，孩子们吃完后，她吃剩的；饭少了，她把干饭先盛给孩子们吃，自己弄一点点米饭渗些米汤或白开水应付，有时干脆借故离开，饿着肚子去地里劳动。

父亲身体不好，脾气也变得古怪、暴躁，经常拿妻子当出气筒，稍有不如意，或者碰上不顺心的事，就对妻子拳打脚踢。母亲既不还手，也不喊叫，只是泪水直流。父亲打了母亲之后又后悔，隔不了几个时辰，就会轻言细语地安慰母亲一番。

有天上午，吉农肚子饿了，向躺在病床上的父亲直叫唤："我肚子饿了，要吃白米饭。"

到地里干活的母亲回到家里，赶紧做碗汤饭，吉农端起一看，全是青菜，找不到几粒白米，把碗重重地摔在桌子上，母亲见儿子不吃，安慰道："将就着吃一点吧，晚上我去借米，给你做顿白米饭吃。"

吉农不听，跟母亲哭闹，说："吃好几天汤饭了，肚里饿得很。我现在就要吃白米饭。"

父亲也对妻子说："你就去借点米吧，给儿子做餐白米饭吃。"

母亲说："这时候人都出工了，找谁去借，再说我也要去干活，不然今天又要扣工分。"

父亲见母亲不愿意去借米，火气一下子冒了上来，不知道哪来的力气，从床上爬起来，使劲一推，把母亲推倒在地，又骑在母亲身上就开打，口里还喃喃地说："我让你不去借米，让你不给儿子做白米饭。"

母亲眼里含着泪水，紧紧地咬着牙关，一动不动地让父亲打。毕竟是带病的身体，而且肚子里没有东西，父亲打了几下，打累了，才停下手来。吉农和姐妹们吓得大哭。母亲推开父亲，从地上爬起来，拍拍身上的尘土，理理松乱的头发，带着脸上的伤疤，又默默出门干活了。

吉农稍微懂点事以后，吃汤饭、野菜，哪怕是饿着肚子，都默默忍受着，有几次看到母亲不上桌吃饭，自己也不吃。看到母亲饿着肚子去地里干活，就把白米饭捏成饭团，拿到地里逼着母亲吃，母亲不吃，他又哭又闹，亲眼看见母亲把饭团吃完了，他才回家。不过，家里有白米饭捏成饭团的时候很少很少。

住在堤上也不安全

湖西垸防洪大堤经多年加高培厚，形成一堵横在南江和北水沿途、大湖沿岸的围墙，阻挡着滔滔洪水，守护着垸内老百姓的生命财产安全。尽管洪水经过时险象环生，偶尔还垮堤溃垸，但毕竟是一望无际的冲积平原中巍然挺立的高地。

那年初冬，晚稻刚刚收割完毕，沙坪大队社员们从金灿灿的稻谷中挑选一部分上等谷子送到公社粮站，完成了公粮征购任务；把剩余的部分藏进生产队的仓库里，留做口粮，准备逐月分发给社员；交完公粮，打点着工具和行李，正等候继续去挑江堤[12]的命令时，接到了临湖公社的通知：今年冬修不分派挑江堤的任务，集中精力把一部分社员搬到防洪大堤上居住，并且组建新的第七生产队。

湖西垸内靠防洪大堤堤脚边居住和劳作的大队都接到了同样的通知。各公社、大队、生产队开始层层动员，组织居住在堤脚边的社员往大堤上搬迁。有些大队防洪堤段长，堤脚下的住户搬上去住不满，就在本大队范围内挑选合适的社员搬上去。

社员们是不愿意在防洪大堤上居住的。防洪大堤尽管比过去壮实了许多，但仅仅可以挡洪水，况且遇上高洪水位，险情不断，担惊受怕。再说堤面太窄，建

12　挑江堤，挑土修筑防洪大堤。

上房屋之后，门前只剩下不到两米宽的道路，只能供行人和板车通过。

防洪大堤上是不能栽树、种竹的，怕树和竹子的根系钻进土壤里，毁坏堤身，所以，要求住在垸内的社员种植竹木必须离堤脚五十米。光秃秃的大堤上没有树木避风挡雨遮太阳。狂风来了，不坚固的房屋随时都有可能被吹倒；暴雨来了，淋得行人浑身湿透；夏天的太阳当头直射，不仅晒得人们发热难耐，还把堤面晒得滚烫滚烫的，使人无法赤脚沾地；因此，社员们家里都备有草鞋，夏天出太阳的时候出门穿，防止脚被烫伤。吉农的脚就曾因为夏天出门没有穿草鞋，被烫伤过。

有年盛夏的一天午后，吉农见清早就去水田里插秧的母亲，太阳偏西一个时辰了还没有回家，担心天气太热，会中暑，想去看看。他打着赤脚从家里出发，经过一段被太阳晒得发烫的田埂时，脚落地就像针刺一样痛。他沿着有树荫和野草的路，一溜小跑，飞奔到母亲插秧的田边，母亲叫他赶紧把脚踩在水沟里降温。结果，吉农的双脚还是被烫得又红又肿，还起了几个水泡，母亲不得不把他背回家里。这是在沙坪二队的时候，要是换成耸立于江河与平原之间的防洪大堤上，这样赤脚跑一趟，那双脚说不定会废掉呢！

搬到防洪大堤上居住的社员还有一个顾虑，那就是虽然能够得到一些修建房屋的补助资金，但是国家给的钱并不多，大头还要由搬迁户自己出；加上建房不能马虎，房屋必须牢固，否则抗不住风吹雨打。因此，在堤上建房要增加很多成本。一般的社员是拿不出那么多钱来的，所以，要选择那些经济条件比较好的社员往大堤上搬迁。

沙坪大队的南边有一段长四五百米的防洪大堤，是围垦湖西垸时在南江与大湖交汇的滩涂上垒起来的，堤脚下没有住户，如果堤面上要住人，必须在全大队选择。接到指示后，大队召开了多次动员会，社员们搬迁的积极性都不高。支部书记吴成就筛选一些富裕点的社员，组织大队干部上门入户做工作，还是没有落实上级下达的搬迁任务。大队长舒友给支书建议，说："搬迁任务是指令性的，必须不折不扣地完成；要想完成任务，唯有咱俩亲自带头。"

吴成点头同意。在两位大队主要领导的亲自带领下，不到两个月时间，筹齐了搬到防洪大堤上居住的社员，重新组建成了一个生产队。年底房屋全部建成，社员们在新房里热热闹闹过春节。第二年年底，吴成见社员们已经安顿下来，公社下达的搬迁任务也圆满完成，便以自己住得太偏，影响指挥和调度全盘工作为由，在大队部旁边选择一块最好的宅基地，从防洪大堤上搬了下来，与新队的社员们仅仅同甘共苦了一年时间。

吉农家搬到防洪大堤上居住，大队干部没有花多少精力做动员工作。听到要从各生产队选择一些社员搬到大堤上去住的消息后，他家主动报了名。他父亲想，搬迁到大堤上去居住，吉农上学方便多了。因为，再有几个月吉农就要到临湖中学读初中，没有钱住校，只能走读，离学校太远，怕瘦小体弱的儿子吃不消，搬到大堤上要近两里多路。其实父亲还打着一个小算盘，家里的房子失火烧毁后，一直没有钱正儿八经修屋，五口人挤在两间简陋的茅棚里，如果能搬到大堤上去，利用国家补助的钱，住房或许能够修得好一些，大一些。

当时父亲提出搬到防洪大堤上去居住，吴成和其他大队干部都不表态，怕他家经济实力不够，房屋修不起来，给大队添麻烦；还担心父亲体弱多病，家里没有正劳力，新队的社员有意见。直到宣布搬迁名单的当天，才同意他家的要求。

当时，舒友见实在凑不够搬迁户，给吴成建议把吉农家加了上去。同时舒友还给大队保证，吉农家搬迁中的一切问题由他来解决。舒友这么做，也是没有办法，经不住妻子的软缠硬磨。二姑关心吉农父子，觉得大哥的想法有道理，便天天给舒友吹枕头风，请丈夫无论如何帮帮大哥。因此，舒友找准机会，在确定搬迁户的会议上说了硬话。

吉农家的房屋建在最东头与邻近大队交界的防洪大堤上，离邻队社员的住房仅隔一条几米宽的人行道。西头紧接着是吴德的家。那时吴德正上初中二年级，不过是在学校寄宿。吉农上中学报到，还是吴德领着去的。

为了把房屋建得坚固一点，吉农的父亲利用国家的补助，又向亲戚朋友借钱，专程跑到山区买来几根大点的树木做柱子，还买来木条、木方做串梁，最终建成了两正两偏四间房屋。两间正屋房顶盖上了石棉瓦，后面的墙壁砌上了土砖，偏屋还是盖的稻草。

父亲想尽办法，使出浑身解数修建了房屋，以为再也不怕风暴了，没想到担惊受怕的日子更多，危险更大。

修建在防洪大堤上的房屋根本抵挡不住从一眼望不到边的平原和湖泊上吹来的风暴。吉农清楚地记得，每年都有几次偏屋顶上的茅草被风揭掉，正屋后墙的土砖墙被风掀倒。

吉农家搬上防洪大堤居住的第二个夏天，连续十多天没有下一滴雨，社员们冒着酷暑搞“双抢”。有天下午，突然乌云滚滚，吉农正在田里和二姐一道插秧。他高兴地说：“太好了，会下点雨，降降温。”

二姐回应一句：“但愿没有大风暴。”

话音刚落，雷鸣电闪。二姐朝吉农大声喊道：“大风暴来了，赶快回家。”

姐弟俩丢下手里的农活往家里赶。他家离插秧的水田最远，有两里路，从田里到防洪大堤才走了一半路程。刚刚跑上防洪大堤就狂风大作，紧接着大雨倾盆，姐弟俩站立不稳，被大风刮倒好几次。俩人只好互相搀扶着，使劲站起来，手挽着手朝家里艰难地走去。刚到家门口，只听“吱吱、吱吱”的几声，柱子折断，随后一阵狂风，把房屋掀到了大堤脚下。老天爷也真会开玩笑，房屋刚刚吹倒，风小了，雨也停了。

这次风暴，吹倒了沙坪七队五栋房屋。难怪吴德一家在堤上住一年就搬了回去。几年之后，决策者醒悟过来，一声令下，把防洪大堤上居住的老百姓全部搬到了堤脚下。

第二章 与湖结缘

假期挑江堤挣工分，课余时间帮父亲看湖[13]，在大湖半工半读，中学毕业重返罗家湖，考入水库上的学校，吉农与大湖结下了深厚的情谊。请老师出面求情上高中，两次高考走出大湖，吉农执着地争取学习机会，为治理大湖增长才干。

挑江堤

进入二十世纪中后期，南江和北水河道每年以几公分的速度淤积抬高，山洪大暴发的年份，河床抬高十公分以上。南江和北水的源头，位于西湖地区西南部和西北部以外的大片区域，远古时代起就是连绵起伏的森林，直到西湖地区东部接近大湖了，才逐渐过渡到丘陵和平原。这片区域的山地绝大部分都是板页岩和风化石，只有裸露在外表的一层薄薄的泥土。每逢雨季，山洪暴发，山上的泥土在雨水的冲刷下，自上而下，流入河道。久而久之，下游的河床日见抬高，浩瀚的大湖也跟着涨水，湖中的滩涂逐渐多了起来。蓄洪和行洪面积随之减小，涨高

13 看湖，管理滩涂上的农作物。

而流急的河水严重地威胁着堤垸。人们只有通过不断加固防洪大堤，才能保证垸内生命财产的安全。

为保堤垸安全，湖西垸的老百姓每年都要分秋修和冬修两次挑江堤。八月中旬至十月初，趁“双抢”搞完，收割晚稻之前，组织劳力挑江堤称为秋修。晚稻收割后再上堤，一直挑到春节前，叫作冬修。社员们在工地上一干就是一两个月，有时冬修长达三个月。挑江堤的任务是县给公社、公社给大队、大队给生产队层层分派下达的，以生产队为单位组织实施。

挑江堤通常是用木船从湖中滩涂上把泥土运到堤边，再用簸箕、扁担把泥土挑到大堤的坡面和顶上。迎水面如果有外滩就直接把泥土垒在堤的外坡面，不必翻越大堤，减轻了很多劳动量，所以社员们都想分到有外滩的堤段。也有在垸内取土的，但良田沃土不能取；倘若离堤脚近的地方有废堤、土包、土丘，把它挖了，挑到大堤内坡面和顶上垒起来，更省力气。社员们更想分到在堤垸内有土取的堤段。

垒到江堤的泥土必须夯实，社员们一边垒土，一边打夯，同时喊出欢快悦耳的“号子”。吉农最喜欢看打夯，喜欢听社员们喊出的打夯“号子”。

一群社员围着一块坚实的夯石，用力打夯，大声呼喊。

打夯师傅大喊：“都来了喂！”

社员们应道：“哎嗨哟嘿！”

打夯师傅再喊：“齐用力哟！”

社员们应道：“哎嗨呦嘿！”

打夯师傅又喊：“修大堤哟！”

社员们应道：“哎嗨哟嘿！”

打夯师傅继续喊：“保家园哟！”

社员们应道“哎嗨哟嘿！”

……

随着一声声抑扬顿挫、高亢有力的打夯“号子”，社员们把挑到江堤上的泥土打压得严严实实。

社员们上工地后，无论刮风，还是下雨，哪怕是下雪，甚至冰冻，都不能回家。下雨天，穿着蓑衣，戴着斗笠挑堤。只有遇到倾盆大雨、鹅毛大雪或冰冻天气，才有机会歇息。歇息也只能待在工棚里，个别社员运气好，遇上宽敞的住户人家，可以进屋里歇歇。

挑江堤分派的堤段很少在本公社内，每次轮流在湖西垸六个公社的江堤上转。湖西垸的社员有几次还被分派到南江对岸去，当然对岸的社员也曾经安排在湖西垸挑江堤。

社员们挑江堤在离家较远的地方，一般三五公里，最远的十多公里，回家一趟不容易，休息时间只能在工棚里打打牌、聊聊天，能识几个字的人就看看书。

每次接到挑江堤的任务后，生产队先派人在堤段附近找一个条件比较好的人家作住户。住户家里一般只能做饭和吃饭，顶多住住队干部或做饭的伙夫。挑江堤的社员一般是在个别房子多的住户家堂屋里打地铺。社员们通常在住户旁，用木条、竹竿、稻草搭一个简易工棚，富裕的生产队买几块油毛毡或塑料布遮风挡雨。工棚大小视生产队挑江堤的人数而定，人多的队工棚大点，人少的队工棚就小点。工棚里打着地铺，几十个人并排睡在一起。棚里很拥挤，除了地铺，几乎没有一点儿空隙，社员进棚就上地铺，打牌、看书、聊天也只能在地铺上进行。清一色的男子汉倒也方便自在。

吉农上初中那年冬修，江东县安排沙坪七队到湖西垸东部的防洪大堤挑江堤，所分的堤段恰好在小姨家附近。队里选择小姨家作住户，做饭借用她家锅灶，吃饭就在她家堂屋里搭块门板。小姨家里人口多，房子很小，三儿两女住在两间正屋一间偏屋的茅草屋里。

挑江堤的任务确定后，生产队就派吉农的父亲去打前站。他找了几家住户，房子都不宽，宽点的离工地又比较远，不满意，最后选择小姨家。他觉得小姨妹家里虽然窄点，但离工地近，就在要挑的防洪大堤脚下，而且又是亲戚家，好说话，做事也方便些。队长采纳了他的建议。

社员们在吉农的小姨家旁边搭工棚，打地铺，队长带着三十多名社员都睡在里面。父亲也没有搞特殊睡在小姨子家里，而是和大家一道挤工棚。

生产队安排吉农的父亲给挑江堤的社员们做饭，有照顾的意思，也是因为他做饭的手艺好。做饭虽然不是体力活，但时间长，工作量也大。每天鸡叫头遍就要起床，天亮前把早饭做好。社员们天刚蒙蒙亮吃完早饭去工地后，必须抓紧洗完碗筷，去集市买菜；把菜买回来后，又要择菜、洗菜、切菜，生火做饭，一刻空闲时间都没有，否则做不完午饭。午饭是在工地吃的，他把饭菜挑到工地，等社员们把午饭吃完，再收拾餐具回到住户。这时已经下午两三点了，又要开始准备晚饭了。社员们天黑才收工，回到住户吃晚饭。当地人叫夜饭，也是名副其实。劳累一天的社员吃完夜饭上床休息了，吉农父亲还要收拾碗筷，准备第二天的早餐。

社员们的早餐不像城里人，吃块点心，喝杯牛奶，或者吃碗米粉、面条就行了，他们是要吃饭的，有米饭，有菜，否则没有力气挑江堤。菜很简单，秋天的茄子、豆角、辣椒，冬天的白菜、萝卜，富裕点的生产队一个月能吃上两三餐猪肉或鲜鱼。尽管餐餐吃蔬菜，但如果伙夫手艺好，加上调摆得当，还是吃不厌的。

生产队安排吉农的父亲做饭，还有一个原因是他会调摆。不仅餐餐变换着菜品，而且一种菜能够做出不同的花样。把鲜豆角在开水里焯一下，再晾干，制成甜豆角；茄子切成片，晒干，制成茄子皮；萝卜切成条，晒干，放在坛子里腌十天半月，制成萝卜干；白菜片、白菜心放在腌好了的辣椒坛子里，制成酸泡菜等等。他还会买些小鱼、河虾、野鸭子掺在蔬菜里做合菜，有时把小鱼、河虾晒干，与蔬菜搭配着吃。他最拿手的菜是米椒糊小鱼、野鸭子炖萝卜、干河虾炖萝卜。这些菜吃一次，就能让人回味一辈子。

这次冬修任务特别重，到腊月十几还没有下堤。吉农放寒假了，想去工地上探望父亲，还想挑挑江堤。母亲也想见见妹妹，看看丈夫身体吃不吃得消。放假的第二天，母子俩早早上路往小姨家里赶去。

去小姨家有十多里路，娘俩沿着防洪大堤往东走，经临江公社集镇，过水闸，再沿着防洪大堤往北。走到小姨妈家里，父亲正在做午饭。出集体工的小姨，听说姐姐来了，请假提前回家和姐姐拉家常，吉农便找表兄弟们玩去了。

母亲在妹妹家里只住了一个晚上，第二天有事先回家了。吉农留了下来。他寻思着离春节还有半个月，江堤也没挑完，可利用假期挣些工分，便留下来跟社员们一道挑江堤。

吉农来到工地，找到队长，说："我想跟你们一起挑江堤。"

正在用铁锹往簸箕里装土的队长抬头看了看吉农，说："还没有锹把高，挑得什么江堤。"

吉农说："别看我个子瘦小，力气可不小呢。"

队长笑了笑，指着刚装的一担泥土说："你能把它挑到江堤上去，就留下来。"

还好，这担土装得不是很多，队长估计不会压伤吉农。

吉农找根扁担，把及钩[14]线调短，使出吃奶的力气，挑起两簸箕土，晃了晃，拼命稳住，又吸了口气，向前迈去。开始还有些重心不稳，走了几步，好些了，硬撑着把土挑到堤上。队长一直瞟着，见吉农气喘吁吁地跑到面前，"哎"了一声，接着说："留下来吧，和我一起装土。"

队长要吉农留下来装了两天土，又安排他去大堤整土[15]、打夯，始终没有要他去挑土。

晚上，吉农与表兄弟们挤在一张床上。床是在两条长凳子上面搁几块木板，人睡上去就"叽哑、叽哑"响。一床露出棉絮的被子盖不住兄弟四人，小姨怕冻着外甥，拿来一件旧棉衣盖在吉农身上。由于营养不良，表兄弟们身体都很虚弱，他们睡在一起的几个夜晚，几乎每天都有人尿床，但谁也不承认。

尿床是很难受的，不光自己难受，同睡的人也难受，尤其是冬天，被子尿湿

14　及钩，扁担连接簸箕或其他物体的钩。

15　整土，把挑到大堤上的泥土整理好，便于压实。

后不容易干，骚味、臭味混在一起，十分难闻。吉农肯定尿过，因为他从记事起就记得自己尿床，一直尿到上高中。为治他尿床的毛病，母亲还给他找过不少偏方，吃了不少狗肉。

到腊月二十四，社员们终于把当年挑江堤的任务完成了，急急赶回去与家人一起过小年。吉农看到肩上挑着簸箕，手上拧着铁锹，背上背着破旧铺盖行李的伯伯、叔叔和哥哥们，两三个月在江堤上，肩挑手提，已经疲惫不堪了，但还是有说有笑，相互打趣。

吉农感慨万千：这群长年累月生长在水窝子里、靠水生存、水中求食、抗水灾保生命的人，是多么淳朴厚道、豁达开朗、可亲可敬啊！

帮父亲看湖

吉农在离家约三公里的临湖中学读初中。学校位于临湖公社集镇东边的哑河对岸，南面距大湖北岸的蒸汽机两三百米。校舍是坐北朝南的几栋平房，教室前面有一个操场，站在操场上向西可以看到显眼的公社办公楼。它是全公社唯一的两层楼房，红砖青瓦，门前有长长的走廊，很气派。吉农很好奇，有两次利用中午课间休息的时候，邀同学到河对岸，想去看看公社，看看楼房，可刚走到大门口，就被门卫轰走了。

吉农上学每天早出晚归，跑通学。早晨走得快，半个多钟头就到了学校，下午放学回家就慢了，和同学们一路走一路玩，要走一个小时，有时天黑才回到家里。

临湖中学是临湖公社的最高学府，全公社的初中生和高中生都集中在这里读书。吉农入校的时候，初中、高中各年级都办有两个班。初中一年级分别编为初七班和初八班，他在初八班。班主任是位女老师，叫陈丙云，教语文。陈老师年轻漂亮，中等偏高的身材，略显体胖，白里透红的圆脸上，时常挂着慈祥的笑容。教学严肃认真，讲课通俗易懂，声音也悦耳动听，同学们都喜欢听她讲课。

吉农印象最深的是陈老师的字写得好，黑板上的粉笔字一丝不苟，端方四正，刚劲有力，好像书法家的作品，值日的同学都舍不得擦掉。在给吉农和同学们上第一堂语文课时，她就说："写字代表一个人做人做事的态度，从写的字中可以看出人的性格。我们要认真练习，把字写好。"

陈老师耐心讲授写字的方法、技巧，尤其强调写字要有耐心，要持之以恒。要求每个同学买一个小方格本子，一天写一版，她每周检查一次，哪个同学哪天没有写，要补起来，写得不合格，要留校重写。吉农的字开始写得差，有些字自己都认不出来，按照她的要求坚持练习了一段时间，进步很快，受到多次表扬。

陈老师把学生看成自己的孩子，无论谁有困难她都会去帮助。像吉农这样的贫困学生，她更是倾心尽力。她的一双黄胶鞋不仅给吉农带来了温暖，而且使吉农感到人世间的美好，坚定了发奋学习的信心。

南江河道中间有块滩涂叫罗家湖，正好在吉农家对岸，划归沙坪七队经营管理。二百多亩土地，地势高的几十亩栽上了杨树，地势低的一百多亩枯水季节种植油菜、萝卜、白菜，有时也种些苦荞和小麦。种植的作物主要用作肥料，前一年秋天洪水退出以后种上作物，第二年开春连根拔起运到水田里，沤上十天半月，腐烂后用脚踩进淤泥里，把地耙平，再插上秧苗。生产队为了照顾吉农家，安排他父亲看湖。

父亲每年秋天洪水退出后去看湖，第二年春天汛期到来前撤回，一年要在滩涂上住半年多，过春节也只能回家吃一顿团圆饭。住的地方很简单，选择比较高的位置，用杨树棍子搭一个半圆形的小草棚。草棚北面封死，南面开口，棚里用砖块、树条、木板搭个睡觉的床铺，门口边用泥土垒个灶做饭。看湖的任务是保护杨树和农作物，不让人偷盗，防止水牛偷吃和践踏。

杨树是个好东西，树干可做家具用具，树枝、树叶是难得的烧柴，所以偷的人多。冬天的萝卜、白菜，春天的油菜都有人偷。天气稍暖和点，水牛就会放到滩涂上寻草吃，见到鲜嫩美味的作物便垂涎三尺。所以，看湖的人必须时刻盯着，有时候一个人还忙不过来。吉农常常放学后去罗家湖给父亲帮忙，有段时间晚上还陪父亲睡在罗家湖的棚子里。

吉农帮父亲看湖，还有一个目的就是捞些外快，贴补家里的生活开销。平时利用空余时间，把杨树林里的枯干、枯枝、枯叶捡回来，一捆捆、一包包，收拾得整整齐齐，做烧柴。秋天退水的时候干凼捕鱼，冬天用农药拌谷拌米毒野鸭、野鸡和野鹅，都是有收获的。只要人勤快，一年四季都有烧柴捡，捡的柴一家人还烧不完，多余的可以送给别人，或者卖钱、换食品。父子俩把剩余的烧柴，有时跟渔民换点鱼吃；有时拿到集市上换些油盐酱醋；还有的时候卖点现钱揣在兜里。父子俩都乐于助人，还送了不少给亲戚朋友家。

每年腊月，吉农都会邀堂兄给在湖西垸西北角一个公社中学当教师的小叔叔家里送些烧柴。去小叔叔家有十多公里水路，他们用小木船装上一捆捆约五十公分长的枯树干和树枝运送过去。有次木船中途漏水，堂兄和吉安一边将舱内的水往船外浇，一边拼命向前划，生怕沉船。幸亏树木有浮力，船没有完全沉没，只是阻力太大，划行的速度很慢，到小叔叔家已经夜深人静。每次小叔叔给五元钱作为回报。吉农考上中专的那年，装了满满的一船烧柴送过去，原指望小叔叔会多给点钱作学费，结果，仍然是五元。吉农偷偷地哭了一场。

干凼捕鱼来得快，吉农最喜欢。干凼捕鱼全凭运气。秋天退水时，把滩涂上的水凼筑坝堵起来，凼外的洪水退下去后再把坝挖开放水。放水时用渔网或竹栏框拦坝口，凼里的水干了，露出来的鱼就直接捕捉，运气好的时候可以捕到几十斤活蹦乱跳的鲜鱼。

看湖是份美差，能挣到正劳力的工分，还有外快可捞。吉农的父亲舍不得放弃，生病了就要吉农去代劳，甚至希望吉农辍学替他去看湖。吉农不愿意放弃学业，只好一边读书，一边帮父亲看湖。

一天，父亲感冒引发旧病，头痛发烧，咳嗽不止，全身软弱无力。吉农放学后直接去罗家湖，趁天未黑先到地里巡一遍杨树和农作物，然后回到棚子里做晚饭。晚饭很简单，吉农先把饭煮好，再从土里拔了两个萝卜，洗干净，茎叶切下来放在一边，准备制腌菜。把萝卜切成片，放在沾了几滴油的热锅里炒几下，再放一把干河虾，又炒几下后放一点点盐，然后着水煮熟。一道虾子炖萝卜就做好了，再把上顿剩下的腌菜热一热，父子俩就开始吃饭。

父亲一边吃饭一边不停地咳嗽，吃了半碗饭就放下了碗筷。吉农见父亲感冒没好，吃完饭又刷锅、洗碗，熬了一碗姜汤，让父亲喝了。

第二天清早醒来，父亲的感冒好了些，咳嗽也没有那么厉害了，可是天气变坏了，刮起北风，下着细雨。读书是不能耽误的。吉农匆匆忙忙炒碗腌菜饭吃了，背上书包，划着小船到家门口，把船系牢，上岸跟母亲说了父亲的病情，就朝学校奔去。

深秋，风瑟瑟，雨蒙蒙，寒气袭人。人们打着雨伞，穿上了厚厚的夹衣，家里富裕点的人还加件毛线衣。身着单衣、打着赤脚的吉农完全没有察觉，只有一个念头：快点走，别又迟到了。他紧赶慢赶，赶到学校时，第一节课已经上了十多分钟。走到教室门口，见陈老师正在上语文课，犹豫一下，喊了声“报告！”

全教室的目光一起吸引过来。陈老师本想狠狠地批评这位迟到的学生，一看吉农浑身上下都被雨淋湿，长长的头发还在滴水，单薄的衣服紧紧地贴在身上，腿脚冻得通红，顿时心就软了。

“进来吧！”陈老师一边说一边放下手里的教科书和粉笔，转身走出了教室。

吉农“嗯”了一声，战战兢兢地回到自己的座位上。

一会儿，陈老师一手拿双半新的黄胶鞋，一手拿条干毛巾回来了，走到吉农身旁，把毛巾和鞋递给他，关切地说：“擦擦吧，把鞋子穿上。别感冒了。”

吉农惶恐地接过毛巾和鞋，心里一阵热乎，双眼充满了泪水，竟然忘记说声谢谢！他出门在水龙头下把脚上的泥土冲洗干净，又用毛巾把脚擦干，小心翼翼地穿上黄胶鞋。尽管鞋子稍微大一点，但暖和极了。

那天，吉农放学回到家里，把黄胶鞋脱了下来，洗得干干净净，等着太阳出来，把鞋晒干后带到学校，想还给陈老师。

陈老师的家就住教室隔壁，吉农拿着黄胶鞋在她家门口晃了几次，就是不敢进去。中午，见同学们都休息了，又遛到陈老师家门口，从门缝里望去，见陈老师没有午休，还在批改作业。他壮着胆子轻轻地推门进屋，双手捧着黄胶鞋，战战兢兢地递了过去："陈老师，还您的鞋。谢谢您！"

陈老师抬起头，见是吉农，伸出左手爱怜地摸摸他的后脑勺，说道："鞋送给你穿，有什么困难尽管来找老师。"

吉农泪光闪烁地说："谢谢陈老师！"

此后，每逢寒冷的风雨天气，吉农就穿上这双黄胶鞋，感觉全身温暖。鞋穿破了就补，补了又穿，一直穿到高中毕业。后来，脚大了，实在穿不进去了，都舍不得扔掉。

第二年开春，父亲又病了，而且病得严重，看湖的担子就落在了吉农的肩上。生产队长见吉农一边读书，一边看湖，怕滩涂上已经成熟的农作物被牛吃牛踩，怕被人偷走，传话过来，说："双手抓不住两条活鱼，要吉农休学，回来看湖，不然的话队上就另派看湖的人。"

父亲把队长的意思告诉吉农，吉农愣了半天后说："陈老师说不读书今后没出息。"

父亲说："家里的情况你也清楚，咱不能丢掉这份差事啊！"

吉农说："我不可能一辈子看湖！我要多学本领，今后干点好事，消灾除难，家里人少吃点苦头。"

父亲见吉农不愿退学的态度坚决，只好作罢。一家人商定，父亲生病期间，吉农放学就去看湖，在校读书的时候，由母亲接替。

《湖光》

吉农初中最后一个学期的班主任是刚从县一中调来的徐宏广老师，教语文课。徐老师是个青年才俊，瘦高个，戴着深度眼镜，笔挺的中山装左上口袋里插着两支钢笔。他擅长写新闻报道和经验总结，是全县闻名的笔杆子。他讲课形式多样，生动活泼，通俗易懂，作文课也很有新意。他出生在湖西垸，对大湖情有独钟，调到临湖中学不久，就办了个小报，取名《湖光》。

春天，徐老师把同学们带到滩涂上，与学校旁边生产队的社员们一起割青草，然后把青草运回来，投放在水田里作肥料。第二天，回到教室里，对同学们说：“今天作文课，大家写一篇记叙文，题目是《记一次有意义的劳动》。你们把昨天割青草的事情在两个课时之内写出来。”

同学们脑袋里装有素材，都根据自己亲身体验、理解和感悟开始写作，好像顺畅得很，规定的时间未到就有人写完了。吉农写好后还检查了两遍，做了几处修改，直到下课铃声响了才交卷。

吉农把怎样割草，怎样把草运回来沤成肥料，肥料怎样促进水稻生长发育，写得详细。描述师生们涉水上滩涂时，他这样写道：“小船靠到湖边，眼前一片齐人深的蒿草，找不到上岸的路，谁也不敢贸然下船，怕掉进湖里淹死。这时，徐老师脱掉胶鞋，挽起裤脚，说了一声：‘跟我来。’就跳了下去。所幸湖水不深，只过膝盖，同学们一个个跳入湖中，紧跟着老师朝岸上走去。滩涂上本来没有路，经大家一踩，便也有了路。”

那时候，吉农并没有看过鲁迅先生写的《故乡》。

徐老师把吉农的这篇作文拿到全班讲评，并刊登在《湖光》的头条。还推荐到学校校报上发表了。

转眼初中毕业，吉农一边回生产队参加集体劳动，一边等待高中的入学通知。左等右盼，整个假期过去了，一直没有等到录取通知书。新学期开学，他看到同学们都高高兴兴地挎着印有毛主席头像和“为人民服务”字样的黄色书包去上学了，心里十分焦急。

吉农渴望读高中。晚上，他去二姑家里，壮着胆子问大队长舒友：“姑父，别人都上学了，我的通知怎么还没来。”

舒友说：“通知来不了啦，今年上高中指标有限，你没有被录取。”

站在旁边的二姑气呼呼的，朝舒友嚷了起来：“什么指标有限，是你没有用，让别人抢跑了！”

吉农一下子像泄了气的皮球，沮丧地回到家里。好几天闷闷不乐，木头人似的早出晚归到地里干活。

原来，并不是每个初中生都能上高中，有指标控制，也不凭成绩，全靠大队安排，由支部书记当家作主，想要谁去就谁去。这次沙坪大队五个初中毕业生，只有三个升高中的指标，吴成拿到指标也犯了难，没敢和舒友及其他大队干部商量，悄悄地就把指标一个给了自己的侄女，另外两个分给了支部委员和平时称兄道弟的社员。舒友知道后去讨说法，吴成推脱说："学校早就内定了，我也不清楚。"

舒友又去学校问情况，学校负责人回答："人是你们大队推荐的，据说是出身好，家里不缺劳力的学生优先。"

听到此话，舒友非常气愤，可是，冷静下来后，又觉得木已成舟，再吵也吵不来指标，何况翻脸了对谁都不好。只能了事。

临湖中学这次高中新生扩大了招收范围，不光招收临湖公社的学生，还招收了湖西垸内邻近一个公社和一个国营农场的学生，编成三个班，徐老师担任高八班班主任，教语文课。在家务农的吉农渴望继续上学，左思右想不甘心，决定壮着胆子去找徐老师。

吉农赶到临湖中学时，天刚亮。他在徐老师家门口守着。徐老师开门见到吉农一惊，问道："吉农，啥时来的？有事吗？"

吉农说："来一会儿了，我想读书。"

徐老师说："是啊！开学了，一直没见到你，我正在打听呢。"

吉农说："我没有得到录取通知。"

徐老师说："为什么没有得到通知？你知道原因吗？"

吉农叹了口气，说："我找了姑父，他说指标难解决。"

徐老师说："再难你也不能辍学啊！莫急，我问问情况，你先回去吧。"

吉农心头一热，竟忘了跟老师道别，带着希望回到家里。

吉农走后，徐老师就去找教务处、找校领导，好不容易追加了一个高中生指标，又要求把吉农安排在自己带的班级。

接到补录通知的第二天，吉农起得很早，把生闷气丢弃的旧钢笔、作业本等文具找出来，放在用废布料织成的书包里，穿上打着几层补丁但洗得干干净净的衣服，草草地吃了几口饭就直奔学校。

高八班又叫写作班，称为土记者班，徐老师把任初八班班主任时创办的小报《湖光》沿袭过来。在吉农的印象中，除临湖中学外，没有哪个学校开设过写作班，也没有哪个班办过刊物，估计是徐老师的创举。徐老师设置了一套写作班的教学方案，授课方式也灵活，社会实践活动多，而且把大湖作为教学场地，想方设法把《湖光》办得丰富多彩，有声有色。

徐老师想把同学们都培养成为热爱大湖、歌颂大湖的笔杆子，不光教写作的理论知识，还经常带领大家深入大湖。根据不同时期，不同季节，确定不同主题，把学生分成若干小组去大湖采风，对大湖湖畔的田间地头和农场、学校、商店进行采访，要求各自写成文章，刊登在《湖光》上。并从中挑选好的文章，或送县及以上报刊发表，或送广播站广播，或刊印在校报上。公社高音喇叭几乎天天播发同学们的文章，县里的刊物、广播偶尔能够看到和听到。

徐老师要全班同学人人办小报，同学们根据各自搜集的素材，写成通讯报道、散文、诗歌、小小说，还有从报纸刊物上摘录的一些文章，编辑在一张八开的白纸上，徐老师从同学们办的小报中选出好的在课堂上讲评。同学们充分想象，各显其能，精心编辑自己的小报。横的纵的，长形方形圆形，有序排列，恰到好处。书写也不能马虎，大字小字，粗体细笔，楷书隶书行书草书运用得当，还有美术插图。吉农办的小报算中上水平，因为他用的纸张质量差，也没有一支好笔，虽然内容不错，但版面上有些地方印迹模糊。课堂讲评时，徐老师说："吉农如果有好的笔和纸，办的小报肯定是一流的。"

班上办的《湖光》，版面是同学们个人办的两倍，和校报大小差不多，内容也可以与校报媲美。《湖光》每个月两期，挑选同学们写得好的文章，先在白纸上设计、排版，然后依样用铁笔刻写在蜡纸上，再用油印机推印。有时直接编排在白纸上，质量要好得多，但缺陷是每期只有一张。编辑《湖光》以学习委员覃玉明为主，吉农给他打下手。因为覃玉明写字、画画都不错，吉农虽然文章写得还可以，但写的字、画的画都不及他。

写作班影响很大，徐老师作为江东县的唯一代表，参加了西湖地区召开的全区中学语文教学改革经验交流会，并在会上作了典型发言。西湖地区文教局还选了一些《湖光》，发送全区各中学传阅。这些《湖光》中，当然有吉农的手迹，更多的是他写的文章。从此，吉农喜欢上了写写画画，一有空就写点有关大湖的文章，还经常在报纸刊物和广播电台上发表。

因徐老师求情而读上高中的吉农，好似跌入大湖深潭、眼前一片漆黑的人，浮出水面，见到光明；徐老师办的《湖光》使吉农加深了对大湖的无限热爱。吉农不止一次地在心里想，一定要把握机会，多学知识，多长本领，今后投身到大湖的治理中，改变家乡面貌，以实际行动报答老师的恩情。

滩涂上学农

高中阶段，吉农只有一部分时间安安静静地坐在教室里读书，认认真真听老师讲课，按时完成作业，大部分时间都是走出校门，到广阔的天地去学工学农。

说是学工学农，其实工学得少，主要是学农，而且大多在滩涂上。因为大湖地区生产经营活动以农为主。在吉农的印象中，当时找不出几家可供学习的工业企业，即使有都与土地、与农业息息相关，而且都是公社开办的，比如红砖厂、造纸厂、农具厂、养殖场、芦苇场。这些企业都是同学们学习的重要场所。当然，有时也深入到大队企业，学开碾米机、榨油机、轧花机、抽水机；到生产队插秧、割稻、种棉花、养牲畜。

红砖厂学农主要是挑砖。同学们把地面的土坯砖挑到平窑[16]上，交给烧窑师傅垒起来，再把烧好后的红砖从窑上挑下来，提供给建房的单位或者个人。所得收入算公社企业的，学生是无偿劳动，接受锻炼，磨炼意志。

同学们用竹片制的砖夹，挑着一担土砖坯或红砖，在一块几十公分宽的桥板上行走。桥板多数用园木条或者楠竹钉成，只有极少数条件好的砖厂是木板。窑垒得太高，桥板短了够不着，就在中间做一个或几个木架子支撑。轿板悬在半空中，摇摇晃晃，很不稳定。所以，离地面低点的安全些，离地面越高越危险。挑着上百斤的砖，从桥上走来走去，稍不留神，就会摔下来。

吉农在公社红砖厂挑过几次砖。第一次挑砖到他家河对岸的滩涂上。父亲看湖的滩涂上有条废堤，公社干部见废堤的大堆泥土浪费了怪可惜的，就在这里建起了红砖厂。

那天，同学们上午八点多在吉农家门口乘木船过南江，上滩涂，到了红砖厂，开始挑土坯砖。中午吃顿饭后，稍许休息，接着挑，到下午三四点钟大家都疲惫不堪，口干舌燥，吉农本想带着同学到父亲居住的棚子里坐坐，喝口水，但马上就打消了。因为棚子太小，又乱又脏，实在太寒碜，他说不出口。

吉农学开拖拉机是在国营农场。江东县西南部边远山区修水库时，上万移民必须安置，就把大湖西岸的两万多亩冲积平原围垦起来，组建国营农场，安排他们耕种。农场集中的农业机械是其他公社的几倍。有大拖拉机、小拖拉机，有履带式拖拉机、胶轮胎拖拉机，还有碾米机、轧花机、抽水机，种类十分齐全。大拖拉机是靠方向盘驾驶的，小拖拉机又叫手扶拖拉机，双手握住两根操纵杆，驾驶很费劲，方法掌握不得当还容易翻车。吉农是翻过车的，还受了伤。

16 平窑，一种烧砖的方式。与窑洞不同，它的工艺流程是直接把土坯砖一层层垒在地面上，一层土坯砖压一层煤矸石；底层留有像灶孔一样的空间，用于烧柴引火，把煤矸石引燃。煤矸石燃烧透了，一窑红砖就烧成了。烧出来的砖是红色的，叫红砖。

有一天，几个同学练习开手扶拖拉机，农场师傅讲完技术要领后，要大家实际操作。吉农驾驶着手扶拖拉机在训练场地开了几个圈，来了兴致，把手扶拖拉机开出训练场地，进入一条乡间小路。没想到遇上一个大坑，吉农慌乱中忘记刹车，撞了过去，拖拉机侧翻在坑边。他的双手扭伤，左腿擦破了一块皮。

吉农学农最多的是在大湖深处的滩涂上种植和收割芦苇。芦苇的用途十分广泛，可打成箔、压成板用作环保建筑材料；可以编织成各种席、筐、篮、提包等家具用具，不过当地主要作造纸原料。大湖地区滩涂很多，非常适宜种植芦苇。临湖公社的芦苇场和居住在南江大堤周边的大队都有一些滩涂种植芦苇。

春季，学校组织在公社芦苇场种植芦苇，要上滩涂住一个星期。男女学生分开住在工棚里，白天劳动还容易过，到晚上就难受了。用芦苇搭的棚子单薄、漏风，一旦刮风下雨，又湿又冷。尤其是上厕所，在挖的土坑上面搁两块木板或树干，站在上面如厕，有的什么也没有搁，脚站在土坑边上拉屎、撒尿，粪水溅一屁股，臭烘烘的。土坑周围虽然用芦苇织了一堵围墙，但挡不住风雨，顶上没有遮盖，如厕时抬头可见天空，天晴阳光照射倒也暖和，下雨全身淋得透湿。男同学还好一点，女同学就遭罪了。

冬天收割芦苇更难受些，尽管住在芦苇荡里，有六七米高的芦苇遮挡，但是冬天太冷，遇上刮风下雨或冰天雪地更麻烦。有一次，同学们在大湖中的一个滩涂上收割芦苇，早上起床时突然下起了鹅毛大雪，没砍的芦苇被雪压弯了腰，倒伏在地面，割掉芦苇的地上也积起厚厚的一层雪。

那段时间原本阳光灿烂，天气比较暖和。这次突然下大雪，同学们没带够御寒的衣服，离家又远，有十多里水路。

上滩涂的人多，有三个高中班，一百多名师生。带队的徐老师赶紧找芦苇场的同志，要他们弄几条船来把同学们接走。雪下得太大，路很滑，河边结了冰，船工怕不安全，不愿划船接人。芦苇场的同志做了半天工作，快到中午了，才找来几条木船，一条船上只能坐十多个人，分两批才能把同学们全部接走。第一批接走了女同学和少量衣服穿得少、身体不太好的男同学，吉农和其余的男同学属第二批。

留下来的吉农在滩涂上和同学们一边打雪仗、堆雪人，一边等着来接他们的船只。直到下午四点多钟，第二趟船才划来，同学们争先恐后爬上船，人刚上齐，船就向临湖中学方向划去。

木船由两人划着，后面的艄公划双桨，右前桨由一个船工划。船行进的速度很慢，到达湖岸码头时天快黑了。大家腿脚都冻僵了，只能互相搀扶着，使了很大的劲才站立起来，又手拉手上了岸。寄宿的同学只走几百米就到了学校，可是吉农还要走几里路回家。

吉农踏着冰雪回家，母亲一直等着，见到吉农才长长地吁了一口气，说："终于回来了，把妈妈急死了。"

吉农端起母亲早就准备好的饭菜，狼吞虎咽地吃起来。吃完饭，就洗脚上床睡觉了。

吉农在滩涂上战沙包[17]还遇上过一次惊险的事情，差点留下终身遗憾。

围垦起来的湖西坑中有很多沙包，几十亩甚至上百亩连成一片。沙包上不能耕种作物，长期荒芜。遇上刮风，细沙漫天飞舞，刮得行人都睁不开眼。人们就想了个办法，把沙包弄平，再在平整的沙面上填一层几十公分的泥土，这样就可以种植农作物了。

那天，同学们到一个围垦起来的滩涂上战沙包。有块几十亩面积的沙丘整平了，要把附近一段废堤的泥土挖过来铺上。大家围着三四米高的废堤，挖的挖，挑的挑。吉农和高潮在同一个作业面，两人用铁锹把土挖进簸箕里，供同学挑走。不知不觉废堤挖走了半边，形成两米多高的堵坡。场地没有簸箕了，吉农到外面去拿，刚走出不远，只听得"嘭"的一声闷响，悬在坡上的泥土垮塌下来，把高潮埋在里面。吉农傻了眼，回过神来后，大声喊道："救人啦！快来救高潮！"

17 战沙包，治理沙包。沙包是雨水长期径流，把上游的泥沙带到平原，沙沉淀下来，逐渐堆积的沙丘。

老师和同学们都围了过来。徐老师说：“赶快用手挖，把土翻开。别用铁器，小心伤人。”

大家一起动手，翻的翻，扒的扒，费了好大劲儿才把脸色苍白、奄奄一息的高潮从土坑里翻出来。吉农和几个同学到附近老百姓家里借来一块门板，抬着高潮一溜小跑送到公社卫生院。幸亏抢救及时，高潮休息几天就出院了。

过南江

吉农在临湖中学读高二那年，正是家里最困难的时候，父亲的病发得勤密，三天两头躺在床上喊身上痛，到医院看病，医生总说是伤寒。打针吃药要花钱，治疗效果又不好。生产队见父亲病得不轻，把看湖的工作安排给了别的社员。不能挣工分，分不到口粮，还失去了捞外快的机会。二姐也早早出了嫁，二姐夫家里的条件同样差，妹妹还小，在读小学，家里的生计由母亲硬撑着。

为了减轻母亲的负担，吉农一边上学一边出集体工，挣工分。他不仅春插、“双抢”、秋收几个农忙假期一天不落地参加集体劳动，就连过春节的寒假和上学期间的周末也没有休息过。

吉农十岁出头就下田插秧。插秧按照面积记工分，多插多得。他手脚麻利，插得快，一天能挣八九分工。如果天亮前能把秧苗挑到田里，吃过早饭开始插，就可以挣十多分工。

吉农害怕割稻，通常八个人一个扮桶，四个妇女或未成年的半劳力在前面割稻穗，四个正劳力扮稻谷、拖扮桶，还要把稻谷挑到队屋禾场晒干。都是两人一组，轮番扮谷、拖桶、捡稻草，劲要大，手脚必须利索。吉农力气小稻谷扮得不干净，桶也拖不动。最吃力的是挑谷，一担稻谷一百多斤重，挑几百米远的路，他中途要休息几次。队上的正劳力都不愿意与他搭伙割稻。

没有正劳力的社员家庭大多靠收猪屎挣工分。收猪屎要起得早，赶在别人的前面。吉农每天天刚亮就起床，一手提着猪屎簸箕，一手拿起猪屎耙，在养猪多的家庭房前屋后转。放学早的时候，他也会在天黑前去收一会儿猪屎。发现去学校的路上有些地方猪屎多，他就背着书包，提着簸箕去上学，收完猪屎，把簸箕悄悄藏在人们不注意的地方，放学后提回家。把每天收的猪屎贮存在粪桶里，有几十斤了就挑到生产队称重量记工分，然后倒入田间地头，作肥料。

吉农还悄悄做点小生意。有时在南江河里或沟港、池塘捕些小鱼、小虾，或在田间、水边捉些黄鳝、泥鳅、青蛙；有时拿些父母亲做的草鞋、扫帚等手工艺品；有时还贩些本队社员生产的农产品、手工制品，到公社集镇或远点的地方去卖。

南江周边的老百姓有句谚语“涨水的虾子退水的鱼”，意思是江里涨水时的虾子和退水时的鱼都容易捕。吉农跟着父亲学了一些捕虾的本事。涨水前，把长一米左右、有茎有叶的青草，一把把绑好备用。涨水时，将草把投入靠岸边的水中，用木桩、竹竿拴牢，等虾子成群地钻进青草里。五六个小时捞一次，可以将草把连同虾子直接提到岸上，但方法要得当，动作要快，否则虾子就会跑掉。最好用大点的筲箕在水中捞，可是有些不安全，容易被汹涌的洪水卷走。一个草把一次能捕到二三两虾子，多时可捕半斤。清早的虾子要多一些，因此，吉农每天都早早起床，天刚蒙蒙亮就去捕捉。

干凼捕鱼是在滩涂上的活，父亲没有看湖了，吉农也就失去了机会，于是就想到夜晚去沟渠、田间捉黄鳝、泥鳅和青蛙。用两块竹片做个一尺多长的夹子，再做一盏防风雨的提灯。做提灯有些技巧，在小墨水瓶里装些煤油，安上用粗棉绒线制成的灯芯，小油灯就做好了。然后把小油灯放进事先烧穿了底、用木板托起的玻璃瓶里。烧玻璃瓶有些技巧，先用一根沾上煤油的棉线，绕在酒瓶的底部，点燃棉线，待棉线烧尽，立即把瓶放进冷水中，瓶底就脱落了。吉农烧过几次，满意的不多，不是口子不齐，就是没有脱落。将玻璃瓶固定在一块木板上，木板周边穿上四根铁丝，卡住罩在上面的无底玻璃瓶，铁丝还能作手柄。

春末、秋初和盛夏，只要天气好，吉农都会选准时机，提着篓子和油灯，拿着夹子，乘着夜色去捉黄鳝。秧苗插下去半个月左右，田里黄鳝多，也好捉。天黑以后黄鳝从泥里钻出来，游到田坎边，见着亮光，就会一动不动，用竹夹子夹到篓子里就妥了。捉青蛙不用夹子，直接用网网，或用棍子打，动作都要快。每年三至五月产卵期的青蛙比较笨，容易捉到。

吉农把捉到的黄鳝、泥鳅等养在水缸里，凑够十斤左右，就拿到公社集镇卖给水产站。青蛙是捉害虫的，属于保护动物，水产站不收，只能在集市上偷偷地寻找买主。

吉农的父亲身体不好，不能去田间地头劳动，但也不想吃闲饭，稍好点就在家里织草鞋、扎扫帚。用稻草织的草鞋，在大湖地区的人没有不穿的，无论男女，除非是冬天，家里家外的成年人大多人脚上都穿着草鞋。草鞋便宜但不耐穿，一双几分钱的草鞋，个把月就穿坏了。父亲一年要织几百双。草鞋卖不到多少钱，父亲就想到扎扫帚。扫帚家家户户都要用，本地没有扎扫帚的材料，扎的人也少。父亲就从外地买来高粱秆和枝，一年扎几十把扫帚。看到父亲织的草鞋，扎的扫帚都躺在家里。吉农想，何不把它拿到南江对岸去卖？一则看看那边的集镇是什么样子，二则卖点钱贴补家用。

十月的一个星期天，秋高气爽、丹桂飘香，吉农挑了几十双草鞋、十多把扫帚上路了。集镇在南江与大湖交汇的南岸，有一个水运码头。江东县县城附近很大一部分人流和物流都通过这个码头，走水路可以到大湖周边各地区、县城和集镇，可以通江达海。集镇的流动人口多，热闹，湖西垸的人常常过江去赶集，做些小买卖。

从吉农家到集镇有十多里路，其中四五里水路。那天天还没有亮，吉农就挑着扫帚和草鞋出了门，走到临湖公社集镇乘小木渡船。上岸再走三里多路，赶到集镇时已是晌午。吉农找个热闹的地方，放下担子，开始叫卖：“卖扫帚啊，卖草鞋啊，便宜卖啊！”

太阳快要落山了，才卖出十几双草鞋、几把扫帚。吉农闷闷不乐，挑着剩余的草鞋和扫帚往码头赶，想乘末班渡船回家。赶到码头时，渡船已经停止摆渡。他坐在渡口四处张望，寻找过渡的船只，找了半天，天快黑的时候，父亲划着小船来接他了。

吉农看到夜幕下的父亲，腰弓背驼，一边划船一边哼哼唧唧，又惊又喜又心痛。父亲把船靠到岸边，对吉农说：“饿坏了吧，赶紧上船回家。”

吉农上船，应道：“肚子倒还不饿，就怕回不了家。”

上船后，吉农从父亲手里把桨抢了过来，使劲划着，朝家的方向驶去。

吉农过江不光卖草鞋和扫帚，家里有什么卖就去卖什么，卖得最多的是甘蔗。湖西垸的土地适宜种甘蔗，种出来的甘蔗又脆又甜，当地人把它叫作果蔗。沙坪大队的社员家家户户自留地里都种果蔗，吉农家也不例外。他家的甘蔗多数是由他挑到公社集镇去卖的，有时也到大湖地区其他人流多的集镇去卖。但就是没有去过江东县城。

高中毕业时，吉农圆了到县城的梦。同学们拿到毕业证后，结束中学生活要各奔东西了，都有些难舍难分。大家三个一伙五个一群，今天到这家，明天去那家，轮流做东请客聚会。吉农天天去同学家里，有点难为情，硬着头皮接几个要好的同学来家吃了一顿饭。父亲为了有荤菜接待吉农的同学们，硬着撑着病弱的身体去河里捕了些鱼回来。

同学们在本乡本土玩够了，就想去外面走走。吉农和五个同学一起去江东县县城玩了一次。

那天，他们起了个早，赶到临湖公社集镇坐渡船过南江，到对岸的集镇码头，再步行三十多里路到达县城。

当时去县城是有公共汽车的，但为了省钱老百姓一般都步行，吉农和同学们也不例外。一路走一路聊到县城天都黑了，当晚住在一个同学的亲戚家里。那户人家住在县城东南角的一条小巷子里，家里有栋三间木板壁、小青瓦的平房，中间是堂屋，两边的房子一边开了两个床铺，另一边作厨房兼杂屋。同学们打地铺睡在堂屋中。

吉农第一次进县城，非常兴奋。第二天早早地把同学们叫醒，早餐都来不及吃，就喊着要去逛街。走在街上，吉农觉得一切都非常新鲜，商店、酒楼、学校、医院、机关，只要见到漂亮的房屋和拥挤的人群，就要凑过去看看。半天工夫把大街小巷逛完了，但还余兴未尽。

江东县县城并不大，东西、南北两条三里多路长的十字街，百货商店、大饭店、食品店就在十字街的四个角上，县委大院在距离十字街中心两里路的东南方，南北主街向北不到千米是南江客货水上运输码头。那时候县城北边的河流和滩涂还没有围垦起来，客货船可以经南江东行二十多里到达大湖，再东行则通江达海。

晚上，吉农和同学们一道，睡在江东县县城城北水运码头的货船上，那是当时的他睡过的最大的木船，比父亲捕鱼的船大好多倍。这艘船是县运输公司的，由一个同学的伯父驾驶。

这次，吉农不仅越过南江，还到了县城，开了眼界，这再次激发了他刻苦学习，努力改变现状的决心。

重返罗家湖

吉农结束中学阶段的学习生涯，吉农高中毕业回到临湖公社沙坪七队时，正值一年中最忙最累的“双抢”季节。他满怀豪情，心想：自己是生产队唯一的回乡知识青年，快满十七岁，应该懂事了，必须多干点农活，多挣点工分，从年过半百的母亲肩上接过养家糊口的担子。

干农活对于吉农来说并不生疏，插秧、割稻、犁田、种棉花，他几乎样样都干过。但谁也没有料到，“双抢”还没搞一半，他就病倒了。

吉农每天天不亮就去参加“双抢”，晚上天黑了才收工回家，哪里有重活、脏活、累活，他就在哪里干。几天后，他感到手脚麻木，四肢无力，全身疼痛、浮肿。去了公社卫生院检查。医生给他号脉、听诊、量血压，折腾半天后说：“劳累过度，休息几天就好了。”

吉农回到家里，休息两天，第三天又去参加劳动。可是，一下水田又开始流鼻血。只要弯腰鼻血就不停地流，有两次还昏倒在田里。

水田里的活不能干了，舒友就让生产队长安排吉农在旱地里摘棉花，在队屋禾场里晒稻谷。这些都是照顾老人、妇女和未成年的少年干的农活，吉农已经是青年人了，尽管个子瘦小，可毕竟是男子汉，是家里唯一的正劳力。见吉农去干轻活，社员们开始讥讽，说什么："读书读懒了，就是舍不得吃苦。"

"家里没劳力时靠社员们养着，现在好不容易回来个正劳力，又干不得重活，还要照顾。"

更难听的话："这家伙，好吃懒做，装病！"

舒友听到后很不舒服，回家问妻子说："农儿做不得重工，社员们在说闲话，他不会真的是装病吧！"

二姑听到这话就来了火："你们是瞎子啊！他全身浮肿，弯腰就流鼻血，你们没看到？"

为了维护吉农，二姑与丈夫不知吵了多少次。二姑还为吉农跟队上的社员们吵了几次架。有次几个社员在一起议论吉农，说他的坏话，二姑听到了，把那些社员狠狠地骂了一通。

生产队也有体贴和帮衬吉农的社员。有对叫杨五、杨六的双胞胎兄弟，比吉农大几岁，很照顾吉农。吉农干不动的活他俩帮着干，分组割稻他俩主动找吉农结伴，别人说吉农的不是，他俩站出来打抱不平。

虽然他骂过吉农，甚至当着社员们的面骂吉农没出息，导致吉农的父母和姐妹对他有意见，但吉农能够理解。在吉农看来，二姑父作为大队的主要负责人，必须秉公办事，有时也是做给别人看的，从另一个角度讲，也是想激励、督促自己进步。舒友内心是关心吉农的，"双抢"刚结束，就要生产队安排吉农去罗家湖看湖。

看湖，对吉农来说熟门熟路，两年前父亲在罗家湖看湖时他常常去帮父亲干活。接到队里的通知，他立马打点行李准备去看湖。父亲不放心，对他说："我陪你去吧，相互有个照应，也可以帮你做点事情。"

"不用你去。"吉农说。他不想要父亲去，怕父亲发病，同时也觉得自己长大了，应该学会独立。父子俩一个要去，一个不让，争了老半天，最后达成协议：父亲只过去帮着搭搭棚，安顿好了就回来。

要拿过去的东西多，有搭棚的材料，有日常用的工具，有做饭吃的餐具，还有铺盖行李，吉农担心专门用来看湖的木划子太小，怕装不下，便借来一只稍微大点的木船。

清晨，父子俩把东西装上木船，运到滩涂上。两人寻了半天，才找到原来搭棚的高台子，放下物件，动手搭棚垒灶。太阳快落山的时候，棚已搭好，灶已垒成，床铺也开了多半，吉农催父亲回家。父亲不想离开，吉农反复催道：“爹爹，快走吧，没多少事了，剩下的我干得好，太晚了路不好走。”

吉农一边说一边夺走父亲正准备铺床的草席，拉着父亲上了船，自己走到船尾，撑起双桨，乘着五彩缤纷的晚霞，把父亲送回家。

吉农在家里吃了点母亲早已做好的饭菜，带上一些上午遗落的日常用品往滩涂上赶。回到草棚子里，天已全黑。他点燃煤油灯，借着微弱的灯光，继续搭床开铺，支蚊帐，直到深夜才忙完，草草的用冷水洗了手脸就上床睡觉。也许是太劳累了，加上心情舒畅，那一晚他睡得特别沉、特别香，做了一个甜蜜的梦。睡梦中他把罗家湖打理成一个美丽的花园，自己在花园里居住、生活、劳作，开心极了……

吉农在罗家湖整天忙忙碌碌，不敢有半点懈怠。他要把二百多亩土地看管好，经营好，不能让队上的人失望，不能让那些看不起他的人说闲话，更不能让力荐他的二姑父为难。

到罗家湖的第二天，吉农就着手清除杂草，翻耕平整土地。肥沃的土地上生长着茂密的野草野花，有齐人高的蒿草、南荻；有厚厚像棉被似的马莲根；还有野菊花、野黄花、玉兰花，十分美丽。但是，也很麻烦，翻耕前必须用镰力把这些野花野草除掉。不过，割掉的野花野草晒干后是极好的烧柴，社员们抢着往家里拿。除草人手不够，吉农又请示生产队长，派来了几个劳力帮助。来罗家湖除草的社员不仅能得到工分，还可以把草晒干，拿回家做烧柴。

除完草，吉农又从生产队牵来两头水牛，要来两个帮手，开始犁地，用了七八天时间才把土地翻耕、平整完毕。然后撒播上油菜、萝卜、白菜种子，还播种了一些小麦、苦荞和绿肥。

把农作物种子播下地以后，就只需要看管，别让牲口践踏了。吉农是个闲不住的人，有了空余时间，便动手忙起副业来。他把洪水还没有完全退尽的水凼一个个筑坝堵起来，等凼外的洪水退下去了，就挖一个口子放水，并在放水口拦上簸箕或渔网。凼里的水一旦放干，鱼虾全部留在凼内，可以直接捕捞。有些凼水太深，不能完全放干，他就用水桶、面盆把水浇出去。干凼捕鱼是件快乐的事情，把一条条活蹦乱跳的鱼捉到篓子里，那种获得感即使若干年以后想起来，吉农的心里还是美滋滋的。

不过，也是在这一年，吉农碰上了秋汛。秋汛是不多见的，几年难得碰到一次。那年九月上旬，南江又涨了一次洪水。秋天的洪水尽管比较柔和，流量不算大，也不太凶猛，两三天就过去了，但大湖里还是积满了洪水，一片汪洋，大片滩涂被淹。罗家湖有五六十亩低洼的地方过水，刚播种不久、还没有长齐苗的庄稼全被淹死了。吉农只好重新翻耕土地，补播种子。秋汛过后凼很多，鱼很活跃，吉农要播种作物，又要干凼捕鱼，忙得不亦乐乎。

九月中旬的一天，天刚亮父亲就划着小船来到罗家湖，对吉农说："二姑父要你到大队部去一趟，找你有事。"

吉农说："什么事？"

"你二姑父没说，去了不就知道了。"父亲一边说一边催吉农快走。

吉农来到大队部时，见舒友与支书吴成正在商量着什么。舒友把吉农喊到旁边，对支书说："老吴，农儿这段时间在罗家湖看湖，表现还不错。"

吴成望了吉农一眼，说："好久不见，长高了。"

说罢，舒友和吴成忙自己的去了。吉农一头雾水，在那里愣了半天。

十多天后，吉农得到通知，去沙坪中小学教书。此时，他才明白二姑父带他见支书的用意。

两次高考

吉农到沙坪中小学教书是那年国庆以后。在这之前，还在滩涂上看湖的他觉得自己知识不够，能力不强，一直在找机会到外面学习，提升自己。

那年秋季征兵，吉农想应征到部队去学习锻炼。晚上把父亲请到滩涂替他守着，自己去找当大队长的二姑父。舒友也帮他找过支书，吴成说指标有限，下次再说吧。

兵当不成，吉农又听说江东县要把苏联老大哥援建的蒸汽机水闸废掉，在湖西垸建一座大型电力排灌站，选在原址。吉农请当排灌站副站长的小姑父帮忙推荐，想去当电排建设的施工人员。领导见他心情迫切，又是高中毕业生，看样子还勤快，就同意了。

吉农正准备去修电排的时候，二姑父来通知他，要他去教书。是当水利工程的建设者，还是去当民办教师，吉农有些纠结。二姑父坚持说："教书去吧！学到的几个字忘不掉，文化水平还会有所提高，便于今后找机会继续深造。"

吉农听了二姑父的话，到学校教书去了。

沙坪中小学安排前年入校的民办教师郭纯去江东县教师进修学校参加培训，由吉农代课，也有试用的意思。郭纯比吉农年长两岁，是临湖中学的上届同学。

这所学校是吉农曾经上过的小学。最近开始重视教育，普及初中，公社中学场地太小，设施不够，有些学生上学又太远，就选择学生比较集中的大队办中学，沙坪大队被选中了。本大队生源不够，就把邻近大队的学校合并在一起。

学校开设五个教学班，一百多名学生，七名教师，吴德当校长。校舍简陋，十来间平房，土砖墙轻轻一碰就脱落，房顶上的红瓦片稀稀疏疏，遮不住雨；门窗是坏的，关不住人畜。放学后，猪狗鸡鸭出入自由，有几个调皮捣蛋的学生还经常趁老师不注意的时候，在墙壁上扒个洞，进进出出。吉农时常早上提前到校，在沟里提一桶淤泥，把砖墙砌上然后迎接学生到校上课。

大队办中学刚刚起步，教室、教材、课桌椅样样都跟不上，师资力量更是不够。本来在开学前舒友就向吴成推荐过吉农，吴成以吉农年轻为由，没有接受，这次郭纯去县里进修，学校的教师实在忙不过来了，吴成才勉强同意，但还是有些不放心，说："先代代课，试一试看看，行就留下来。"

直到两个多月后郭纯进修返校，教初中数学，才通知吉农，代课期结束，正式成为一名民办教师。

吴德大多数时间不在学校，回校就背着双手四处巡视，见到谁不顺眼，无论教师还是学生，就是一通骂，有时还体罚学生，师生们看见他都躲着走。只有和教小学二年级算术的教师彭三妹在一起的时候，吴德才会有说有笑。

彭三妹十分高挑，脸瘦瘦的，眼睛大而有神、皮肤白皙，是沙坪大队有名的小美人。从小就被吴德盯上了。吴德变着法子找她玩，上小学要和她读一个班，挨着座位坐。同在临湖中学高中毕业，当了校长的吴德给父亲建议，要她到学校当老师。两人几乎形影不离，有时彭三妹上课，吴德都要去教室门口瞟两眼。

吴德对吉农是很不友善的。他认为吉农当教师是他父亲的恩赐，就应该感恩戴德，一直就不给吉农好脸色。好在没过多久，他就调去了公社造纸厂。

吉农入职时任三四年级复式班的班主任，教语文课。他除了认真教课，还要带领学生们参加集体劳动，参与社会活动，写横幅、标语，办墙报、板报。在沙坪大队他的字写得算好的，便利用一切可以利用的时间，先是在本生产队家家户户门框上贴对联，板壁上贴标语口号，房屋宽点的墙壁用石灰水写上醒目的大字。然后到临近生产队去写去贴。有段时间出门就能看到他的手迹。后来外出工作几年后回来探亲，还能看到居住在南江大堤上，社员屋后墙壁上耀眼的标语：战无不胜的毛泽东思想万岁。

那时，吉农还喜欢画画，从临摹毛主席和雷锋头像开始，再画田地山川，有时也画些花草鱼鸟。原本只是为了学校办板报用，后来兴趣来了，家里的墙壁上都挂满了自己的作品。就在他教书、写字、画画起劲的时候，中国恢复了高考。

吉农是在考试前两个月得到消息的。沙坪中小学五名符合条件的年轻民办教师积极性都很高，同时报名参加。一所学校不可能把全部教学任务都压在两名不参加高考的老教师身上，所以临湖公社联校决定：同意符合条件的民办教师参加高考，但是不能脱产复习。只能边教学边复习，迎接高考。

吉农知道自己，从小学到高中毕业学的知识并不多，语文可能稍好一点，数学、物理、化学根本不行，有些内容看都看不懂，能不能考上实在没有把握，还指望在复习时请老师辅导辅导，现在连集中复习的时间都没有，心里凉了半截。正准备打退堂鼓的时候，郭纯给他鼓劲："不用害怕，都是这个水平，咱们一起找时间复习。"

吉农听郭纯这么一说，有了一些信心。两人报名后，教学在一起，吃住在一起，复习在一起。晚上挤在郭纯那间斗室里背书解题，不到12点不上床睡觉，白天的课余时间更不放过。为解决吃饭的问题，两人自带大米，每天每人交两角钱的伙食费，固定在沙坪大队桔园搭餐，辛苦吉农的三叔多做一些饭菜。

吉农的奶奶住的地方离学校不到半里路，听说孙子复习，准备考大学，需要补充营养，桔园里的伙食差，餐餐吃白菜、萝卜，油盐都放得少，便隔三岔五做点荤菜，喊孙子去改善生活。开始的时候，吉农邀请郭纯一起去奶奶那儿吃饭。郭纯见八十多岁的奶奶做餐饭不容易，去了几次后就借故推辞了。

郭纯的学习基础比吉农扎实得多，吉农不懂的问题，就向他请教，他也会耐心解答。遇到两人都不明白的，一起钻研，有几次为解答题目，忘记时间，不知不觉天亮了，用冷水擦把脸又去上课。

郭纯还帮助其他几个参加高考的民办教师复习。不管是谁碰上难题问他，他都热情回答。有时候他把大家提出来的问题集中起来，一边讨论，一边解题。他还通过在临湖中学当教师的父亲，搞来一些高考模拟试卷，给大家讲解，供大家练习。在他的帮助和指导下，吉农和同事们渐渐有了学习的兴趣。

年底，高考在临湖中学考点进行，临湖公社及周边两个公社的考生都在这里参加考试。大家兴高采烈地进入考场，多数人垂头丧气地走出来，嘴里喃喃地说："题目太难啦！"

其实题目并不难，只是那个年代的中学生学的知识太少。吉农和沙坪中小学其他几名考生都感到考得不理想，唯独没有看到郭纯失望的神色。

不久，吉农得到通知，去参加身体检查和政审。郭纯也同时得到了通知。吉农的心情无比激动，仿佛已经跳出农门，进入了大学，这让他彻夜难眠。

体检是在临湖公社卫生院进行的，体检时吉农还碰上了几个中学时期的同班同学。老同学相聚，还带着几分自豪与喜悦，有说不完的话。当晚就睡在覃玉明家里，彻夜畅谈着理想和未来。

政治资格审查是不与当事人见面的。没等几天，吉农听说临湖公社来了三个脱产干部，到沙坪大队扎扎实实、神神秘秘搞了半天，专程对吉农和郭纯进行政审。吉农有些不放心，想请郭纯去打听打听情况，说："你爹是中学老师，能不能打听一下我俩的政审有没有通过。"

郭纯半开玩笑半当真地说："没有必要，我俩工作这么积极，表现也不差，政审肯定没有问题，大队会同意我们去上学的！"

"但愿如此。"吉农心里仍不踏实。

等待录取通知是段难熬的日子，又遇上放寒假，待在家里没有事情做，总想着通知书什么时候来？亲戚朋友也不停地问。春节过后，考生们陆陆续续接到学校的录取通知，吉农着急了。直到沙坪中小学开学，回到学校继续教书，也没有看到大学的录取通知书。郭纯同样没有被大学录取，两人同病相怜，百思不得其解。

被学校录取的考生都走完了，两人去临湖中学询问情况。通过郭纯父亲的关系，查到了还放在临湖中学的试卷，吉农和郭纯的考分都达到录取分数线。据了解内情的老师讲，有不少低于这个分数的考生被录取了。

吉农很固执，非要探出个究竟不可。心想，中学时关照过自己的徐宏广老师不是调到临湖公社任党委秘书了吗？何不去问问。他来到公社，徐老师帮他找到了那名参与政审的公社干部。那人不肯明说，支支吾吾地对吉农解释："是有点可惜，你也不要责怪大队干部，你爹长期生病，你去上大学了，你妈是个半劳力顶不得事。"

吉农一听这话，脑子一片混乱，以至于郭纯为什么没有录取，也忘记问了。

吉农只能认命，留在沙坪中小学继续当民办教师。但是，他并没有死心，一边上课一边打听高考的新动向。三个月以后，得到消息：高考制度有变化，不再专门政审了，大学、中专分开命题，秋季招生，七月开考。

尽管没有上届高考那么激动，但吉农心中还是想着考出去。郭纯的欲望更强烈。他俩坚信，单凭考试成绩应该能够考上。两人又报名参加高考，好在沙坪中小学上届报名的其他几个教师都不愿再考了，而且自告奋勇地提出多承担一些教学任务。吉农与郭纯再次搭伙，一同教学、复习，准备考试。

吉农担心失误，第二次报考的中专。考试是在暑假期间进行的，考完之后沙坪中小学开学，他又回到学校继续上课。与第一次相比，他少了几分浮躁，也不与大家议论，只是偶尔和郭纯说说如果被录取，或者没有被录取各自的打算。两人都有共同的想法：如果这次没有被录取，下次接着考，直到考上为止。

正当吉农怀着忐忑的心情等待时，国庆节前夕，学校录取通知来了。吉农如愿地被省水利学校录取。郭纯被录取到西湖师范专科学校，比吉农早几天得到通知。

吉农拿到录取通知书后，支书吴成专程去沙坪中小学校祝贺，对吉农说：“你是我们大队本乡本土第一个考进学校的，一定要好好学习，家里的困难我和大队干部会照顾的，千万莫牵挂，多学一点本事，今后好为家乡人民服务。”

“谢谢吴支书的关心！”吉农只说了一句，再说不出多的话来。

水库上读书

学校在江东县城以南十多公里的一座水库上。水库内水面万顷，水质清澈，绿树环绕，空气清新，当地人把它叫作清水湖。水库东北方一座大坝，大坝下面是成片的农田，其余三方丘陵环绕；一片丘陵由南向北成带状延伸在湖中，学校就修建在这片丘陵上。学校周围山清水秀，碧波荡漾，绿树成荫。杉树、松树、樟树、桂花树和各种果树环绕校区，柑橘、核桃、茶叶、板栗和红薯是这里的特产。

学校的前身是省水利部门的农场兼干部学校，由一位抗美援朝的战斗英雄倡导创办。这位英雄的老家离水库不到两公里。在朝鲜战场身负重伤后，作为一等残疾军人转业到江东县，本来可以安心休养，但他身残志坚，坚决要到一线工作，先后担任过县供销社主任、水利局局长。当水利局局长时，他在清水湖办了个农场。“文化大革命”期间，农场里又办起了干部学校。恢复高考后，又把水利学校办在了这里。

虽然是原来的干部学校旧址，但吉农入校时住的宿舍，上课的教室全是新建的平房。年初第一届开始招生时，只招了六个班，这次是第二届，招收了八个班，教职员工近千人。原有校舍远远不够，就在高低起伏的山坡上，错落有致地盖起十多栋平房。

入校不久，班上挑选干部，多数在那些年纪偏大且有些社会经历的学生中产生。被选为团支部书记的王成明二十三岁了，在大队当过秘书，还是当地的才子，琴棋书画样样都会，十里八乡老百姓婚丧嫁娶、逢年过节，都少不了他写的对联，还请他去出出点子、凑凑热闹。吉农在班上年纪居中，刚满十九岁。班辅导老师见他长得精干，忠厚朴实，字还写得可以，让他当宣传委员。另外还选了一位会唱歌跳舞，能说一口标准普通话且十分活跃的女生李娟当文艺委员。

吉农没有辜负老师的希望，开学不久，学校举办文艺会演，要求每个班都要演节目。他们班自演一个小话剧，叫作“上大学”。剧本是吉农编写的，王成明做了些修改。剧情是描写一个农村贫困学生自立自强，克服困难，发奋学习，终于考上大学。吉农在剧中扮演那个学生，王成明扮演父亲，李娟扮演母亲。没想到演出很成功，得到全校师生的好评。

从那以后，学校组织文艺活动都有吉农的节目，不过，他再没有写过话剧，只写些诗歌。有时由李娟朗诵，有时则由他和李娟两人朗诵。吉农的普通话很糟糕，李娟先要一句一句教会他，然后再排练。由于吉农缺少语言天赋，一个字教几遍都读不准，一句话要教半天。还好，正式上台朗诵也还马马虎虎过得去。

因为家庭条件差，吉农在学校享受国家津贴，不仅不交学杂费，学校还补助生活费。学校根据学生的家庭经济状况将生活费补助分三个档次按月发放，高的十三块五毛钱，中间的十一块五毛钱，最少的有九块五毛钱。家庭富裕的同学生活费自理。吉农家里条件差，享受最高生活费补助。

刚入校时，学校里每天吃饭都是集中开餐，八人一桌。学校发的生活费不发给个人，食堂直接抵扣。每人每月伙食费标准十五元，享受国家生活费津贴的学生按标准交齐，没有享受津贴的学生必须每月在规定的时间内，交足伙食费才有饭吃。

有一天中午，大家按编好的桌席在食堂就餐，刚坐下来，准备吃饭，突然来了两个工友，气势汹汹地夺下李娟和另一个男同学的碗筷，大声吼道："你俩没交伙食费，不能吃饭！"

同学们见此情景，都不吃饭了，集中在教室抗议学校的野蛮行为。还得到隔壁几个班的响应。其实，两个同学超过规定交伙食费的时间才两天，李娟家里的汇款已在路上。

于是，校长亲自与同学们对话。吉农被推举为主要学生代表，对话选在吉农班上，并且推举吉农为主发言。吉农不知道一下子哪来那么大的勇气，连续质问校长几个问题："为什么在食堂抢夺学生的饭碗？为什么事先不了解情况，工友就采取如此野蛮的行为？学校的管理还有没有一点人性？不处分抢同学碗筷的工友，不恢复停餐同学的伙食，大家决不吃饭，决不上课。"

同学们纷纷争着发言，谴责校方。在大家的据理力争下，学校满足了同学们的要求。没过多久，学校改变就餐方式，再不吃桌席了，同学们凭餐票在食堂买菜买饭，国家津贴的生活费改为餐票发给大家。

从此，李娟对吉农产生了好感，找他聊天，问他借书，向他学习写字，家里寄来的好吃的东西也悄悄地拿给他吃。渐渐地，吉农也有了想与李娟见面的感觉。有段时间吃完晚饭后，虽然没有相约，两人都会去教室。可惜，好景不长，另一个男同学出现了。李娟晚饭后去教室，那个男同学也去，有时还热情地邀请李娟去湖边的林荫小道上散步。这个男同学是县城里的干部子弟，有优越感，比吉农自信大方。吉农几次鼓起勇气，想约李娟外出走走，可恨的自卑感就冒了头，反复想道：人家是县领导的女儿，怎么看得上你这个农村里来的穷小子？死了这份心吧！此后，他晚饭后很少去教室，而是和几个要好的男同学去湖边散步。

学校的环境很优美，远离喧闹的城市，在青山绿水中学习和生活。白天上课没有人打扰，晚上睡觉听不到嘈杂的声音。同学们在林荫小道上漫步，在绿树丛中晨练，在湖边草坪上看书。

有段时间，吉农天刚亮就起床跑步。也许是坚持晨跑的原因，弱不禁风的他，在学校举办的运动会上，参加一千五百米长跑，居然得了一块金牌。当时报名参加长跑时，班上的同学都持怀疑态度，王成明还开玩笑说："就你那细胳膊细腿，三级风都吹得倒，还能长跑？"

吉农底气十足，说："别看我瘦，我挑一担百多斤的稻谷，跑一两里路不歇气。"

比赛前一天晚上，李娟悄悄送给吉农半包麦乳精，反复叮嘱他好好休息，养足精神。

比赛时同学们都站在跑道旁边替他加油鼓劲。最后几圈，有几个同学轮流陪着他跑到终点。

吉农和同学们在水库上也做过坏事。板栗熟了偷板栗吃，柑橘红了偷柑橘吃，偷吃红薯更是家常便饭。学校周边的农场职工和生产队社员在山坡上种了很多红薯，没等长大成熟，调皮捣蛋的学生就开始偷。他们把红薯挖出来，拿到湖边洗掉泥土，放在口里就啃，脆嫩甘甜。有些勤快的同学还捡点树枝树叶，生一堆火，把红薯放在火上烤，烤得焦黄焦黄的，老远就能闻到香味，吃起来又粉又甜。吉农是烤红薯的能手。

夏季，清水湖的水干净、凉爽，吸引了不少游泳爱好者，江东县城里的，甚至几十里以外西湖市里的人都来游泳，避暑纳凉，学校里的同学们就更不用说了，寻到机会就往湖里钻。湖水很深，最深的地方几十米，学校严禁学生擅自下湖游泳，可是禁不住。有次两名男同学因天气太热，睡不着，半夜三更偷偷摸去游泳，第二天早上发现人不见了，同学们四处寻找，结果在离校舍不远的湖面上找到两具尸体。

吉农还目睹过水库涨水，坝堤垮塌，校舍被淹的情景。清水湖水库西南方，从低缓的丘陵到连绵起伏的群山，群山之中茂盛的森林在大炼钢铁时被砍伐了，植被破坏，遇上刮风下雨，浮在表层的泥土被冲刷得干干净净，日积月累成为一座座光秃秃的山，不能涵养水分，下游的田地、塘坝、沟港和水库随时受到山洪威胁。这个水库是大湖西南岸承接山区雨水的主要缓冲湖泊，遇上暴雨，山洪暴发，湖水猛涨，因水库溢洪道设计偏小，遇到暴雨，湖水猛涨下泄不及时，加上堤坝年久失修，不仅容易水淹农田、房屋，水库主坝还频发漫溃、垮塌等险情。

吉农入校第二年的春末，连续几天下雨，水库超过危险水位，洪水已逼近大坝堤面，建在湖边的几处校舍都进了水，学校一边组织学生转移，一边派人配合江东县水利部门巡堤、排险、加修子堤。

吉农参与了加修子堤。晚上溢洪道因水位过高，流速加快，堤坝发生脱坡，直到来了几位水利专家才处理好。

水库虽然没有垮坝，保住了下游几万亩良田和数万老百姓生命财产安全，但这件事在吉农的脑海里留下深刻印象，心中再一次萌生了治理水患的念头。

学校遭受山洪袭击的情境和参与防汛抢险的经历，激发了吉农的学习热情。他更加认真地向老师学习治水知识，不耻下问，还抽时间跑图书馆，寻找资料自学，增长治理水患的专业知识。半年多以后，他带着治理水患的雄心壮志，从省水利学校毕业了。

第三章
湖畔历练

吉农分配到江东县工作，受到工作单位的热情欢迎；他参与防汛抢险，增长实践知识；他更换岗位，也体会了人间冷暖；他立志治理水患，制订规划。尽管道路坷坎，步履艰难，但得到了锻炼。

回江东

接到去西湖地区人事局报到通知的第二天，吉农天不亮就起床，从家里赶到临湖公社集镇码头，乘坐到西湖地区的客轮，从南江江面逆流而上。正赶上洪水季节，轮船航行速度缓慢。他第一次乘坐长途客轮，十分好奇，从船头到船尾来回穿行，五十多公里水路，不知不觉走了两个多小时。上午十点多到达报到地点时，地区人事局接待毕业生的办公室门上贴着一张纸条，上面写着："报到的同学请下午二点半来。"

下午，吉农赶到地区人事局，守在办公室门口。上班时间到了，门刚打开，他对着开报到通知单的女同志说："大姐，我是吉农，来报到的。"

那位女同志抬头看了吉农一眼，慢条斯理地翻开花名册，从抽屉里拿出一叠通知单，也不说话提起笔，一脸严肃地写了起来。填好通知单，她头也不抬，顺手递给吉农。

吉农接过来一看：报到单位江东县人事局，顿时心凉了半截。

前几天学校一位老师告诉吉农，说是分到地区直属部门，怎么回县了啊！吉农十分沮丧，从地区人事局出门，就急着往江东县赶。分配到地区的李娟也为吉农惋惜，想把吉农留下来，说：“今天回县里太晚了，明天再走吧！我们一起想想办法。”

吉农轻声应道：“有什么办法？”

李娟说：“我等会儿打电话问问我爸，看他认不认得地区的领导，能不能帮上忙。”

吉农哪里肯听，头也不回就往南江渡船码头走去，李娟默默地在后面跟着。到了船码头，李娟提出陪同吉农过江，被他婉言谢绝了。把吉农送上渡船，李娟站在码头久久不愿离去。乘上渡船的吉农，回头望着李娟，泪水充盈了双眼。

前几年，围湖造田把途经江东县县城的南江河道堵死了，从西湖地区主城区到江东县县城没有直达的轮船，隔着的南江也没有桥梁，行人必须坐渡船到对岸的江南镇，再乘汽车才能到达江东县县城。吉农到达江南镇的时候，天色已晚，去江东县的公共汽车已经没有了，他只好在镇上找个小旅店住下。

江南镇是一个农村贸易集散地，因为南江南岸的人去地区办事，必须在这里坐船，白天非常热闹，晚上比较冷清。过江后，吉农住进江南镇一家小旅馆。晚饭不吃，手脸没洗，倒在一张铺盖破旧的单人床上，心烦意乱，加上一间不大的房子里睡了四个客人，先是吵吵嚷嚷，后来鼾声如雷，此起彼伏。

吉农几乎一夜没有合眼，第二天天还没有亮就赶到江南镇汽车站，乘上开往江东县的首班公共汽车。上午九点多，他怀着一颗忐忑的心走进了县人事局标有大中专毕业生分配报到处的办公室，见到一位戴着眼镜的青年男子，迎上前去问道：“同志，您是接待毕业生的吗？我来报到。”

那人问清姓名后，叫吉农等一会儿，便走出房间，不久带来两位女同志，指着其中一位看起来还有些气质的中年女同志，对吉农说："这是我们的局长，她有些话要问你。"

局长只是简短地问了问家住那里，家里还有些什么人，对分配有何要求等情况，一边问一边和同时进屋的另一位年轻的女同志交换眼色，随后又是一句："你明天上午再来吧。"

回家需要隔河渡水，吉农不愿意花费乘车搭船的钱，步行回家吧，天气又实在太热，再说明天上午要报到，怕耽误时间，只好去居住在县城北郊的围湖垸四叔家里借住。

几年前，江东县组织几万劳力，奋战了两个秋冬，在县城以北修筑了一条长长的防洪大堤，将南江以北的几万亩滩涂围起来，又从各公社抽调两万多名干部、社员移民到这里开垦种植，在临湖公社办公室做资料员的四叔，举家迁了过来，家就安在离县城北门不远的地方。

第二天上午刚上班，吉农就赶到了县人事局，接待他的仍然是那位戴眼镜的男同志，对吉农说："你坐，稍微等一会儿。"

戴眼镜的男同志转身离去，不到一刻钟，与昨天陪局长来见过面的女同志一起来了。他从抽屉里拿出早就已经开好的报到通知单，递给吉农，又指指女同志，说："这是县计委的王芙蓉同志，你叫她王姐吧。你分到他们单位了，跟她去报到。"

王芙蓉面带微笑，点了点头，领着吉农朝县计委办公室走去。紧跟在她身后的吉农，边走边打量。心里揣测，这位王姐娇小的身材，大而圆的眼睛，白白净净的皮肤，秀气、端庄、和善、阳光，一定很好相处。

县计委和人事局都在县委大院办公，所谓大院不过占地十多亩，除县委书记和两名副书记在一栋两层木楼房，县革委几名副主任在一栋三层砖瓦房办公外，还有十多个部门挤在几栋平房里上班。

坐北朝南的院落，县领导办公的两栋小楼各居北面的东西两侧，红墙青瓦的平房由北向南排列，大门开在正南方，门两旁与东西两边都用木瓦结构的平房连接。据说，这个院子是解放初期成立县人民政府时，在一个地主家四合院的基础上改建而成的，木楼房是老宅子。

来到人事局南边另一栋平房办公的县计委，王芙蓉先领着吉农先跟主任见面，再到每个办公室与同事们打招呼，然后在机关院内熟悉环境，在食堂购买餐票，转了一圈后，折回到同栋平房靠东头的一间房屋里。她说："这是给你借的临时住房，床铺都是现成的，你先住着。"

吉农如释重负，愉悦的心情油然而生。

防秋汛

吉农在县计委上班不足两个月，大湖地区发生了罕见的秋汛。九月中旬，长时间的秋雨使南江、北水和大湖湖水不断上涨，加之下游江河水位居高不下，形成顶托之势，地处大湖周边的湖汊子垸积水无法排出，造成大面积内渍。江东县东北部地区最为严重，尤其是湖西垸，垸内大部分农作物都浸泡在水里，房屋、道路被洪水围困。

县里成立了抗洪防汛指挥部，抽调大批干部奔赴各地包保[18]防守，防止堤垸溃决，确保人民生命财产安全。吉农跟着县农机局局长朱长林到湖西垸北端的一个子院防汛抢险。这个子垸内河围绕，公社集镇在内河的拐弯处，吉农防守的堤段从公社集镇起，沿着河道往西走，有两千米长。

吉农紧跟朱长林，乘坐一辆破旧的四轮农用车赶到防汛堤段时，内河水位已经接近堤面。垸内多数农田被水淹没，只有几处地势较高处的庄稼幸存了下来，一排排低矮的民房仿佛浸泡在水中。有段堤开始漫水，公社干部正在组织社员抢修子堤，两人立即投入到抢修的队伍中去。

吉农一边挑土，一边仔细观察，发现这段堤比较宽，堤面内侧并排住着好

18 包保，目标责任制的一种形式，这里意思是分区分段防守，确保安全。

几户人家，堤面明显比两端的堤段低矮，估计是老百姓修建房屋时把堤顶削了下去。内河的水已经漫过堤面，开始流进屋内。有些社员还在房屋前面堆了一些泥土，阻隔河水。

吉农和社员们从两百多米远的高坡上，挑来泥土垒在低矮的堤面。堤面太窄，人多拥挤，朱长林就指挥社员们兵分两头，同时往中间筑堤。好在漫水的堤段并不长，只有几十米，经过半天抢修，堤面上就垒起了近米高的子堤。

朱长林是江东县农业战线的老干部，防汛抢险经验丰富，子堤修好后马上与社队干部一起研究制定防守堤垸的方案。社员们被分成两个组，一组抢险，一组巡堤。县里和公社的干部分派到组里，加强领导。抢险组无险时待命，哪里发生险情就赶过去抢险。抢险组的人要有力气，还必须动作快，所以集中了一些年轻力壮的男劳力。巡堤组24小时不间断地巡回检查，发现险情，及时通报。如果发现晚了，组织的人再多，本事再大也很难抢住。大湖地区的老百姓经常把防汛“七分查险三分抢”的话挂在嘴上，因此，巡堤组的社员须经验丰富。朱长林又把巡堤组分成几个小组，三人一组，其中一个必须是经验丰富且细心认真的年长社员。每个巡堤组晚上四小时，白天六小时一班，轮回巡查，保证时刻有人在堤上看守。吉农也在巡堤组。

险情多数发生在夜晚，巡堤的人不能有丝毫马虎，加上夜里人容易犯困，因而，晚上巡堤不仅时间安排短些，人员选择也很重要。吉农每次都自告奋勇参与夜晚巡堤，与两个有防汛经验的社员一起，穿着齐膝盖的长筒胶靴，拿着手电筒，背着铁锹，在堤段来回走动，一边走一边全神贯注地查看险情，对有穿堤设施、两水夹一堤和堤身矮小的堤段看得特别仔细。

那天，凌晨三点巡堤时，一位社员发现一处抗旱机埠堤内冒水泡，吉农立即请这个社员留下来继续观察，请另一个社员赶紧去通知大队书记，自己跑步去找朱长林。

正在睡梦中的朱长林被吉农叫醒，听完报告，翻身从床上爬起来，套上长筒胶靴，拿着衣服边穿边往出险的地方跑。吉农在前面带路。两人赶到现场时，冒水泡的地方已经开始鼓水，鼓出来的水里还夹带着泥沙。朱长林对刚赶到的大队书记说：“你赶快去通知抢险组，立即组织抢险。”

一袋烟的工夫，抢险队伍到齐。朱长林把劳力分成两拨，一拨在鼓水的地方抛沙袋、块石；另一拨在迎水面用木桩打抱围，同时压泥土。

天亮了，险情不仅没有解除，还更加严重了，面盆大的水花夹着泥沙直往上冒，十分吓人。抢险经验丰富的朱长林也没有了主意，对在身边抢险的大队干部说：“你快去给县防汛指挥部报告，想办法找到邹书记。”

邹书记叫邹为民，是江东县主管农业的县委副书记，担任全县防汛抢险总指挥。因为这次湖西垸险情最大，邹副书记又曾经在这个公社当过党委书记，对这个地方熟悉，便把公社机关作为临时指挥部，亲自在这里坐镇指挥。

一会儿工夫，邹为民来了，还带来公社党委书记和抢险技术人员。看了现场后，他立即安排两名水性好的抢险人员下水排查，发现堤脚深处的老硆口没有封闭好，被洪水冲开了。找准出险的原因，他重新调度，把抢险主要力量集中在迎水面。指挥抢险人员在硆口前打木桩，再在出险堤段的堤脚抛块石、卵石、沙袋。抢险力量不够，他从附近公社调来基干民兵；防汛器材缺乏，他指示县防汛指挥部火速运来木桩、块石、沙袋；水中打桩无法作业，他又从附近调来两艘木船。

正当邹为民全神贯注地指挥抢险的时候，一个社员扛着两根木桩，摇摇晃晃地走过来，眼看就要撞上邹为民了，被吉农看见。

“邹书记，小心！”吉农大声喊道。一个箭步冲上前去，用手臂挡了过去。

木头挡开了，但吉农感到一阵疼痛，抬起手臂一看，还好只碰破了皮，揉了揉，又继续去搬木桩，背沙袋。见水中打桩的人手不够，他又跳上木船，抡起大锤打桩。

吉农的一举一动引起了邹为民的注意，他问朱长林：“长林同志，那位年轻人是谁？哪个单位的？”

朱长林回答：“他叫吉农，是才分到县计委的干部，险情是他发现的，从昨天晚上到现在一直没有歇气。”

接近中午，险情排除，吉农站在朱长林身旁送邹为民离开。邹为民拍了拍吉农的肩膀，说："小伙子不错，好好干。"

邹副书记轻轻地一拍，吉农感到无比激动，两天两夜没有睡觉了，居然毫无困意，吃过午饭躺在床铺上，像打了鸡血一样，大脑异常兴奋，到下午四点多才模模糊糊地睡着。晚上十点吉农醒来，朱长林告诉他："刚才县防汛指挥部通知，要你跟邹书记跑几天，明天上午早点过去。"

吉农问："跑什么？"

朱长林微笑着说："给书记服务啊。"

吉农还是不明白，又问："干什么事情？"

朱长林说："跟着书记，书记叫你干什么你就干什么。"

吉农似乎弄清楚了。朱长林继续叮嘱："好机会啊！小吉，你千万莫错过了。"

听了朱局长的话，吉农更加没有了睡意，干脆拿起手电巡堤查险去了。

防汛接近尾声，跟随邹为民的县委办公室干部另有任务离开了。县防指的领导见邹副书记很喜欢吉农，便把他调过来帮几天忙。第二天上午，吉农赶到公社时，邹为民正在召开碰头会，研究怎么严防死守，打好最后的战役。散会后，吉农就跟随邹为民开始到湖西垸各公社现场督导防汛工作，同行的还有县水利局局长和另一名水利工程技术人员。

一行人从北到南，一路步行，一路巡查，每到险工险段，就通知公社、大队的负责人到场，现场办公，安排布置，交代任务。沿途走走停停，走到最南端的临湖公社时，天已经黑了，只好睡在公社招待所。

吉农参加工作后第一次回临湖公社，很想去家里看看，看看父亲身体是不是好些了，母亲忙成什么样子。他知道，向邹副书记请假也许会同意，但他没有开口。第二天，他陪同邹副书记登上机帆船，在大湖中视察，见湖水已经在下降，邹为民对水利局局长交代："可以通知各公社防汛抢险的社员们陆续下堤了，但是，一定要做好善后工作。"

秋汛安全渡过，全县没垮一堤，没溃一垸。防汛人员撤回，吉农回到县计委，好些日子都为自己感到高兴，高兴刚参加工作不久就遇到了邹为民副书记，并且得到了他的赏识。

挫折

年底，县委机关传出风声，说县委书记的秘书去农村办点，要选新的秘书，有三个人选，吉农是其中的一个，而且是邹副书记推荐的。县计委的领导和同事们对吉农更好了，关心工作，关心生活，问寒问暖。王芙蓉主动找吉农谈心，要求他政治上进步，积极向党组织靠拢，还动员他写入党申请书。入党申请书交上去不久，机关党委就批准了他的请求，吸收他为中共预备党员。春节放假的前两天，县人事局正式通知吉农，调他到县委办公室工作。

在家过完春节，上班的第二天，县计委主任和王芙蓉一道送吉农到县委办公室报到。县委办接待非常隆重，主任、副主任、秘书几个领导都出了面。主任说：“欢迎小吉来办公室工作，先熟悉熟悉情况，再安排具体工作。”

就在吉农熟悉情况的时候，风言风语，冷嘲热讽来了，说什么：“攀龙附凤啊”“傍大树啊”，还有同龄人在公共场合大声喊“驸马”。

去县委办报到的前天，王芙蓉找到吉农，说：“今晚带你去张书记家里，他想见见你。”

吉农问：“见我做什么？”

王芙蓉笑笑说：“好事，张书记想你当女婿。”

吉农毫无思想准备，隐约感到自己条件还不成熟，连忙推辞：“王姐，我不想去，等些时候再说好啵。”

王芙蓉说：“约了几次了，人家在家里等着哩。放心吧，王姐都是为你好。”

晚饭后，犹豫不决的吉农被王芙蓉拉到县委机关后面常委们居住的平房里。刚进门，一位年过半百的高高瘦瘦的妇女起身迎接，后面还站着一位白白胖胖的年轻女子，王芙蓉介绍说："这是张书记的爱人，这是她的女儿张芬。"

吉农一下子满脸通红，站也不是，坐也不是。他知道，张书记叫张进，是县委主管干部的副书记。张进的爱人很热情，一个劲地叫吉农坐下，喝茶、吃水果。吉农想起来了，难怪这位在县统计局上班的干部，经常到县计委走动，还多次问过自己家住哪里，家里有些什么人，父母亲身体好不好等等。

张芬比较主动，两人见面后几乎每天下班都去吉农的宿舍，有时拿本她觉得好看的书，有时带点她觉得好吃的果脯、糕点，她要把吉农的脏衣服拿出去洗，吉农谢绝了。

正月十五那天，张芬来到县委办约吉农去看电影，吉农不想去，可是张芬坐着不走，还不停地和进进出出的人打招呼，吉农只好答应去看电影。到电影院一看，张芬的父母亲都在，还有县委书记和其他县委领导。

张芬把吉农安排在她和她父亲中间的座位上。吉农很不自在，不知是怎么把电影看完的，生怕碰上熟人问东问西。走出电影院，头也不回就往宿舍跑。

从此，风言风语开始了，吉农想解释，可是越解释传得越凶。有一个与吉农走得近的同事说："外面的人传，你要不是找到张书记的女儿，根本进不了县委办。"

这些话深深地刺痛了吉农，伤害了他本来就很脆弱的自尊心。经过激烈的思想斗争，他鼓起勇气对张芬说："我们不要再见面了，免得人家说闲话。"

张芬到县委机关找吉农，吉农就躲。躲了几次，她也不找了，两人也再没有联系。半个月后，县委办主任找吉农谈话，说："经党组研究，让你去收农村情况。"

纠错

吉农留在县委办收农村情况。收农村情况是把各公社、农场的农业生产进度、重大事件、好坏典型收集起来，进行整理后报给县级领导，同时向地区汇报，以便地县领导随时掌握。同时，把典型材料编成简报，或者形成文件发到县直单位和公社、农场，指导农业生产。收农村情况的同志除吉农外，还有四人，都是从各单位选拔上来的男青年，文化水平高，业务能力强，基层工作经验丰富。每人负责五至八个公社或农场，吉农年龄最小，负责西南部五个公社。

收集情况，有时是通过电话，有时得亲自下乡，去现场，把收集到的材料整理后在碰头会上汇报。碰头会平时三五天开一次，农忙时一天一次，有特殊情况随时汇报。

吉农自从接受收农村情况的任务起，整日埋在工作上，只要有时间就在分管的公社轮流转，通知参加碰头会才回县里，汇报完情况后又立马下去了。由于精力集中，他掌握的情况全面真实，还发现了不少好典型，县委的《农村情况通报》多次刊登他提供的材料。县委根据他提供的情况，在他负责的公社召开过两次现场会。有几个典型材料还被推荐到地区农村工作部的刊物上登载了。出色的工作，慢慢改变了他在同事和领导心目中的印象。那年年底，他被县委办评为先进个人，还被推荐参加共青团江东县第十届委员会。

团代会上，二十岁刚出头的吉农被列为团县委常委人选，拟任团县委书记。怕他选不上，在会上增加一个议程，让他宣读中央领导的讲话，露露脸，结果他高票当选为团县委常委，选票仅次于团县委书记。选出的七名团县委常委中，他是最年轻的。吉农一下子成了全县年轻人关注的对象。这时，曾经相识的同乡同学、亲朋好友又开始走动起来。县委机关给他调剂的那间木房子时常有人光顾，其中不乏女生。有几个高中和中专时期的女同学也来了。张芬来过两次，被他拒之门外。她还独自一人跑到临湖公社，拜见他的父母，还找过他的姑姑。春节时他回到家里，父母和亲戚都说这女孩子不错，劝他应承了这桩婚事。他始终没有同意。

第二年开春，农事繁忙起来，分管农业的邹副书记更忙，为了方便工作，县委办安排吉农跟他跑跑。

吉农跟邹为民跑是兼职的，收农村情况的任务不仅不能丢，而且还要更认真，更扎实。因为他知道，这是邹副书记亲自点的将，不能辜负邹副书记的良苦用心。邹为民对他说："只要你白天跟我到乡下转转，收农村情况锻炼人，你不能放弃，年轻人多搞点事没有坏处。"

每天早上，吉农坐上邹为民的黄色帆布吉普车去乡下转，回单位再收情况。有时回来得早，下班前还可以收两个公社的情况，回来得晚，就全靠晚上加班，常常加班到深夜。他只盼邹副书记哪天不下乡，在办公室处理事务。可邹为民那段时间最忙，联产承包责任制试点，撤公社建乡镇改革，加上他又是个工作狂，白天根本没在办公室待过。

邹为民敬业且平易近人，每到一个地方就找干部了解情况，到社员家里座谈，有时还下地干活。有一天，邹为民检查春耕生产，碰上一位正在水田里插秧的老熟人。他脱下鞋袜，卷起裤管，下田与老熟人一边插秧一边说话，十分亲热。吉农也跟着下田插秧，还想暗暗与邹副书记比比身手，可稍一放松就被甩在了后面。插了两个多小时的秧，吉农见时候不早了，晚上还有个会要开，连催几遍，邹为民才起身，在水沟里洗了脚，穿上鞋袜，上车回县城。

邹为民下乡事先不发通知，也很少要吉农作记录、写材料。他的讲话多即兴发言，吉农很少看到他有正规的讲话稿，除非大型会议作报告。吉农的任务是到目的地后招集人，到公社食堂或大队、生产队安排的干部或社员家里吃饭也是要掏伙食费的。伙食费每人每餐人民币五角、粮票四两，通常是邹为民先把一个月左右的钱和粮票交给吉农，吃完饭后吉农及时付给食堂或负责做饭的家庭。怕吉农忘记，每次上车后，邹为民总要问一声："饭钱付了没有？"

吉农跟着邹为民下乡必须带足、带全农村情况，不光是他本人负责的几个公社，而是全县的。邹副书记经常一上车就开始问，全县秧苗插了多少，稻谷割了多少，棉花、绿肥种植了多少，有没有典型？吉农一开始答不上来，后来回到办公室认真做功课，看资料、听情况、背数据，还不断向同事们请教，才慢慢适应。不过还是出现了失误，有次因为提供的数据不准确，差点酿成大事故。

夏末，洪水刚刚过去，内渍十分严重。吉农跟随邹为民在湖区各公社视察灾情，见到南江南岸的堤垸内湖泊、河道、沟渠水位极高，有的低洼地与湖水连在一起，形成一片汪洋，有的防洪堤段筑起了子堤，成片的农作物泡在渍水里。邹为民心急如焚，对吉农说：“我们要赶紧想办法把垸内渍水排出去，否则，今年的粮食又会减产，又有不少老百姓要忍饥挨饿。”

吉农说：“邹书记说得对，您看怎么办，我听您吩咐。”

邹为民说：“现在回县里，你去问问内河与外江的水位情况，再研究解决的办法。”

汽车开进县委机关，吉农立马下车打电话，找县水利局询问南江与大湖交汇处水文观测点内外的水位情况，并把问到的情况报告给邹副书记。邹为民拿到水位数据后，迟疑了一会儿，觉得不大对劲，要吉农再去核实一下。吉农又直接打电话到水文观测站，结果证实原先问到的数据真的有问题，把内河与外江的水位完全搞反了。

吉农反复问自己：“是我记错了，还是对方提供的数据有问题？为什么不核实两遍呢？要是经验丰富一些，拿到数据以后，自己能够作出判断，也不至于出现这样的失误。”

吉农深深地自责，认为自己太马虎了，如果按第一次问到的南江水位比内河低一米多的数据开闸泄洪，洪水就会倒灌，垸内渍灾势必然加重，还有可能溃垸。

邹为民没有批评吉农，但吉农自责了好一阵子，也庆幸邹副书记熟悉情况，经验丰富，及时纠正了错误，否则后果不堪设想。

成家后安心工作

吉农跟着邹为民尽管忙忙碌碌，但是干得还算顺利。他想暂时不考虑个人问题，静下心来多做点事情。可亲朋好友知道他的个人问题尚未解决，做介绍的不少。县委办有个分管机要和后勤的秘书老刘，是个热心肠。他见来给吉农提亲的人多，弄得吉农很被动，便把吉农叫到跟前，说：“找个对象吧，免得总有人来打扰，心神不定的。”

吉农心里有阴影，便说：“算了吧，我想等几年再谈，莫搞得对象没找好，又影响了工作。”

老刘说：“依你现在这个状况，早点成家早点安静，好一心一意干事业。”

不久，老刘的妻子也来做吉农的工作。老刘的妻子姓吉，虽然与吉农同姓，属本家姐弟，但并不相识。吉姐在县粮食局当会计，时不时到县委办找丈夫，发现有这么一个同姓的小伙子，十分亲切，又听说个人问题受了挫，很是同情，想帮这个老弟找个好对象，那天下班后，老刘把吉农领到了家里。

老刘家住在县城十字街西北角粮食局院内靠大门的两间平房里。吉农一进门，吉姐就指着站在身边的瘦高个女子介绍，说：“这是郭莉，在石油公司工作。”

这时，饭菜已经做好，整整齐齐地摆在方桌上。吉姐连忙把吉农和郭莉往餐桌上引，说：“咱们边吃边聊。”

吉农清楚，这是老刘夫妇精心安排的。他和郭莉谁也不开口，埋着头吃饭，只有吉姐不停地找话说，还忙着给他俩夹菜。

那天以后的一个多月里，老刘几乎每天都邀请吉农和郭莉去他家吃饭，吉农有时忙不过来，不想去，吉姐就不停地打电话催。

吉农本想和郭莉接触一段时间以后再公开两人的关系，没有想到，不到半个月县委机关就有人知道了，传来不少的风言风语。“这个吉农还是挺不住，嘴里说暂时不找对象，动作比谁都快，找的还是干部家庭，这次看他谈几天。”

有的人还当面讥讽吉农：“找个又黑又瘦的女朋友，还大一岁多，图什么呀！”

过去有好感的女同学也有意无意地跑来试探情况。吉农又陷入极其复杂的情感纠结中，好像做错了事的孩子，生怕大人知道。那段时间，他整天躲在办公室里，拼命地做事。在机关食堂吃饭也是趁别人吃得差不多了，才悄悄进去。更希望跟着邹为民下乡，免得在县城里碰上熟人，问长问短。

邹为民觉得很正常，有一天在汽车上看到吉农闷闷不乐的样子，开导说：“找对象是件好事，只要自己喜欢就行，不要怕别人说长道短，早点成家好安心搞工作。”

邹副书记说的话居然和老刘一模一样，吉农心里踏实了许多。

吉农能够走出困境多亏了郭莉和她的父母。郭莉的父母都是新中国成立前参加工作的土改干部。前些时候，吉姐把郭莉的母亲带到县委机关，悄悄地打量过吉农，得到认可后，吉姐才约了两个年轻人见面。没想到见面不久就惹来了机关干部的议论。郭莉有些个性，听到传言不仅没有退缩，而且与吉农约会越发勤了。只要吉农不下乡，她就把他接到家里吃饭。她母亲请了个保姆，在家做一些可口的饭菜，父亲也推掉外面的应酬，回家陪准女婿。

郭莉的家住在县城十字街东北角副食品公司的二楼上，离吉农住的地方大约两里路。吃完晚饭，郭莉常常陪着吉农走路回县委机关那间小木房子里。开始的时候两人顺着小街小巷，一前一后，隔两三米远。后来吉农的胆子慢慢大了一点，才靠近些，并排走着说说话。有时也想牵牵手、挽挽臂，但他始终没有胆量去做。

两人来到木房子后，吉农大多数时间去办公室加班，郭莉独自一人留在房里看书、织毛线衣。经常把郭莉晾在一边，吉农有点过意不去，就把材料拿到房间里写，郭莉在旁边静静地陪着。到了晚上十点多，郭莉才起身回家，有时吉农也会送她。就这样，吉农的心情慢慢地舒展开来。

时间过得真快，不知不觉吉农参加工作两年多了。二叔带着大儿子回家探亲，到老家探望年迈的父母，拜会兄弟姐妹之后，来到县城。离开前夕，郭莉的父母接他在家里吃饭，商量吉农的婚事。二叔建议小夫妻去南京旅行结婚，一家人都赞成。旅行结婚回来，俩人没有举行结婚仪式，更没有吃酒请客。

吉农回到单位居然安静了许多，真正应验了邹为民和老刘说的话：成家后可以安心工作。县委机关再也没有关于他的绯闻，同事朋友见面都友善地祝愿他俩婚姻幸福美满。

吉农仍然收着农村情况，跟着邹为民到全县各公社转，但睡在公社的时候不多了。当时正值“双抢”季节，无论是县委领导，还是上级对口部门，随时都要掌握农村情况。吉农也增加了一项收集和汇总农业生产进度的工作。他每天下午收集各公社农场上报的生产进度量化指标，晚上统计汇总各类数据，再复写十份，第二天上班前送到县委主要领导和相关常委手里。

全县三十多个公社农场，十多组数据，要采集、汇总、抄写复印出来，字迹必须工整，确实花费精力。吉农经常加班加点，周末从未休息过，每天晚上干到深夜才睡觉，遇上特殊情况，甚至要工作到凌晨一两点。

“双抢”结束，县委办收农村情况的同志进行了大的调整。一个农学院毕业的大学生提拔到公社当党委副书记兼革委会主任，三个以职代干的同志都去脱产集中学习四个月，准备参加转为国家干部的考试，收集全县农村情况的责任全部落在了吉农的肩上。一个人确实忙不过来，吉农就提议把在临湖公社办公室当秘书的徐宏广老师借调上来，又从农村办请来两位老同志帮忙。好在不是农忙季节，地县领导对农村情况的获求不是那么迫切。不过，吉农的工作没有半点马虎，除及时收集汇总情况向县领导报告，向地委办和农村工作部汇报外，还要按期出《简报》。

当时，收农村情况的上级对口部门是地委农村工作部。吉农按时汇报情况，积极报送典型材料，还到地区参加过两次碰头会。他的工作很快引起农村部的重视，牵头负责的四个多月里，地区《农村情况简报》每期都有江东县的情况，还发表过两期江东县的专刊。到年底，转干学习的同事们回来，吉农肩上的担子轻松了许多。

第二年四月，郭莉生了一个大胖小子。儿子出生时体重七斤八两，头有点长，嘴有点大。吉农问医生：“怎么会这样？能长好吗？”

医生说：“分娩时挤压的，过几天就好了。”

没过几天，儿子果真长乖了，圆头圆脸，白白胖胖。

结婚生子，吉农完成了人生中两件大事，可以静下心来，去干事业了。

抱病防汛

邹为民提拔了，1984年被任命为江东县县委书记，吉农继续给他当秘书，收农村情况的工作移交给了别的同志。

不久，江东县经历两件大事。一件是机构改革。开春之后，从县城到农村，从机构到人事，从职责到权限，一场大改革全面展开。地区派来庞大的工作组，县里集中大批骨干，制订方案，组织动员，连续召开大会宣传发动，不断举行小型会议座谈了解。尽管已经进入农忙季节，但是人们的心思并不像往年那样放在春耕生产上，而是时刻关注着改革动向，关心着自己何去何从。另一件是“贿赂案”。物资局局长和汽车运输公司总经理两个县领导器重的红人，被实名举报行贿受贿，同时被纪委实行“双规”审查。地委成立专案组，大批办案人员进驻江东县。包括县委书记邹为民在内的十多名县级领导，几十名科长、局长，上百名干部受到牵连。一时间全县局势紧张，人心浮动。

邹书记既要忙于改革，又要配合调查，还要确保全县经济社会发展和大局稳定，身体又不好。就在这个紧要关头，县委办主任找到吉农，反复叮嘱说：“这段时间情况特殊，为民书记工作忙，心情也不太好，你要帮他多操点心；他身体有病，家属又不在身边，你要提醒他按时打针吃药，注意休息，把生活安排好。”

吉农说：“我记住了，一定按您的吩咐去做。”

工作千头万绪，舆论纷纷扬扬，邹为民的心情确实很糟糕。机构改革刚刚开始，公社要改为乡镇，县直单位要进行调整，干部等着安置。“贿赂案”又牵扯出那么多人，甚至牵涉自己。最烦恼的是社会上议论纷纷，干部人心不稳。不知道是哪些人传出谣言：“县委书记收受巨额钱物，被抓起来了。”

不明真相的人信以为真，有的还跟着瞎搅和，一时间闹得满城风雨。邹为民只好不断地到公社、农场和县直部门调研，召开各种会议，以平息谣言。吉农除安排好邹书记的公务活动外，还要细心地照顾他的生活，按时提醒他打针吃药。

看到他拖着疲惫不堪的身体，硬撑着面带笑容地接待干部群众，在各种场合讲话作报告，吉农也不好受，恨自己帮不上忙，唯有尽力照顾好他。

福无双至，祸不单行。七月中旬，江东县遇上了高洪水位。连续几天暴雨，南江上游不断暴发山洪，洪水卷着泥沙急流而下，大湖湖水猛涨，临洪大堤全线达到危险水位。

邹为民抗洪抢险经验十分丰富，指挥相关公社、农场防守临洪大堤，千方百计确保大垸安全。他密集调度，一旦发现险情，就立即组织劳力进行抢救。险情轻的，指示当地社队干部组织社员负责处理；险情重的，调集民兵、武警抢险；特别严重的险情，自己亲临现场指挥。

白天，邹为民在全县各地转，哪里有重大险情，哪里就有他的身影，晚上还要召开会商会议，分析汛情，研究对策，部署工作。会商会有时在县城开，有时在汛情最严重的公社开，有时在出险现场开。开完会，邹为民也不回家，就地找个床铺打一会儿盹。吉农尽可能为他找干净、舒适点的地方，把铺盖搞软和点，想法子让他多睡一会儿。

见邹为民不分白天黑夜，硬撑着奋战在防汛抢险第一线，吉农心里非常着急。邹书记本来身体就不好，有严重的心脏病，血压很高，每天早晚吃药都降不下去，还有糖尿病，每天打着胰岛素，人一天比一天消瘦，精神状态越来越差。

那些天，天公也不作美，不是大雨倾盆，就是烈日似火。雨过天晴，气温立刻升高，酷暑难耐。每当抢完一次险，或者开完一次调度会，邹为民就瘫软在椅子上，身心疲惫。吉农几次劝他回家休息，好好睡个觉，调养调养，他坚决不同意。

有天晚上十点，邹为民正在县防汛指挥部召开会商会议，突然接到报告，县城以西二十多公里的南江防洪大堤有段堤内发生翻沙鼓水[19]，跌窝[20]严重，已经威胁到堤身安全。他赶紧结束会议，带着水利局局长和工程技术人员，驱车赶

19 翻沙鼓水，汛期堤脚渗水翻沙的现象。水位很高时，渗水通过堤基的沙层，在背水坡以外鼓泡冒出，并带有细沙，在洞口附近淤成沙环。

20 跌窝，指汛期堤身或外滩发生局部塌洞。

往出险地点。上车后，吉农只见邹书记脸色苍白，气喘吁吁，额头上蚕豆大的汗珠直往外冒，说话也不利索了，便说："邹书记，您的病又犯了，我送您去医院吧。"

邹为民摆摆手，停了一会儿才轻声说道："我不要紧，吃几粒丸子就行了。抗洪抢险是头等大事，耽误不得。"

吉农从随身携带的医药包中，拿出瓶子，从里面倒出救心丸，数了数，又顺手拧开保温水杯的盖子，一并递给邹为民。邹为民吃了药，好一会儿才缓过神来。

赶到出险现场后，邹为民立刻调度人员，指挥压浸抢险。次日天亮的时候，险情基本得到控制，吉农和在场的县领导都劝邹书记回去休息。他仍不放心，直到防洪大堤完全脱险，才和大家一道离开现场。

水利规划

这时的机构改革正处在关键时刻，江东县革命委员会已改为县人民政府，各公社的牌子取了下来，换成了乡镇党委政府，县直部门的架构已经搭了起来，正在紧锣密鼓地配备干部。邹为民把选拔和任用有专业知识的年轻干部作为重中之重，采取单位推荐、公开考试、组织考察等多种形式，在全县范围内选拔一批年轻人担任乡镇和县直部门的主要职务。通过层层筛选，组织部拿出了吉农担任水利局局长的方案。但是，常委会议研究时没有通过。据说是担任县人大主任的张进认为吉农太年轻了，当一把手还需要再历练历练。

人大主任的意见邹为民不得不听，他思考片刻，说："把吉农放在计委去历练吧，当个副主任。"常委们没有反对。

机构改革刚刚结束，邹为民请来省财经学院的专家学者，帮助江东县编制经济社会发展总体规划。省财院成立课题组，院长亲自挂帅担任组长，集中院内系统工程、数学模型、财政经济、行政管理等多个领域的十多名专家教授进行课题研究。县里抽调专门力量，成立规划办公室，县长当主任，办公室下设总体组、协调组、资料组，吉农担任协调组组长。

规划编制工作在夏天全面开展，教授们利用暑假到江东县调查研究，收集资料。吉农负责日常调度、对口接待和后勤保障。课题组研究人员去各乡镇和县直单位由他安排人员陪同，组长和教授下去调研，他必须亲自跟随。尽管有一个资料组，但因他是县计委副主任，教授们要资料，也来找他。

课题组组长是个年近七旬的老革命，地下党员，对事业极其认真，带着教授们到县里以后，冒着酷暑深入农村了解情况。有时太阳大、气温高，吉农劝他待在宾馆，找人来谈，他不听，坚持要下去。他问得仔细，记得认真，了解完情况，回到宾馆还亲自整理。吉农经常见他的房间深夜里还亮着灯。有老革命作榜样，专家教授们谁也不甘落后，天天往基层跑。

吉农最犯难的是安排陪同人员。陪同下去的干部不仅要引路，还要介绍情况，必须熟悉县情，还得机灵会办事。当时正值“双抢”，干部都去生产一线了。好在县委重视，邹为民亲自主持召开过几次会议，要求各单位密切配合课题组编制规划，要人给人，要情况给情况。

年底，课题组利用系统工程原理，拿出数学模型，第二年上半年完成了《江东县经济社会发展系统规划》的编制。

系统规划完成后，邹为民把吉农叫到办公室，说：“编规划的目的是找目标，找路子，寻举措，寻经济社会发展的突破口。你找寻到了什么？”

吉农被问住了，还没有想清楚怎么回答。邹为民接着说：“我看江东县的突破口在治水，解决了水患问题，经济社会才会健康发展，老百姓才会有安稳日子过。你去好好考虑，拿一个水利建设的专项规划出来。”

吉农立马表态：“好的。我一定努力完成任务。”

吉农虽然是学水利专业的，但参加工作才几年，实践经验不足，要编制好水利规划，确实没有把握。接受任务后，吉农几个晚上都睡不着觉，前思后想，总觉得光靠个人的力量是没有办法完成的，必须借助专业部门的力量，便拟订了一个工作方案。在水利局抽两名水利专家，在农业局抽调一名专业技术干部参与。

方案请邹为民签字，人员由县委办通知到位。还在招待所借用两间房子，作为水利规划编制办公室，集中办公。

人员到齐后，吉农先组织大家认真学习《江东县经济社会发展系统规划》，找出可以借鉴的相关内容，然后分两组开展调研，一组由水利专家带着农业局的技术干部到南江以北的湖西垸，另一组由吉农与另一名水利专家到南江以南。调研任务完成后，吉农和同志们回到办公室，关起门来编制规划。通过半个月的努力工作，完成了规划草案。又用一周时间，分头到各公社、农场和县直相关部门征求意见。不到一个月，拿出了全县水利建设规划，同时还编制了大堤加固、河道整治、内湖治理和排灌机埠、港口、码头建设等十大水利工程建设方案。

吉农把规划文本呈送给邹为民，邹为民接过来，翻了翻说：“就搞出来了，好啊！先放在这儿吧，我看看再说。”

吉农忐忑不安地离开邹为民办公室，心想是不是没有完成好任务。不到一周，他接到通知，县里召开全县水利工程建设动员大会，要把水利规划印发给与会代表讨论，会上还要研究如何落实。他终于松了一口气。

根据邹为民的指示，吉农将十大水利建设工程分解成三十多个项目，每个项目确定一个县直单位负责抓好落实。县计委身先士卒，负责一段堤身最矮小、险情最频繁的防洪大堤的加固。正当全县上下掀起水利建设高潮之际，邹为民病倒了。

水利工程建设中，大堤加固任务最重，且主要是湖西垸。邹为民放心不下，连续几天在湖西垸调度，还是不见起色。那天，他决定召开一个现场办公会议。

冬天，寒风刺骨，天空下着的毛毛细雨，让树枝、树叶和草地上面结了晶莹的冰丝。工地上红旗招展，吆喝喧天，民工们身穿单薄的衣裳，脚蹬带泥的胶靴，有的挑土，有的打夯，早把寒冷抛到九霄云外。邹为民带着干部在湖西垸的临洪大堤上逐段检查。一群人在进度快而且质量好的工地停下来，听负责人介绍经验；在进度慢、质量差的工地上，要负责人做检查，谈整改措施。县乡领导你一言我一语，研究解决办法。刚检查完第三个现场，正准备去下一站，邹为民突然右手捂着头，身子随着摇晃起来。站在旁边的县长马上把邹为民扶住，问：

“邹书记，您怎么啦？”

邹为民轻轻地摇了摇左手，嘴里含含糊糊的嘀咕几句，谁也没有听清楚他说的什么。县长对吉农说：“赶紧叫车，把邹书记送去医院。”

邹为民本来就有严重的心血管疾病，近段时间日夜忙着实施水利建设规划，没有休息好，加上天气寒冷，有些伤风感冒，头痛发烧，大家劝他去医院看看，搞点药，他就是不听。

邹为民颅内出血，江东县人民医院做些处理后，立即转到省医院，经多方救治，生命保住了，但半身不遂。

一心为民、作风务实、敢于担当、严于律己的邹为民为实施水利规划累病了，吉农非常难过。他暗自下决心：一定要把按邹书记主张编制的水利建设规划实施好。

东湖之行

邹为民病倒后，继任县委书记走马灯式地调换，不到四年换了三任。吉农在第一个接替的县委书记到任不久写过呈批件，建议继续实施水利建设规划，直到这位书记工作不到一年调走，都没有见到回音。第二任书记任上的那年夏天，南江出现了高位洪峰，县城以北围垦起来的堤垸溃决，南江沿途的巴垸、子垸溃决无数。他找到县委书记，再提实施水利建设规划。书记表态支持，要吉农对水利规划做些修改完善，成熟了就组织实施。

吉农满心欢喜，组织人马，关起门来认认真真研究七八天，拿出新的江东县水利建设规划，送到书记办公室。结果一个月过去了，没有见到批复，他向书记的秘书打听，秘书说：“书记很忙，没有那么快，你们安心等着吧！”

之后问了几次，都说让安心等着。到年底，这位书记调走了。

水利建设规划得不到重视，吉农感到无能为力。正想着如何增长本领，实现自己抱负之际，得到了一个上大学的机会。国家主管部门委托中南财经大学举办一个国民经济计划专修班，招收中南五省计划系统的在职干部，给了江东县一个报考的名额。

吉农在县里工作一段时间后，确实感到学历不高，知识不够，本领不强，办起事来有些吃力，需要找机会补补课，增长一些才干。加上这几年有不少在职干部，通过成人高考圆了大学梦，仅计委就送去了三名。前几次，他是可以去上大学的，但把指标让给了年龄比他大、学历比他低的干部。当然，没有去学习的原因还有两个，一个是事情多忙不过来，另一个是想学水利专业。可是，在职干部培训都是系统内的，计委系统不可能举办水利专业的专修班。这次，新的县委书记刚来，吉农正好手头事情不多，脱产了还可以抽出时间学点自己想学的知识。他觉得再不能等了，必须把握住。

复习，迎接成人高考，吉农花了不少工夫。他每天早上六点起床背书，白天天气好就拿着书，骑辆自行车，找清静的小河边、鱼塘旁，仔细看，认真记，晚上练习题、模拟题做到深夜。最终，全县八百多名在职干部参加全国成人高考，他的考分排在前九名。尽管入校不完全凭考试成绩，他还是以优异成绩被录取。

中南财经大学坐落在长江与武昌火车站之间。出南门往西走二十多分钟就是长江，往东走不要十分钟可到达火车站。吉农的宿舍就在南门旁一栋七层楼房里，去长江观光，乘火车回家都非常方便。

在校学习期间，吉农一有空就到图书馆找有关水患治理、水资源保护、水利工程建设、水利设施管理等方面的书籍自学，去长江边溜达，去学校北面的内湖游历，还利用假期专程到大湖东部进行了实地考察。

长江南岸的古楼，吉农一有空就去。他登上古楼，眼望奔腾不息的长江，浮想联翩：奔腾不息的江水啊！千百年来滋润着祖国大江南北，给亿万百姓带来了福音；但遇上昏庸的朝代，无为的政府，恶劣的天气，又给亿万百姓造成多么深重的灾难！

吉农去学校东北边二十多公里远的湖泊游玩过几次，每次都为湖岸曲折、港汊交错、碧波万顷、青山环绕、岛渚星罗的美丽景色而陶醉。据说一百多年前，这个近百平方公里的湖泊与长江相通，水患频繁，是湖广总督张之洞下令在长江与湖泊之间修建防洪大堤，江湖分离，并建闸调蓄，才使年年水患成灾的湖泊，变成了美丽如画的景区。

大湖东部的东湖，吉农早就想去看看，这次有时间实现了愿望。第二个学期的“五一”劳动节，他邀请同寝室的三位同学一道，从学校旁边的火车站上车，沿京广线南下，不到两个小时就到了东湖市。

东湖市位于长江与大湖的交汇处，地理位置重要，经济活跃，风景优美，名胜古迹众多。中专时期的老同学王成明到火车站迎接吉农。

吉农策划好参观考察路线，在王成明带领下，坐上一辆丰田面包车，从长江口出发，顺着大湖往南，一路游览名胜古迹，欣赏湖光美景。他站在位于东湖市城市防洪大堤上的城楼里，鸟瞰浩瀚的大湖湖面，不禁联想到北宋杰出的思想家、政治家、文学家范仲淹的“先天下之忧而忧，后天下之乐而乐”，心中充满了对历史的缅怀和名人的敬仰。

一行人游完湖岸，又乘坐机帆船，到大湖深处转了一圈。吉农和同学们一边欣赏一边赞叹，王成明说：“这个季节确实漂亮，到夏天，如果涨洪水，一片汪洋，不仅没有了美景，而且还要祸害周围的老百姓。”

东湖之行，给吉农留下了极深的印象，再次坚定了他治理水患，把家乡建设成为处处环境优美、年年五谷丰登的美丽乡村的信心。

长江山洪

吉农学成归来，县里调整干部，王芙蓉当上了计委主任。吉农本来是可以提拔下的，要么去部委办局当一把手，要么去乡镇当党政主头。王芙蓉不同意，反复跟县委主要领导和组织部门说，她需要熟悉业务，善于协调、处理上下关系的助手。他便留下来，加了一个党组副书记的头衔，升为正科级。吉农很满足，这个岗位不错，能够继续为经济建设，尤其是水利建设跑项目、争资金。

王芙蓉非常信任吉农，大小事情都放手让吉农去做。吉农也不辜负主任的厚望，用心尽力做好每一件事情。计委最重要的工作就是争取国家投资和物资分配计划。要争取这些计划没有与国家和省地计委建立良好的关系是不行的。多年来，吉农一直与上级计委保持着密切的联系，争取国家投资和物资分配计划的任务就落在了他的身上。

吉农对如何争取上级支持很有心得。首先是把事情做好，做出效果来；其次是把材料写好，能够打动人；最后是找个合适的时间去汇报。选择的对象还是离不开大湖，离不开大湖的产业，更离不开大湖的水。粮棉油猪鱼这些农产品太大众化了，他就在农产品深度加工和农业科技应用上做文章。湖中的甲鱼，滩涂的欧美黑杨，用湖畔沃土产出的稻谷、湘莲、柑橘、茭果加工的米酒和各种罐头，都是他做文章的对象。他还把水患治理、水利建设等环境改善作为重要内容，策划项目，向上汇报。上级领导觉得他办实事，有水平，还总结出典型经验，自然愿意支持。他们先是给些钢材、水泥、木材、汽油、柴油等物资计划指标，投入一些项目资金，后来又到县里考察调研，再后来，把江东县计委作为了联系点。

吉农担任副主任的那几年，县计委先后被省计委确定为计划工作联系点，被国家主管部门确定为农林水利计划工作联系点，被中国计划学会确定为全省县级计委唯一的会员单位。

江东县被确定为国家和省计委的联系点后，吉农不仅要定期汇报联系点工作，要为部门和企业跑项目、争资金，各种会议也多了起来，忙得不可开交。1990年6月，刚在新疆米泉参加完中国计划学会全国会员单位理事会会议，又接到八月参加在贵州遵义召开全国农林水利计划工作座谈会议的通知。

在遵义召开的座谈会主要是研究中西部地区植被恢复和流域治理。全国各省计委的农林水利处处长，中西部地区部分地州市计委主任参加会议，还特别邀请了中部地区几大内陆湖泊的十多名县计委主任。

会上，吉农汇报了大湖地区生态环境及水旱灾害情况，同时提出了防治洪涝灾害的意见和建议。他提出，湖区要停止围湖造田，确保蓄洪水面；江河要及时疏浚除障，确保洪流通畅；临洪堤段要加高培厚，确保安全度汛。同时，他还建议国家加强资金投入，搞好抗洪抢险和排灌设施建设；大力植树造林，恢复植被，涵养水分等等。他的发言引起了共鸣，与会代表发言时就如何治理江河湖泊，保护生态环境展开了热烈的讨论。

农林水利司负责人还通报了《关于治理河湖和恢复植被的若干意见》讨论稿，要大家进行讨论。吉农很庆幸自己能够出席全国的会议，研究自己关心的问题。

散会后，吉农想去重庆看看长江。赶到山城时，天色已晚，便找了家小旅店住下。小旅店是靠长江边的一栋三层木楼房，他住在二层的一个四人间的客房里。由于坐汽车颠簸了一天，实在太累了，不到十点就上床睡觉。不久，一片吵闹声把他从睡梦中惊醒，揉揉眼睛，问："什么情况？"

同室的旅客说："可能又在斗殴，前一阵子长江上游暴发山洪，冲毁不少村庄，城里来了很多逃难的人，街上乱得很，你们千万别出门。"

另一个旅客说："昨天难民抢劫，发生械斗，还打死了人。"

吉农十分惊恐。他原打算在山城多待几天，看看雾都的美景，看看城市的繁华，看看江水的磅礴，还想去渣滓洞、白公馆、歌乐山等红色景区看看。听了旅客的话，他不得不第二天清早天不亮就赶到船码头，买了张当天返程的轮船票。

上船以后，吉农尽管心有余悸，但第一次坐江轮，还是有点新鲜感，虽然买了卧铺票，却毫无睡意，兴奋地从船头到船尾满船跑。突然，船上的不少旅客站在船舷边的过道里，盯着江面，有的还不断发出叹息声。

吉农停下脚步，把目光投向江面，只见浑浊的江水夹带着泥沙奔腾而下，江面上漂浮着木板、木条、竹竿，甚至是床柜桌椅等家具用具，不时还会有死猪、死牛、死羊等。有旅客说："昨天长江上游又暴发山洪，冲毁了好几个村子。"

吉农心情极差，闷闷不乐地回到自己的铺位，躺在床上翻来覆去，怎么也睡不着。他思绪万千：原来只看到大湖湖畔水灾频繁，没想到长江上游的山区也暴发如此残酷的山洪，沿途的老百姓同样饱受水患之苦啊！国家是应该下大力气治理生态环境了！

这一夜，吉农又通宵未眠。

第四章
治水保垸

得到市计委主任张明国赏识、调到西湖市工作的吉农，勤奋努力，主动作为，组织防汛抢险，申报水毁项目，争取国家投资，制订治湖规划，兴修水利工程，建设样板项目，千方百计确保堤垸安全和旱涝保收，得到了上级部门和领导的充分肯定。

湖洲任职

地处大湖西部腹地的江东县，境内大片滩涂，除部分洪水季节淹没外，常年裸露的土地几十万亩。这些土地土质肥沃，农作物生长茂盛，果实丰硕。一些丰水季被淹没的滩涂，枯水季节也可种植。多年来，大部分滩涂被附近的乡村组耕种，各自为政。为抢滩涂上的土地，经常发生打架斗殴事件。

乡镇占有的滩涂主要种植芦苇，村组主要种植农作物和杨树。还有不少乡村占着土地什么也不种，长期抛荒。1991年，江东县研究决定，成立湖洲管理局，负责滩涂开发利用。得到消息，吉农经过认真思考将后找到王芙蓉，说："听说成立湖洲管理局，我申请过去。"

这时候，有传闻王芙蓉将进县委常委，王芙蓉听到吉农的话，感到一惊，她说：“干得好好的，怎么想去湖洲管理局？”

吉农说：“我是从湖洲走出来的，对那里情况熟悉，我想去一则是为开发湖洲做些事情，二则锻炼锻炼自己。”

王芙蓉说：“那里开茅荒，难度很大呢？再说县里就要调整干部了，也许有更适合你的岗位。”

吉农说：“我就看准了这个岗位，也不怕困难，只要你支持，县委支持，我一定把工作搞好。”

吉农又说了一些理由，王芙蓉见他态度坚决，便说：“那好吧！我会向组织推荐，你自己也去找找相关领导。”

吉农又向书记、县长和组织部提出了申请，不久，县委研究决定吉农担任湖洲管理局局长。

湖洲管理局的职责是把乡村组分散耕种的滩涂的管理权限上收，统一经营，大部分种植芦苇，少部分靠近防洪大堤的地方种植杨树，目的是增加县级财政收入，同时洪水暴发季节防浪护堤。吉农到任后，抽调水利、农业、林业等方面的专业技术人员，搭建班子，上收土地，制订规划，搞基础设施建设。上收土地时，他碰到了钉子。

滩涂种植收入是各乡村组主要的集体经济来源，还是村组有机肥料的来源地，因此都不愿意交出经营管理权，千方百计抵制上收工作。吉农深入滩涂，在摸清底子的同时，认真研究解决办法，拿出了一个土地部分集中、收入适当分成、乡村组逐步退出的方案，报县委研究后组织实施。

方案中明确：上收滩涂范围一次划定，工作分三年完成，第一年上收大湖湖心的滩涂，第二年上收村组集中连片的滩涂，第三年上收临洪大堤附近的滩涂。并规定：乡镇就近保留一些滩涂，临湖的村就近适当保留少量滩涂，组里的滩涂一律上收，乡村保留的滩涂必须按规划种植芦苇和杨树，上收当年土地上的收益归原经营者所有。

组织实施时，吉农展开耐心细致的工作，仅两个月时间就划定了所有管辖范围，与相关乡村组签订了上收协议，完成了上收土地的接收工作。

滩涂上收工作告一段落，吉农把主要精力转向制定发展规划。规划从何着手？建设资金怎么筹措？两大问题摆在了面前，他左思右想，想到了在北水尾闾大湖西岸的东县当过县长、对大湖了如指掌的西湖市计委常务副主任张明国。

半年前，省城召开会议，传达贯彻国家主管部门遵义会议精神，各地州市和部分县计委的负责人参加。在会上安排吉农发言，汇报参加国家会议的有关情况和江东县落实会议精神的打算。散会后，他被张明国叫住了。张明国说："小吉，你的发言很好，下次市里开会还请你讲讲。"市计委开会，张明国还真的安排吉农发了言。

吉农来到西湖市计委，正在办公室与人谈事的张明国起身招呼："小吉，你来了？有事吗？"

吉农说："专程找您汇报的，县委安排我去湖洲管理局当局长，想得到您的支持。"

张明国说："怎么去了那里？"

"我自己申请的。"吉农简单说了一下自己的想法，和目前的工作情况。

张明国说："也好，到艰苦的基层历练有利于年轻人健康成长。"

吉农紧接着说了目前的困难和请求。张明国爽快地说："我抽空带几个人去看看吧。"

几天后，张明国带着市计委农林水利科、基建科、规划科的科长来湖洲管理局现场办公，指导吉农制定发展规划，策划建设项目，还从自己主管的切块资金中，安排了两百万元给吉农搞基础设施建设。

转年后的开年，吉农听说张明国被正式任命为西湖市计委主任，去祝贺，顺便拜个年，感谢他对自己的关心和支持。两人见面后，张明国对吉农说："到湖洲管理局工作有一年多了吧？还顺利吧？"

吉农说："工作还顺利，就是缺钱，想做的事情做不了。"

张明国说："有个能为大湖治理出力的岗位你愿不愿意来？"

吉农问："什么岗位？"

张明国说："农林水利科科长提拔了，正在物色人选。不过，要离开湖洲，你舍得吗？"

吉农想了想，说："是有点舍不得，但我还是愿意，市里平台高些，能为大湖治理做更多的事情。"

张明国说："我看你对大湖有感情，又有治理大湖的志向，给你一个更能施展抱负的机会。你如果愿意，我提交党组会研究。"

吉农说："谢谢您看得起，我愿意来，并且努力把工作干好，不辜负您的信任。"

吉农回县里汇报，江东县不肯放人。县委书记、县长和组织部长都不同意他离开。当上县委常委的王芙蓉最坚绝，对吉农说："你自己提出的到湖洲管理局，才看到一点起色就要走。"

吉农说："我调市里也是为了大湖治理，可以借更高的平台争取项目和资金。"

吉农的态度很坚决，他跑到原县委书记邹为民家，请老领导出面做工作。邹为民通过几年精心治疗，能拄着拐杖走路，讲话吐词也清楚了。他非常关心这个担任过秘书的小伙子，亲自跑到县委机关，找主要领导说情。

三月，西湖市计委通知吉农去报到。市计委办公地点在老城中心区的市政府机关院内，往南走不到一公里就是南江。机关院子很小，二十多亩地，门朝西开，院内靠近大门的南、北两边各有一栋六层的办公楼，靠北边的一号楼是市政府领导以及办公室工作人员的办公地点，靠南边的二号楼是市计委、经委、财办、信访局等几个职能部门的办公地点，市计委在二层。办公楼的东边是几栋五六层楼的宿舍。

吉农在湖洲工作的时间虽然短暂，但得到了锻炼，对大湖的认识和感情更深了。调到市里后有得到了参与大湖治理的更好平台。

只要项目批了，累倒也甘心

吉农刚调到市计委就被委以重任，担任农林水利科科长，负责全市农林水利建设投资计划和资金安排、项目审批，向国家和省里申报建设资金。张明国觉得农林水利科重要，便亲自分管。尽管他只分管了这个科室，但是作为主任，管着全面，还要经常开会，陪同市委书记、市长出差。吉农有时也会跟着张明国一起出差。

为把市城区防洪大堤列入国家城市防洪计划，市长要到北京汇报工作，张明国带着吉农打前站，约了好几次，才确定汇报时间。市长如约赶到北京，领导却因临时得到通知，出去参加会议了。市长是省里空降的年轻干部，血气方刚，劈头盖脸地把张明国骂了一通，年过半百的张明国陪着笑脸道歉。

计市委里的一把手分管农林水利科，对吉农这个科长来说原本是件好事，工作顺利多了，忙得不可开交。来申报项目的人多，要认真接待；省里市里要分管领导参加的会议，张明国如果安排不过来，也要他去。尤其是到省里争取水利投资项目和资金，花的时间最多，差不多每周都要跑两趟。那年头没有高速公路，从西湖市城区到省会，汽车要四个小时才能赶到，一般早去晚归，当天返回，有时也在省城待两三天，把事情办好才返回。

吉农的身体底子本来就不好，加上超负荷地工作，经常出差，生活没有规律，饥一顿饱一餐，身体越来越差，人也越来越瘦，一米七的身高，体重不足百斤，还经常感冒，头痛发烧，有一天终于累倒了。

西湖市临洪堤段长，堤防设施差，绝大部分没有达到防洪标准，地方财力不够，需要制订投资计划，申请国家安排建设资金。吉农与水利局的同志制订了大堤加固计划，向省里申报。从七月初开始，他就带着相关区县计委负责人，连续多次跑省城。到九月才有了眉目，大部分项目通过了，但还有城中区一段临洪大堤没有列入当年的投资计划。

吉农天天守在省城，找省计委的相关人员汇报，眼看计划马上就要下达了，他心急如焚。

见吉农着急上火的，陈安江想了想说："我明天去跟领导再汇报汇报，看能不能想办法做些调整。"

吉农听了陈安江的，十分激动又连夜乘车回到市里。

第二天早晨，吉农就病倒了。先是吐些饭菜，后来一口口的鲜血吐了出来。呕吐刚刚停下来，早餐也不想吃，就准备去上班。妻子郭莉强行把他拉到市人民医院。经医生问诊、拍片等一系列检查，诊断结果是肺结核。

吉农住院治疗，领导同事们来医院看望，有的说："你这病是累出来的，要注意休息，劳逸结合。"

而吉农却说："只要项目批了，病倒也心甘。"

有点遗憾的是，市政府秘书长原本推荐吉农去给新上任的市委书记当秘书，相关调动手续都办得差不多了，结果吉农这一病，也就泡汤了。

组织抢险

吉农在医院只住了五天，出院后一边工作一边吃药打针。吃药方便些，把药带在身上，按时吃就行了。打针有点伤脑筋，天天要去医院，尤其是在外面出差，找个打针的地方很不容易，又不能中断。每到一个地方，先打听附近哪里有医院或者诊所，事情再多也要抽空去打针。坚持半年多吃药打针，再去复查，结核病治好了。

吉农病好后，工作更加努力，得到了市里领导的信任和方方面面的认可。不久，组织部门推荐他去西湖市对口支援的一个山区贫困县挂职锻炼，担任副县长，市委分管农业的副书记提出异议，说："能申报下来项目的人才可不能走，还是在市内安排职务为好。"

于是吉农留了下来。不久，市委决定调他到西湖市城中区挂职，担任副区长。通知去城中区挂职的时候，他正陪同张明国在南京考察。接到通知，立马打道回府。

去城中区之前，市委组织部常务副部长跟吉农谈话，说："市委把你安排在城中区挂职一年，主要是到基层锻炼，增长一些实践经验；离市计委近，委内有事需要你做，就回来；有些项目申报需要你支援的，你回来也方便一些。"

吉农说："谢谢组织的培养和信任，我一定服从安排，搞好工作。"

城中区区委政府合在一个小院办公，是市城区最繁华的地方，离市政府很近，出大门往北走五百多米就到了，往南走四百米就是南江河边。

区政府安排吉农分管计划物价。工作比较简单，而且轻车熟路，吉农觉得比较轻松。可惜轻松的日子没过多久，吉农又投入到紧张的抗洪抢险。

1995年，南江流域发生高洪，一个晚上全区境内水位突破警戒线，区级领导奔赴各自分管的责任堤段，组织抗洪抢险。吉农负责的是城东乡的一段防洪大堤。这段堤虽不在主城区，却是城区防洪大堤的延伸线，有十多公里长，堤内子垸与主城区共处一个大垸，如果溃决，必然殃及主城区。

吉农进入防汛责任区后，立即组织群众清除杂草，清扫障碍，清理防汛通道，架线安装照明灯具。防汛抢险前期准备工作做好后，又立即带领村民，分头巡堤查险。第二天水位继续上涨，突破危险水位。他安排部分村民在防洪大堤背水面开导流沟，沥干堤身渗水。又组织村民在防洪大堤上搭棚，做好轮流值班、严防死守的准备。当天下午，洪水猛涨，有的地方已经接近堤面，站到堤面上可以在河里洗手。

雨不停地下，水还在猛涨。临近天黑时，吉农接到市防汛指挥部通知，要求组织劳力抢修子堤，天亮前务必将子堤加高一米，确保第二天上午十点洪峰安全通过。

城东乡青壮劳力大部分外出打工，留在家里的只有妇女、儿童和老人。能上堤的老人和妇女连续几天守堤，早已筋疲力尽。他们要从上百米远的地方把泥土挑到堤面上来，还得爬几十米高的斜坡。眼看天又快黑了，防汛电灯不明亮，大雨虽然停止，小雨还在继续，地面湿滑湿滑的，步履维艰。泥土怎么能挑到堤面上去？吉农心里十分焦急。

这时候，市委派到城东乡的督导组来了。督导组组长是位老同志，曾经在县里当过分管农业的副书记，防汛抢险经验丰富。区委也专门安排两名科局长，现场进行督导。

一场防御战即将打响，毕竟是第一次负责防汛抢险，吉农感到前所未有的紧张。他立马带着乡党委书记深入到早已划分给各村的堤段，逐村逐段督促进度。乡村干部见上堤的劳力不够，担心任务完不成，只能挨家挨户催，让在家的妇女和老人都上防洪大堤。人是上了堤，但效果很不理想。有的一次只能挑半担泥土，有的挑着泥土走走停停，有的摔倒了干脆坐在地上喘息。看到老百姓吃力的样子，又想到加修子堤的任务根本没有办法完成，吉农心急如焚。好在督导组长有办法，建议集中力量在堤面矮些的堤段加修子堤。

第二天临近中午时，洪峰从城中区河道顺利通过，南江水位停止上涨，天黑前，水位开始下降，吉农松了一口气。

晚上巡堤查险是一刻不能放松的。吉农赶紧调度，把有经验的村民组织起来，三小时一班，从堤脚到堤面大约两米远一个人，拿着手电筒，背着铁锹，来回拉网状、地毯式巡查。刚刚安排好巡堤的劳力，吉农就接到报告，一个外洲巴垸溃决。

这个溃决的巴垸在城东乡临洪堤段下游。前几天就通知，要巴垸内的居民撤离，可是有些人不愿意走，还滞留在里面。吉农赶到时，洪水已经把一段矮小的防洪堤冲开了一条口子，巴垸内大部分地方已经进水。这时，天渐渐黑了下来，他带着乡村干部，划着小木船，打着手电筒，分头逐户清理，把滞留在垸内的老百姓接走。有栋在高坡上的房屋，很快就要进水了，吉农进去一看，发现一位老大爷独自守在里面，劝他赶紧撤走，老人不肯离开，还说：“年年涨水，我早就已经习惯了。”

吉农说：“不行，请您一定要离开，这里不安全。”

老人说："我走了，笼里的鸡，栏里的猪怎么办？再说外河的水位不是在退吗？我屋里就是进水，也淹不了多长时间。"

吉农继续劝老人说："您老还是先保命吧，财产损失政府会有补助的。"

老人根本不听劝说，死活不愿意离开，吉农只好叫人强行把他拉走了。

午夜，巴垸清理还没有结束，吉农又接到报告，上游有段防洪大堤出现险情。他把乡党委书记留在巴垸，并交代要仔细搜查，不能有一人滞留在垸内，不能出任何生命危险。自己又带着乡长立即驱车赶往出险堤段。

险情发生在离城郊接合部不到两公里的堤段，临洪大堤内侧堤腰鼓水[21]。吉农赶到时，只见碗口粗的水正往外冒，立即组织劳力抢险，同时把险情报告给了市区防汛指挥部。区委书记和区长很快赶到现场。一会儿，市委书记伍建军带着水利局局长和工程技术人员来了。还调来武警部队和抢险器材。

伍建军向吉农简单地询问一下情况后，立即指挥抢险人员在大堤的迎水面抛装满泥土、黄沙、稻谷、大米的麻袋。由于洪水流速太急，抛下去的麻袋瞬间不见了踪影。又抛铁笼装着的块石、鹅卵石，还是没有效果，堤内侧的水越鼓越凶。试图用木桩打抱围后，再抛沙石，又找不到出险的部位。在伍建军的授意下，吉农找来两名水性好的武警战士，腰里绑着绳子，冒着生命危险，潜入滔滔的洪流中，上上下下十多次，花了一个多小时，始终没有寻找到溃口。快天亮了，出水口鼓出的水柱有水桶粗，大堤内侧冲垮了半边，形成一个大大的水坑。情况十分危机，伍建军和现场的抢险专家反复商量，决定从堤面中央开一个朝天口，拦腰把洪水截住。

抢险人员立刻动手挖朝天口，挖到五六米处，发现一根硒管。问题找到了，原来是一座废弃的老硒没有处理好，被洪水冲开。水利局局长随即安排抢险人员用铁锤、钢钎把硒管砸开，洪水直往上涌。大家赶紧把早就准备好的湿棉絮扔下去，堵在砸开的管子里，再填土压实。大险终于排除了，大家像打完一场大胜仗

21 鼓水，地下水向外渗出。

一样，欢欣鼓舞，吉农也如释重负。

伍建军对吉农说："幸亏你们发现得及时，大堤没有被洪水冲垮，保住了堤垸内老百姓的生命财产安全。你们要认真总结，发现险情和积极抢险的干部群众要好好表扬。汛期还没有过去，还要继续辛苦几天啊！"

吉农说："请书记放心，我们一定坚守岗位，确保万无一失。"

南江水位渐渐回落，吉农还是不敢掉以轻心。他要吸取以前发生垮堤溃垸的教训，虽然几天几夜没有沾床，但是还得抓紧调度，带领村民们继续巡堤查险。在防洪大堤又继续坚守了两天，南江水退到了防汛水位以下，吉农才撤离。

派来帮手

回到城中区政府机关后，吉农一想到防汛抢险的场景就心惊胆战，要不是关键时刻市委书记伍建军亲临现场，沉着指挥，后果不敢想象。他不断地进行反思，认为出现这样的情况，防洪大堤不牢固，水利设施不完善是一个症结。现在到城中区挂职，首要任务是多争取资金，把防洪大堤修牢固，把水利设施搞完善，缓解洪水的威胁。

吉农先找来计划和水利部门的同志座谈，然后到各地现场查勘，详细地掌握了解需要上哪些工程，需要多少资金，向国家和省市能够争取多少，区里需要筹集多少等实际情况，最终制定出了一个水利建设计划。

吉农把计划提交区政府常务会议讨论，大家都说符合城中区的实际，必须尽快组织实施。区长说："城中区过去不太重视水利建设，欠了一些账，防洪大堤达不到标准，抗旱排涝机埠装机容量严重不足，河道处处淤积阻塞，城市防洪建设没有进入国家计划笼子。现在好了，组织上把吉农同志派来帮助我们弥补欠账。希望吉农同志放手去干！需要什么支持，尽管开口，区政府尽量满足你的要求。"

吉农见区长这么支持自己的工作，便提出："如果能够给我配一个帮手，那就更好了。"

区长当场表态："我们马上研究解决。"

不久，年轻的区民建主委兼政协副主席杨文辉从审计局长岗位调到计委主任，协助吉农。

吉农得到尚方宝剑，又配有好的帮手，开始一心一意实施自己主持制定的水利建设计划。

杨文辉刚到而立之年，方正的脸上戴一副近视镜，看起来文质彬彬，却善于协调。

杨文辉和吉农性格颇有几分相似，做事兢兢业业，为人豪爽仗义。有一次，两人到省计委汇报水毁电排工程，通过不懈努力，最终把原本没有进入计划笼子的项目加了进去。

城区有个水毁电排没有列进以工代赈项目，而当时年度计划已经安排，正在准备下发文件。为此，杨文辉和吉农住进了省计委旁边的招待所，连续几天找相关领导和办事员沟通。分管电排改造计划的省代赈办副主任王朝阳见他俩如此执着，答应想想办法。他俩还是不放心。

两个人一合计，决定把王朝阳接到城中区。吉农先给王朝阳打电话说："王主任，我们市城区有座电排被洪水冲毁了，城内渍水排不出去，淹了几个居民小区，想接你到现场看看，车子到办公楼下面等着，想请你下班后就走。"

王朝阳一听说城区电排坏了，还有老百姓被洪涝围困，没有丝毫犹豫，处理好手头的事情，就跟吉农走了。到市里的时候，天色已晚。

第二天，王朝阳在吉农和杨文辉的带领下，视察完水毁电排和还在渍水中的居民小区，当即表态把这个水毁电排改造列入当年的以工代赈计划。

汽车翻在跑项目的路上

吉农在城中区挂职的第二年，初秋的清凉赶走了酷暑的炎热，金色的稻浪已被一片绿波取代，饱满的稻谷颗粒归仓，鲜嫩的秧苗长出粗叶。老百姓由"双抢”转入了田间管理，吉农也把精力放在了水利建设上。

今年夏天南江发生了两次洪水，城东乡临洪大堤出过几次险情，吉农组织劳力抢险，虽然险情解除了，但暴露出的问题不少。他想，城中区像城东乡这样的情况还很普遍，特别是向上级申报的、包括城东乡大堤加固在内的一些项目没有批下来，这些问题一定要抓紧解决。对于城东乡，他是有感情的。去年防汛抢险在这里战斗了七八天，深知老百姓所受的水患之苦。冲坏的防洪大堤虽然已经修复，但堤身矮小。加高培厚的计划如果批不下来，今年秋冬修都会泡汤。想到这些，吉农赶紧又去省计委汇报。经办的同志告诉他：“你们申报的城东乡大堤加固项目这次可能批不下来。”

吉农立刻去找陈安江。这时陈安江已经当上了农林水利处的副处长，分管水利建设项目计划。听完吉农的汇报，陈安江说：“今年全省大范围遭受洪涝灾害，大湖东南部的两个市受灾比你们严重，还溃了几个堤垸，要把大堤加固资金调剂一些给他们。”

吉农说：“我们城东乡那段大堤也急需加固！还是去年的水毁工程项目。”

陈安江说：“水毁工程不是已经安排了资金吗？大堤加高培厚可以缓一缓嘛！”

吉农说：“毁损的部分是修复了，但这段大堤太单薄。今年尽管没有高洪，但还是险情不断。按照南江涨水的规律，明年很可能有大水。我们市里把它作为今年的开工项目，前期准备都做好了，如果没有安排国家投资，项目就无法动工。”

陈安江说：“集中资金恢复今年的水毁工程，这个原则是委里和水利部门共同商量确定的，我也没有办法。要不你们抓紧把城东乡去年巴垸溃决、大堤抢险和现在存在的安全隐患整理一份资料，再给领导汇报汇报，看能不能做些个别调整。”

吉农心里一热，说了声“谢谢”便急急忙忙往回赶。他想在下班前赶到西湖市，重新整理资料向张明国汇报，请市计委再打专题报告，尽早来省里做工作。

坐上汽车，吉农不停地催司机开快点，再快点，却赶上沿途国道进行改造。司机开着越野车急着赶路，忽视了路况，在距离南湖市城区十多公里的国道上会车，遇到迎面而来的大货车，由于躲闪不及碰到堆在路边的砂石，造成车子向右侧翻。吉农坐在副驾驶座位上，扶着车门的右胳膊被折断了。

包括司机在内的其他三人都没受伤。大家一起爬出汽车后，吉农开始感觉到右胳膊和手麻木，疼痛难忍。司机和同行的人在路边拦车，想把吉农送到附近的医院就诊，拦了好几辆来往的汽车，都说急着赶路。他们只好租了一辆小四轮把吉农送到南湖市第三人民医院。

经过拍片检查，吉农的右上胳膊为粉碎性骨折，必须立即手术，否则尖锐的断骨会划破皮肉，刺到神经。手术进行了四个小时，医生把受伤的胳膊切开，用钢板、螺钉连接并固定断碎的骨头，然后再缝上。

张明国听说吉农出了车祸，到医院看望吉农，说："你安心养病，城东乡防洪大堤加固项目，我这就去省计委汇报。"

吉农说："谢谢主任，麻烦您了。"

接着，吉农又把到省计委汇报衔接的情况以及自己的想法向张明国作了简单的汇报。当天下午，张明国就到了省计委，除了汇报项目以外，还谈起了吉农的车祸和受伤情况。省计委的领导和同志都很是动容。不久，城东乡防洪大堤加固的项目批准了。

大湖调研

1997年，又是一个春暖花开的日子，吉农回到市计委担任副主任，分管农林水利计划。到任后，张明国对他说："城中区想留你，我们考虑到市计委需要熟悉业务的年轻干部，加上你有回来的愿望，就向市委提出，把你调了回来。现在把农林水利计划这块工作交给你，担子很重啊，希望你好好干，干出点成绩来。"

吉农说：“请主任放心，我一定竭尽全力干好，决不辜负组织的培养和信任，也决不辜负您的良苦用心。”

西湖市是农业大市，水利是农业的命脉，洪涝灾害一直困扰着西湖人民。当地老百姓流传着“西湖最大的忧患是水患，最大的市情是水情”的说法。作为分管农林水利计划的负责人，不清楚水利水患情况，没有切实可行的治水办法，是无法完成好工作任务的。于是，吉农又回到大湖开展调查研究，掌握第一手资料，准备制定科学适用的治水规划。

吉农从市水利局和设计院各调进一名技术干部，带上农林水利科科长，乘坐一辆老三菱吉普车，一头扎进南江、北水流域和大湖湖畔。他们逐段大堤、逐条河流、逐个湖泊、逐座机埠仔细查看。还把南江和北水上中游的塘坝水库、山林植被等生态环境列入了调查研究的范围。

吉农一边查看，一边询问了解情况，遇上疑难问题，还找到当地老百姓请教。每到一个区县都召开座谈会，把当地的水利专家和工程技术人员请来，介绍情况，分析问题，查找原因，提出根治水患的意见和建议。每逢险工险段和重大穿堤设施，都要停留下来，仔细查看询问。问题严重的地方，还把当地干部找在一起，研究解决办法。

到了江东县临湖镇，吉农白天察看防洪大堤、排灌机埠和险工险段，晚上整理考察情况，查阅历史资料，思考规划方案。还要镇党委书记弄来一条木船，到大湖中察看。他看得很仔细，每条河道、每个滩涂、每个湖汊子垸都不放过，并还不时地叫船工把船停下来上岸走走，不断地向陪同的镇长询问情况，还在老家对面曾经日夜守护过的罗家湖待了一个多小时。可惜的是，没有见到当年看湖时绿绿葱葱的萝卜、白菜，更闻不到满山遍野的油菜花香，取而代之的是成片的杨树和芦苇。

吉农感慨地说：“不错，这片滩涂种上杨树和芦苇了。”

镇长介绍：“前几年县里把大湖中的滩涂经营管理权收了起来，除个别乡镇保留少量滩涂种植芦苇外，大部分乡镇和村及村以下经营的滩涂收归县乡政府，有些栽上杨树，大多数种植芦苇。县政府还成立了湖洲管理局专门管理。”

吉农问道：“老百姓沤肥的青料从哪里来的？”

镇长说：“现在农作物基本不施绿肥，全靠化肥。”

吉农若有所思地“啊”了一声。又抬起头来，望了望对岸，曾经居住过的防洪大堤上，房屋已经全部搬走，光秃秃的，只有三三两两的行人在走动，显得那么匆忙而孤独。

在临湖镇待了几天，吉农接到立即回市计委的通知，另有任务。

北水办点

吉农回到市计委工作的当年秋天，西湖市开展轰轰烈烈的领导干部讲学习、讲政治、讲正气的“三讲”教育活动，挑选一批市直单位的骨干担任组长，到乡镇指导活动。吉农被选派到西北县边远的子田乡。这个乡地处邻省交界的大山区，北水从邻省流入，经过这里进入大湖。扶贫联系点营盘村也在这个乡，他还负责扶贫工作，正好可以利用这个机会，把大湖上游的水文、水患以及生态环境做些调查，一举多得。

到子田乡后，吉农给全乡党员干部作辅导报告时把“三讲”教育与治山治水、改善生产生活条件结合起来，讲得有理有据，有声有色，大家反映良好。组织党员干部与群众也开展互助、互学、互促活动，大家提高很快。吉农指导乡党委书记、乡长写自我剖析材料，大家非常认可。在党委领导班子民主生活会上，吉农对班子成员的点评中肯准确，大家心服口服。他还积极找资金，在北水支流上修建了一座桥梁，打通了子田乡通往邻省的公路，方便老百姓出行，人人拍手称快。

吉农来到营盘村，见连绵起伏的大山上，曾经被砍伐后留下的树蔸，有的长出稀稀疏疏的树枝，有的已经腐烂，有的菌菇繁衍；被雨水冲刷的土地，光秃秃的，只有一片片裸露的石头。他把市计委的干部分期分批调过来，与村民们一道植树造林，绿化荒山。在植树前，吉农专程请来林业专家向村民们讲解植树造林的好处，传授植树造林的技术，使村民们认识到了植树造林的重要性，养成了年年植树、天天护林的好习惯。他离开后，营盘村的老百姓一直坚持植树造林，封山育林，保护植被。多年以后，当吉农再回到营盘村，这里已是翠绿满山。

几十户住在深山里的老百姓，出行不方便，吉农动员单位干部捐款买炸药，自带工具，开山填谷，修了一条五公里长的简易公路。吉农还到处找资金，帮助村里新建了一栋七间平房的村部。

吉农与营盘村的父老乡亲结下了深厚友情。他率领扶贫工作队离开时，老百姓成群结队自发送行，燃放了几十米长的鞭炮。离开后的多年里，村干部和住户每逢过年过节都要带一些腊肉、茶叶、薯干等农产品到市里看望吉农。吉农不想收，但又怕驳了这些淳厚朴实农民的面子，只好收下，然后回赠一些烟酒、衣物等。

吉农时刻牢记自己的使命，在子田乡办点期间，经常到北水沿途调研，观察水位变化、河道径流和生态植被。西北县境内几座水库和几条支流上的小型水力发电站他都到过。

市委组织部一名副部长带着两名干部专程到子田乡，要吉农谈谈子田乡开展“三讲”教育活动的经验，他谈起了深入北水沿岸调研、掌握生态环境现状、充实水患治理规划、带领村民植树造林、修桥补路的感受。

他们把吉农办点的做法与经验，总结成典型材料在全市推广。吉农带的工作队被评为先进，本人也立了二等功。

不同的声音

就在吉农办点搞得风生水起的时候，儿时伙伴吴德来了。吴德从家乡出来后一路通畅，当过造纸厂厂长、乡镇党委书记、副县长、县委副书记，这次西湖市调整干部，把他安排到市计委担任副书记、副主任。据传是来接替张明国当主任的。到任后不久，他就到西北县子田乡慰问办点干部，探望吉农。

多年来，吉农和吴德虽然同在一个市里工作，但各自都忙，只是开会时碰面打个招呼，现在成为同事，是缘分。吉农很高兴，带着吴德登山涉水，走村串户，谈着自己的理想抱负。当他说到要花毕生精力治理大湖水患，改变家乡面貌时，吴德以兄长的口吻对他说："别好高骛远，你有那本事？能把本职工作做好就不错了。"

原本希望得到吴德的支持与配合，没想到是这个态度，吉农心里不免有些凉。但是，他并没有因为吴德的态度而放弃自己的理想，反而加快了步伐。办点结束回到单位，吉农立马着手编制水利建设规划。

吉农想集中力量尽快把规划编制好，拿了一个工作方案，并提出抽调市计委规划科、投资科的业务骨干参与，在主任办公会上提出来时，吴德发表了不同意见。他说："水利规划属平时业务，相关科室去做就行了，没有必要定个方案，还拿到办公会上专门研究。"

吉农说："水患灾害频繁，生态环境不好，严重地影响了老百姓生产生活，阻碍了经济社会发展。这个'瓶颈'问题不解决，西湖市永远发展不起来，老百姓就只能过着吃不饱、穿不暖、住不安生的贫困日子。"

吴德说："我不想和你讲大道理。要搞你就从自己分管的科室抽人，规划科没人参加。"

规划科是吴德分管的，他不愿抽人，张明国既要顾全才调来不久的二把手的面子，又要支持吉农的工作，便说："编制水利规划拿个方案我赞成，对方案本身我也没有其他意见。人手不够，从市水利局借调工程技术人员，吉农先去衔接，有困难我再出面。"

张明国拍板后，吉农大刀阔斧地干了起来，年底便完成了水利规划的初稿。他拿着初稿在市直相关部门和区县市征求意见，几经修改后，拿到省城征求省计委的意见。已经提拔为农林水利处处长的陈安江看过规划后十分赞赏，说："你们有远见，大湖水利建设是要纳入议事日程了，不能让老百姓长期饱受水患之灾啊！"

陈安江建议吉农给分管农林水利计划的副主任王先平汇报。王先平十分重视大湖地区的水患治理，听完吉农的汇报，立刻把陈安江找到办公室，当面指示：

“你们认真看看西湖市水利规划，找出一些值得借鉴的东西和可以支持的项目，拿出一个大湖治理方案。”

得到省里的重视，吉农无比兴奋。他想，要是有国家的支持就好了。第二年开春，吉农去北京向国家主管部门有关司局汇报了大湖治理规划方案，领导们听了都很有触动。

从北京回来，吉农提议在西湖市召开一次高规格的水利规划论证会，又遭到吴德的反对。那天，吉农请示张明国后，拿了会议方案，做了会议预算，在主任办公会上研究。吴德说：“开这么大规模的会根本没有必要，我不赞成。还要花这么多钱，现在委里的账上已经是赤字了，拿不出一分钱来。”

吉农说：“经费我们会向市里申请，但是要走委里的账目，请吴主任支持。”

吴德说：“走账也不行，一则把委里的财务基数搞大了。再则，我也很难面对财务检查。”

张明国说：“会是要开的，而且必须开好。不要争论了，账目单独做吧，专款专用。”

论证会开得很成功，国家主管部门农林水利司的副司长高俊波带着水利处处长，省计委的副主任王先平带着陈安江，省水利厅、农业厅等部门相关人士，还有不少水利专家，都应邀参加了论证会。

论证会上，领导和专家们提出了宝贵的意见。更重要的是，通过论证会使领导和专家们加深了对西湖市、对大湖湖畔的了解，使他们把大湖的水患治理深深地刻在脑海中。

洪水肆虐

西湖市水利建设规划还没有付诸实施，一场罕见的洪水席卷而来，在大湖地区肆虐，首当其冲的是地处北水中游的中县。

中县是个大县，地域面积四千多平方公里，正北方连着毗邻省，西部的大片山地与西北县接壤，地势从西北向东南逐渐低缓，离县城二十多公里处降为平原，北水在县城南边穿过，流入大湖。平湖区占全县面积的一半，极易遭受洪涝灾害。中县境内有近三百公里临洪大堤，是西湖市乃至全省抗洪抢险的重点县之一，也是省市计委的防汛责任点。

七月中旬的一天上午，吉农接到市防汛抢险指挥部的紧急通知，立即赶往责任点。他赶到中县时已经中午，县城的水文观测站已经达到警戒水位，防汛人员都已上堤。

吉农来到县防汛指挥部，防守中县的市级领导市检察院的检察长已经抵达，正在与县委书记李旺发和县长蒋宗仁商量有关事宜。一会儿，省计委以工代赈办主任王朝阳带着两名干部赶到了。

北水来势凶猛，下午五点多，全县临洪堤段超过危险水位。正当大家在会议室紧张地会商水情、调度防汛时，得到市防汛指挥部通知：为减轻下游洪水压力，确保城市安全度汛，道垸居民明天凌晨六点前全部撤离，做好蓄洪准备。

道垸在北水南岸，与中县县城隔河相望。县防汛指挥部紧急磋商，作出决定：县委书记在家坐镇指挥，县长负责组织垸内居民撤离，县人大主任负责炸堤决口。

人大主任在会议结束后，立刻带领爆破人员去组织炸堤决口了。他要在临洪堤段选点挖坑，埋入炸药，插上雷管，命令一到，点火起爆。

县长蒋宗仁更不能懈怠，必须在规定的时间内，把居住在垸内的两万多老百姓全部撤出。正准备启程赶赴现场，吉农站了起来，说：“我去参与撤离工作，给蒋县长搭把手。”

蒋宗仁说：“你不要去。天快黑了，你不熟悉道路和老百姓的居住情况，很不安全。”

吉农说：“让我去吧，给我安排一个干部带路就行了。”

李旺发见吉农态度坚决，只好同意，安排县水利局一名副局长跟着一起去道垸。

到达道垸后，吉农和蒋宗仁分头行动。决口时，往往是溃垸的下游先进水，撤离不及时将有生命危险，蒋宗仁主动承担了下游的撤离任务。他从下游最远一户起，逐户往上游督导。吉农则从中间向上游督导，见到滞留的居民，无论男女老幼，立刻指挥工作人员把他们撤到垸外指定的临时安置点。

老百姓听到要决口蓄洪的消息，除了一些老大爷、老太太不想离开外，大多数人都按照乡村干部指明的路线撤离。有的扶着老人、牵着小孩、抱着婴儿；有的拖着板车、推着独轮车，带上简单的行李；家里有手扶拖拉机、农用小四轮的居民，拉出一些小件家具用具。大人的叫喊声、老人的哀号声、小孩的啼哭声，响成一片。

凌晨四点，下游一段低矮的大堤漫溃了。离规定的炸堤蓄洪还有两个小时，吉农督导的上游垸内居民基本撤离。他怕下游的居民还没有撤完，叮嘱乡长留下来再仔细搜查，并嘱咐不能有一人滞留。自己带领水利局副局长乘车赶往下游，寻找蒋宗仁及没有撤走的居民。

三菱吉普车在简易公路上行驶，遇上一辆小四轮，车上的两名乡干部带着十多个居民从垸内撤出来。吉农问乡干部：“垸内还有多少人没有撤离？蒋县长在哪里？”

一名乡干部说：“滞留的人不多了，有两位老人不愿意走，蒋县长正在做他们的工作。”

“你带我过去找他们。”吉农对乡干部说。他又指着另一名乡干部说：“你把车上这些人带到安置点，注意安全啊！”

乡干部上车后指挥司机向垸内深处行进。不一会儿，看见两百多米远处的一辆越野车亮着大灯。他说：“那是蒋县长的车，车子左拐几十米就到了。”

这时，吉农借着汽车灯光隐约看到先期涌入的洪水，便对司机说：“我们下车去接人，你把汽车赶快开到地势高的地方停下来，等着我们。”

乡干部带着吉农跑去寻找蒋宗仁。没走多远，就遇上蒋宗仁和乡党委书记，还有几个干部，搀扶着一对年近古稀的老夫妻，焦急地奔向亮着大灯的越野车。刚走到车边，大灯灭了，车也熄火，司机怎么也发不动汽车。

吉农走过去，让乡党委书记迅速把两位老人扶上停在附近的三菱吉普车，叫司机赶紧开走。自己和蒋宗仁等一群人拼命向高处奔跑，跑了四五里地才摆脱紧紧跟在身后的像“猛兽”一样的洪水。大家跑到道垸南边山坡上一处安置点时，天已蒙蒙亮。蒋宗仁清点人数，垸内居民全部撤离，无一伤亡。

吉农回到县防汛指挥部，又累又饿，筋疲力尽。工作人员端来一碗牛肉米粉，他接过碗就往嘴里扒。一碗米粉还没吃完，就听到从外面匆匆赶来的李旺发说：“宦垸告急，我要去一趟。”

这时天已大亮，蒋宗仁还没有回到防汛指挥部，坐在一旁的检察长说：“你是指挥长，不能离开指挥部，让我去吧。”

李旺发说：“不行，您留在家里坐镇指挥，等宗仁同志回来后一起商量怎么安置道垸撤出的老百姓。”

吉农说：“我跟李书记去吧。”

大家见吉农昨天晚上忙了一个通宵，实在太累了，还没有恢复过来，都不同意。王朝阳主动请缨，跟李旺发去了。

吉农留在县防汛指挥部，大家劝他到办公室临时床铺上睡一觉。他躺在床上，翻来覆去睡不着，眼前不断浮现出昨天夜晚道垸居民撤离时的场面，又回想到儿时家乡溃垸的情景……

宦垸现在的情况还不知糟糕到什么样子。吉农想，反正睡不着，干脆爬起来，去会议室看看。他走进会议室，见检察长和蒋宗仁都在，一脸严肃地谈论着。他坐下来一听，原来是宦垸出现几处大险，正在调度劳力去抢救。中午时分，又接到市防汛指挥部指示：要求宦垸乡天黑前撤离垸内全部居民，准备蓄洪。

宦垸乡在中县东南端，靠近大湖，被北水及其支流包围的近百平公方公里土地上居住着几万人口。这个乡的绝大多数居民都重视教育，自古以来这片土地上出了很多官吏，仅清朝道光年间翰林院里的大学士、翰林就有好几个。从那时起，当地老百姓就把这里叫作宦垸。

听说宦垸蓄洪，吉农心里一阵难过：又有成千上万的老百姓流离失所了。但命令必须无条件服从，他再次要求去宦垸，帮助组织居民撤离。

吉农带着两名工作人员，坐车从县城出发，沿着北水河道向下游行进，时而走防洪大堤堤面，时而走堤脚下的防汛通道。走堤面是可以到达宦垸对岸的，但沿途汽车无法通过。有的地方洪水已接近堤面，村民们正在加修子堤；有的堤段出现险情，抢险队伍正在进行抢救。

汽车上上下下，走走停停，二十多公里的路程行进了快两个小时。抵达宦垸对岸时，吉农看到泡在滔滔洪水中的防洪大堤，有的只见几十公分高的堤身，有的与洪水几乎持平，整个宦垸仿佛是一艘快要沉没的巨大轮船。防洪大堤还没有决口，一部分抗洪抢险人员还在奋力抢救。他们要把大堤维持到天黑，确保居民撤离之前不溃决。

老百姓正在有组织地撤离，家家户户在乡村干部的带领下，拖儿带女，扶老携幼，从大垸深处往堤面上转移，然后登上船只，撤到河对岸。一时间，几百米宽的北水河面，百船齐发。方圆几十里内的机动船、大木船、小划子都调来了。市防汛指挥部还调来几艘汽车轮渡船。吉农跟着过河来接他的副乡长乘上轮渡。到达宦垸时，船头直接搁到堤面，汽车不用费劲爬坡就上了防洪大堤。

吉农问副乡长："垸里的人撤出了多少？"

副乡长说："撤出了一多半。"

吉农又问："有没有不愿意撤走的？"

副乡长说："不愿撤的不少，正在做工作。城关村不愿走的人最多，县、乡村书记都在那里督导。"

吉农说："我们去城关村。"

城关村是乡政府所在地，村里比较富裕，房屋也结实一些，有的是两层小楼房，还有几件像样的家具，老百姓舍不得东西，不想离开；还有些老百姓经历多了，习以为常，也不愿意离开。

吉农赶到城关村，见李旺发和乡村书记都在一栋两层楼房前的禾场里，站着给一位老大爷做工作。副乡长告诉吉农："这个老头是城关村的老书记。"

吉农走到跟前，听李旺发对老头子说："您是老干部，带个头。您撤出去了，其他老百姓都会跟着走，请您老人家支持我们的工作。"

乡党委书记也说："您老平时对我们很支持，我们表示感谢，这次您无论如何要再帮我们一把，马上撤离出去。"

好说歹说，老人家勉强同意，两名乡村干部立即扶他上了停在屋旁的一辆货车。

吉农向李旺发报了个到，简单交换几句，分头督导老百姓撤离去了。天黑前宦垸的居民全部撤离，出现大险的堤段也不再继续抢救。午夜，洪水把大堤撕开了一条口子后涌入垸内，宦垸溃决。

安顿好宦垸撤离的居民，已是凌晨五点。吉农和李旺发在宦垸对岸的临时工棚里打了个盹。天刚亮，便赶到十里垸，查看垸内的居民撤完没有。

十里垸在北水尾闾，西挨宦垸，东连大湖，是呈长条形的小垸，实际上是一条宽宽的行洪通道。因垸长十里而得名，有几千亩土地，居住着几百户人家，中县在这里办了个小农场。地势低，又在北水行洪道上，十年有九年被淹。今年早就做好了蓄洪准备，洪水到来之前已经通知垸内居民撤离。李旺发仍不放心，又拖着疲惫的身子来看看，吉农跟着。他们到达时，十里垸已经全部被洪水淹没，一片汪洋，只有几处零星的树林、高点的堤段和在地势高处的几间房屋屋顶露出水面。

凶猛的洪水并没有因为道垸、宦垸、十里垸连续溃决减轻势头，仍然奔腾而下，威胁下游堤垸。第二天深夜，吉农正在中县巡堤查险，听到消息，东县溃垸，淹没了整个县城。

东县位于西湖市东北角，与邻省交界，也是大湖西北部的一个湖滨县。县境内子垸众多，湖泊交错，河港密布。北水经过东县南部，从西向东直入大湖。县城建在北水下游，紧挨大湖。

东县溃垸是退水时发生的。干部群众在防洪大堤上防守了七八天，都有点精疲力尽。那天下午天快黑的时候巡堤人员看到洪水在退，心想应该没有危险了，吃过晚饭便找了个地方休息。正在打盹时，县城附近一处老穿堤设施发生管涌[22]，没有及时发现。洪水越涌越凶，到晚上九点多，过路的人发现时，大堤内侧已经冲出一个大坑。接到报告，县乡干部立即组织抢救。这时，突然雷鸣电闪，暴雨倾盆。

出险地方地形复杂，虽然堤面较宽，但内侧有个废弃的工厂，管涌发生在工厂后面的堤坡上。抢险人员一时找不到进去的道路，拆墙拆屋进入后，因场地狭小，抢救无法全面展开，溃口越来越大，县防汛指挥部只得向省市求援。两个小时后，市委书记伍建军带着水利工程技术人员和武警战士来了。不久，在附近视察防汛抢险工作的省委分管农业的副书记也来了，还带来舟桥部队。

天亮时，险情不仅没有解除，而且越发严重。洪水已经把大堤冲垮了多半边，房屋垮塌。抢险人员把装满石料、砂卵的大卡车直接开进决口，连续三四辆，都被洪水冲走，还沉了一艘装满块石、泥沙的大船。上午八点多，大堤完全崩溃。

事后，东县县委书记和县长，防守那段堤的县乡干部，分管东县防汛抢险工作的市级领导都受到了处分。吉农暗暗祈祷，这样的事故千万不能重演啊！

平垸行洪

1998年夏天，长江中下游发生了罕见的洪灾，后来人们把它叫作“九八洪灾”。不仅是中县，整个大湖地区都严重受灾，损失惨重。造成洪灾的原因很多，但主要是行洪河道不畅、蓄洪面积锐减等问题。这些问题引起了各级领导的高度重视。省计委根据中央领导提出的“封山植树、退耕还林、退田还湖、平

22 管涌，在渗流作用下，土体细颗粒沿骨架颗粒形成的孔隙，水在土孔隙中的流速增大引起土的细颗粒被冲刷带走的现象。也称翻沙鼓水。

垸行洪、以工代赈、移民建镇、加固干堤、疏浚河道”的32字方针，着手治理大湖，并选择在中县进行平垸行洪[23]试点。

平垸行洪的主要任务是做好两件事情：一是退出农作物种植，二是搬走老百姓。第一件事好办，不种农作物就是了，或者无洪水时耕种，洪水来了需要蓄洪就蓄洪，充其量损失一季作物。第二件事就难办了，要把老百姓搬走，给他们安排新的地方建房屋，有些还需要调剂耕种的土地。“金窝银窝不如自己的狗窝”，这是老百姓的信条。他们一旦到一个地方居住下来，条件再差也不愿意挪动。因此，移民是平垸行洪的关键。

这次选择中县作为平垸行洪的试点，主要是因为近些年来多次溃决的道垸、宦垸和十里垸，都是过去围垦出来的蓄洪区，占用了蓄洪水面和行洪通道。

汛期刚过，提升为省计委副主任的陈安江就带着十多名干部和技术人员来到中县，制定平垸行洪试点规划。西湖市成立了领导小组，配合省里工作，吉农担任办公室主任，负责日常事务。他还从市计委、水利局抽调了多名业务骨干，参与工作。

陈安江是个思想活跃、经验丰富、魄力十足的干部，他做事雷厉风行，一到中县就召开会议，布置任务。他说：“我们这次到中县来搞试点，肩负着党和政府赋予的重任，要在一个月内拿出道垸、宦垸、十里垸的平垸行洪规划和实施方案，保证明年汛期到来之前老百姓搬出堤垸，住上新居，安居乐业，为全省乃至全国提供平垸行洪的成功经验。”

会后，大家兵分两路，一路现场实地勘察调研，一路搜集整理相关资料。陈安江带队到宦垸调研，吉农和中县县委书记李旺发陪同。他们到达宦垸时，洪水已经退出，溃决的防洪堤段正在堵口复堤，老百姓开始陆续返回家园。

23 平垸行洪，把围垦起来的蓄洪水面和行洪通道的堤坝扒开，便于蓄洪和行洪。

陈安江领着大家从官垸乡政府出发，沿着防洪大堤开始调研。每到一处险工险段，或遇上返乡的人群，他都停下来仔细询问。在一个决口处，他问正在堵口复堤的老百姓："年年发洪水你们有没有减轻灾害的好办法？想不想搬出这个水窝子？"

老百姓见这个领导平易近人，纷纷围拢过来，你一言，我一语。有的主张加固防洪大堤，有的建议疏通行洪河道，还有的提出就近筑台建房。没有一个人提出往外地迁移、离开官垸的。故土难移啊！陈安江听得很认真。

那天他们没有回县城。乡党委书记叫工作人员在刚退出洪水的乡政府机关，清理出几间房屋，开临时床铺，让大家住下。

吃过晚饭，吉农陪同陈安江在到处是淤泥、浪渣的街道上转了一圈，又回到办公室开会，制订工作方案，午夜才上床睡觉。

第二天，他们又下到村组了解情况，召开座谈会，让村组干部和老百姓代表畅所欲言。夜晚继续开会，研究规划怎么编制，直到深夜才休息。连续四天他们都是如此这般，中途还安排半天时间去了一趟十里垸。第五天，陈安江接受吉农的建议，到江东县去看看安全平台，听听那里老百姓的意见。

江东县近几年连续遭遇洪涝灾害，县城北面二十多年前围垦的围湖垸前两年接连溃决，老百姓房屋被冲毁，农田被淹，作物受损，苦不堪言。吉农调回市计委以后，多次来这里调查研究，寻求抗洪赈灾，保护老百姓生命财产的良策。在广泛征求干部群众意见的基础上，决定在防洪大堤上用泥土修筑高出历史最高水位的安全平台，把老百姓搬到平台上居住。他和县里的同志带着这个方案多次跑省城，向相关部门汇报，得到了有关部门的重视。陈安江亲自出马，带着水利专家深入现场实地考察，了解情况后，同意采纳这个方案，反复向省委省政府和国家主管部门汇报，征得同意后组织实施。不久，省计委批复：在围湖垸临南江的防洪大堤上修筑三个安全平台，修建房屋，搬迁安置垸内居民，资金由国家和省两级财政预算内拨款解决。

吉农陪同陈安江到达江东县围湖垸筑台堤段时，上游的安全平台已经建成，开始划分宅基地；下游的平台建设接近尾声，施工人员在护坡、修建平台上面的道路和明沟散水；中间的平台建在乡政府所在地附近，工程刚刚过半，施工人员正在抓紧修筑。

陈安江在已经建成的平台上停留下来，向乡村干部询问筑台情况，问老百姓是否愿意搬到平台上居住。然后走下平台，进入老百姓家里，征求对安全平台建设的意见。

当年，南江的洪水没有北水猛烈，围湖垸尽管险情不断，经过干部群众严防死守，奋力抢救，堤垸保住了，但是内涝十分严重。因为外河持续保持高洪水位，垸内的积水无法排出，大部分农作物被淹，住在低处的居民房屋进水。老百姓心有余悸，害怕溃垸。所以，陈安江走访的几户居民都愿意搬上安全平台，并且希望早点搬，觉得住在平台上心里踏实一些。

从江东县回到中县的第二天，陈安江要去道垸看看，吉农陪同。他们从县城西边的水电站大坝过北水河，到达对岸的道垸。再沿着防洪大堤弃车步行，向东走去。看到垸内洪水退出后，万物凋零、残渣遍野、房屋破败的悲惨景象，陈安江感慨万千，与县乡干部交谈，了解灾民安置、堵口复垸和生产恢复等方面的情况，还找过往行人询问垸内居民溃垸后损失程度、返迁后生活是否恢复正常。

一行人走到道垸东头尾端，陈安江想去走访退水后返迁回家的居民。乡党委书记安排大家吃过午饭后，带着大家从垸内公路往回走。这是一条垸内最深处的乡村公路，也是道垸与其他乡镇的分界线，这条公路与防洪大堤的两端连接，把道垸乡围在其中。

他们的走访很专注，很仔细。途中还拐进垸内地势低洼的地方，找居民了解情况。直到天黑，才结束调研回到县城。

搞完现场调查，陈安江组织大家坐下来研究讨论，着手制定平垸行洪试点规划。座谈讨论时，陈安江要求大家充分发表意见。吉农说："把垸内老百姓搬出来的安置方式，应该本着因地制宜的原则，既要考虑当地的地形、地貌，又要方便老百姓出行、耕作，还要尊重居民个人意愿。像道垸这样的长方形地形，且一边紧靠地势高的丘陵山区，可以就近选择几块山地建镇，把垸内百姓搬进镇里居住。宦垸周围都是平原，地势低，最好是在垸内选择适宜的地方修筑平台，让老百姓住在上面；垸内人口太多的，也可以动员一些居民搬迁到其他的地方去。只有这样，老百姓才搬得出，稳得住，能生存，可发展，才能保证洪水暴发时能够空垸蓄洪，安全度汛。”

中县县委书记李旺发建议：“宦垸乡政府所在地人口稠密，机关搬迁成本太大，费时费力，可以考虑在乡机关周围筑堤，修建一个垸中垸。”

参加会议的其他人员都争先恐后地各抒己见。陈安江总结说：“各位与会代表的意见和建议有很多可以借鉴，特别是吉农和旺发同志的意见很好，规划设计人员要充分吸纳，抓紧论证，确保规划切实可行。”

不到半个月，中县道垸、宦垸、十里垸平垸行洪的规划方案制订出来。规划指出：“道垸在南边丘陵山地选择三个有利地块建镇移民；宦垸围建一个垸中小垸，修筑六个安全平台，安置垸内五分之四的居民，其他居民外迁临近乡镇；十里垸居民全部外迁，撤销农场，退出耕种，恢复洪道。”安置方案很细，到了村，到了组，到了每一个农户。

陈安江拿着规划文本在乡村、县里、市里分别召开座谈会，多方征求意见，反复进行论证，不断修改完善，直到规划方案基本成熟了，才带回省城找省计划、水利等部门的专家和相关人员论证，广泛征求意见后，再报省委、省政府研究。又经过几轮讨论修改后，上报国家主管部门。过了半个多月，国家批复下来：同意中县平垸行洪规划方案，要求尽快组织实施。

规划的实施主要由县里组织，省市只负责督导，吉农终于可以腾出时间来做其他工作了。这时，西湖市平垸行洪的计划任务陆续下达。除中县的道垸、宦垸、十里垸和江东县的围湖垸外，全市南江、北水流域和大湖湖畔还有三十多个子垸、巴垸实行平垸行洪，需要搬迁安置移民十多万人。

吉农提请市里召开有区县市长、计委主任、水利局长参加的会议，把任务落实下去。同时建议从水利、农业、水文、林业等部门，抽调干部，分组到各区县现场督导。督导组出发前，还进行了一天的培训，使大家明确了督导的目标、任务和方法。为圆满完成任务，他又一个县一个县、一个垸一个垸地跑，发现问题，当场解决，解决不了的，请示相关市级领导，召开协调会议研究解决。

第二年汛期到来之前，中县的道垸、宦垸、十里垸和江东县的围湖垸，垸内的老百姓全部搬了出来，住进了新居。到了第三年，其他子垸、巴垸内的移民搬迁任务全部完成。

工夫没有白费

吉农时刻牵挂着道垸、宦垸和十里垸的平垸行洪，因为那是试点，摸索出经验后可以在全国推广。它不仅倾注了很多人的心血，也寄托了长期以来一心想解除湖区水患的党和各级政府的殷切希望，更是深受水患之苦的广大湖区人民的长久企盼。如果事情办砸了，白费工夫事小，大湖地区的老百姓还得在水患之中煎熬，那问题就严重了。所以，他每次把工作安排妥当后，就到中县去。

那段时间，吉农急着到县里去，除了放心不下平垸行洪，还有一个原因就是不想见到单位上那些烦心的事情。新上任的吴德工作积极主动，对骨干非常关心，对老同志十分关爱，对年轻干部职工倍加关照。调进委里不久，他就分期分批组织科长外出考察，安排年轻干部参加学习培训，亲自陪同老干部钓鱼、打牌、外出旅游。哪个同志找他，他都笑脸相迎，热情接待。干部向他提出要求，能满足的马上满足，暂时无法满足的，他积极表态："等等再说，我会帮你想办法的。"

吴德的做法很快赢得不少干部群众的信任，但也有人看不惯。一时间传言四起。

有的人说："张明国老了，准备退休，会把位子让给吴德。"

有的人说："张明国要调市人大，吴德接班。"

还有的人说："张明国已经不管事了，把工作全部交给吴德了。"

吉农和吴德是发小，如今又在同一个单位上班，大家都以为两人关系好，了解情况。吉农一到办公室，就有人来打听。也有不少人开始抱怨，有对吴德的做法看不惯，找吉农理论的；还有得了吴德的许诺，最终没有兑现，找吉农鸣冤叫屈的；还有遭吴德歧视或受排挤，找吉农诉苦的。他都不愿意听，总想找机会遛出办公室，往乡下跑。没过多久，不少干部群众对吴德的不满情绪公开发泄出来。

有的人说："这人不低调，张扬得过了头。"

有的人说："这人太庸俗，明目张胆地笼络人心。"

张明国很烦躁，找书记和市长，找组织部的同志，强烈要求换一位助手。不久，市直单位调整干部，吴德调出市计委，吉农成了副书记。

吉农就更加积极主动的工作了。他马不停蹄地在各区县市转。到了中县便停下来，察看小镇的建设进度，平台的修筑质量，垸中垸的堤防加固，仔细检查，认真研究，集中解决问题。发现问题，吉农与当地干部共同研究解决。有时也找老百姓聊一聊，了解灾后生产生活恢复情况，询问选择的哪种搬迁形式，登记了没有，还存在哪些困难，有何意见和建议。

道垸的建镇移民，吉农颇花了一些精力。垸内地势低，三个镇都要建在邻乡的土地上。金贵的土地都是到户到人的，土地的主人依靠它生存，谁也不愿放弃。开始县里提出通过征用取得建镇的土地，可是土地的主人不同意，听说要拿他们的土地给道垸移民建房屋，结伴到县里上访，有的还告到了省里和市里。吉农召集县乡干部开会，反复商量说："大家扩宽思路，不要只局限于征用土地，能不能多采取几种形式，进行土地置换，解决就业指标等。"

参会的同志受到启示，纷纷提出意见和建议。最后，吉农拍板："抛出征用补偿、用道垸好地置换、给被征用土地家庭安排青壮年劳力就业指标等几种方式取得建镇土地。派干部到户征求意见，由老百姓自主选择。"

会后，吉农抽调了一批能说会道的县乡干部到村组，逐户逐人宣传解释，要大家根据自己的意愿和家庭状况选择安置补偿方式，很快落实了移民建镇的土地。

宦垸的垸中围堤建垸，吉农也费了不少周折。居住在宦垸乡政府周围的老百姓强烈要求把一个村的居民和土地全部圈在垸内，而设计人员拿出的方案垸中小垸只占一半土地面积，有二百多户居民圈在了垸外。这个设计方案是国家和省里批准了的，建设资金也是按这个方案安排的。要扩大规模，调整方案，必须报省计委同意、国家主管部门重新审批。

吉农再次深入宦垸现场，仔细进行调查了解，觉得老百姓的诉求有些道理，可以根据地形作些调整。北水防洪大堤由北向南经过乡政府所在地，在越过乡政府的地方有一条老堤向西弯曲，形成一个夹角，村里的居民绝大部分集中居住在这个夹角地带，围垸只需在西、北两个方向新筑堤段。

吉农又请设计师重新设计了一个方案，将子垸的面积扩大，全村的居民除住在村子西边最远的十多个零散的住户外，绝大多数都圈进垸内。

吉农与中县县委书记李旺发一道，拿着新设计的方案到省计委向陈安江汇报。陈安江听说要调整方案，顿时上了火，说："你们早干什么去了，现在调整设计方案，谈何容易！"

吉农和李旺发反复解释，好在陈安江是明白人，最终，答应去做领导的工作。随后，陈安江找来省水利专家和工程设计人员对新设计方案进行论证，并作了一些修改完善，又亲自进京，向国家主管部门汇报。

中县平垸行洪试点计划推进很快，到年底，道垸新建的三个镇的给排水、强弱电、道路、供气全部拉通，学校、医院、乡村干部办公用房、居民服务中心等公共设施正在紧锣密鼓抓紧建设，部分居民开始修建房屋，搬迁新居。宦垸的六个安全平台已经建好，正在划分建房基地；垸中垸也已形成，小垸规划基本实施。十里垸和宦垸外迁的居民全部得到安置。

第二年汛期到来之前，中县平垸行洪试点的三个垸内几万居民都已搬迁，安置到位。

中县平垸行洪试点任务完成后，吉农并没有轻松不来。一拨拨的检查、验收、视察，一批批的参观、学习、观摩接踵而来。移民搬迁刚结束，省里就来了几个检查组，有的检查安全平台，有的检查移民新镇，有的检查垸中小垸。分专项的检查组也不少，规划设计、工程质量、安全管理等。正式验收是四月下旬，由省计委和水利厅等部门十多人组成的验收组在中县扎扎实实工作了三天。垸中的居民是不是都搬走了，老房子是不是都腾空了；安置点的老百姓住得舒不舒服，有哪些后顾之忧，都是验收组关心的。他们还对移民搬迁的老百姓进行了问卷调查。验收组离井时反馈意见：各项指标符合要求，搬迁群众基本满意。

吉农以为通过省里的验收这项工作就算结束了，没想到回单位没几天又接到通知，国务院派来一个检查组到中县检查平垸行洪试点工作。吉农立刻组织迎检。

国务院检查组由国家主管部门领导带队，从中直部门抽调的十多个干部，省有关部门十多人配合，花了整整一天时间，不仅仔细查看了三个垸的安置点，还在不同形式的安置小区中抽查了几十户居民，对中县的平垸行洪试点是比较满意的。吉农十分欣慰，大家一年多的工夫没有白费。

治湖不能放松

大湖连年洪涝灾害牵动着中央领导的心，大湖湖畔干部群众抗洪保安的战斗精神和大胆实践，坚定了各级领导治理大湖的信心和决心。“九八洪灾”之后，有一位国家领导人在视察大湖时明确指示：“要有一个长远规划，首先要把大湖的水面恢复到新中国成立以前的面积。其次要在沿湖的地方规划几个城市，把基础设施逐步建设好，然后一年一年把人往里面搬。围着湖的几个城市，将来就是旅游城市。”

当年秋天，按照国家领导的指示，省里成立了大湖治理工程规划办公室，负责研究政策，编制规划，组织实施，省计委副主任陈安江兼任办公室主任。要求大湖地区的市县成立相应的办公室，对口协调。吉农当上了西湖市规划办公室主任。

吉农去省城参加大湖治理规划办公室成立大会。陈安江主持会议，传达中央和省领导关于大湖治理的指示精神，安排布置工作。刚担任省计委主任不久的王先平非常重视，亲自参加会议，还发表了讲话。他说：“我们治理大湖是有成功经验的，安江同志在中县搞的平垸行洪试点，当地干部群众，尤其是移民搬迁的老百姓相当满意，得到了国家有关部门的充分肯定。我相信，这次大湖治理规划一定能够编制好。还请西湖市在编制规划的过程中，多贡献一些智慧和力量。”

得到王主任的表扬，又领到了新的工作任务，吉农感到无比兴奋和自豪。他决心好好把握这次机会，积极参与大湖治理规划的编制，并认真组织实施，切实解决好水患问题。回到市里，他立即向张明国汇报，建议召开高规格的会议，传达贯彻上级关于大湖治理的指示精神，把规划编制任务落到实处。

在吉农的倡导下，西湖市举行了“西湖市大湖治理规划编制暨水利建设动员大会”。区县市委书记、区县市长、分管水利的副职和市直部门主要负责人悉数参加。市委书记和市长出席会议，并作重要讲话。分管农业的市委副书记主持会议，吉农传达国家和省有关会议精神并汇报了相关工作。

市委书记杨治海在讲话时说：“这次大湖治理规划编制工作的启动，充分体现党和政府对湖区人民的深切关怀，也是全面根治水患灾害迈出的重要一步，我们一定要高度重视，竭尽全力给予支持。要借助编制规划这股强劲的东风，推动水利工程建设。市直各相关部门必须积极参与，大力配合，要人给人，要物给物，要经费给经费，确保圆满完成任务。各区县市要立即行动起来，成立相应的机构，迅速展开工作。在保质保量完成大湖治理规划编制任务的基础上，认真组织实施，把我市水利工程建设推向高潮。”

会后，吉农带领各部门抽调的业务骨干，投入紧张的大湖治理规划编制。好在他从来没有放弃过湖区水患治理，全市的水利建设规划反反复复作了多篇。这次参与整个大湖治理规划编制，他把历次规划拿出来，认真研究，看有哪些地方可以借鉴；又到各区县进行调查，掌握新动向；同时认真学习国家和省领导有关大湖治理的指示，才着手重新编制西湖市大湖治理规划。

在吉农紧锣密鼓地编制大湖治理规划时，省委组织部门来人推荐考察张明国去市人大常委会任副主任。考察张明国的人刚走，省计委主任王先平带领十多名中层骨干到西湖市调研大湖治理规划编制情况。他们先到江东县、中县、东县、城中区等几个大湖湖畔的区县实地考察。考察防洪大堤、行洪河道、湖汊子坑、电力排灌站等防洪排灌设施；考察南江和北水流域的水体质量、森林植被、污水排放等生态环境；考察沿江和沿湖的城市、集镇建设。每到一地都会认真听取当地干部群众的意见和建议。

西湖市市委书记和市长，分管农业的市委副书记和副市长轮流陪同，吉农负责全程协调，跟踪服务。为期一周的现场考察结束后，王先平在西湖市召开座谈会议，西湖和东湖、南湖三个市的主要领导和相关区县市长参加。座谈会上，安排吉农汇报西湖市规划编制情况。

吉农认为这是一次难得的机会，既可以宣传市委政府重视大湖治理，积极编制规划等方面的工作，又可以把自己对大湖治理的所思所想反映出来，还能够使自己得到锻炼和提高。为做好这次汇报，他精心准备了一番。仔细回顾自己在湖区生活和工作的经历，整理工作中搜集的资料，结合近段编制规划的情况，写出了一份翔实的汇报材料。把汇报材料呈送给张明国审阅，张明国做了一些修改和完善。

汇报时，吉农首先简单阐述大湖的变迁，分析大湖的利弊，再提出治理设想，最后表明西湖市要做的一些工作。王先平一边听一边询问。汇报结束后，王先平对吉农提出的有些观点和建议给予充分肯定。

没过多久，张明国调任市人大常委会副主任，吉农接任市计委主任。

吉农是在没有任何思想准备的情况下走马上任的。他把全部心思放在编制大湖治理规划上，对当不当市计委主任看得不重。当时，省委将张明国作为市人大副主任人选考察后，很多同事和朋友都劝他找找人，走走门路，努把力，争取接张明国的班。

有的人说："市计委主任的位子是香饽饽，很多人在争，市直有些委办局的一把手，还有几个书记县长都想来。"

还有人告诉吉农："吴德也在到处找关系，想回计委当主任。"

吉农听到这些后，就回一句话："顺其自然吧！"

吉农认为自己才过不惑之年，副主任也只当了四年多，资历不够，计划部门很重要，市委会考虑安排资格老、威望高的同志。

推荐市计委主任的时候，张明国已经调离，吉农还在北京汇报衔接大湖规划情况和水利工程建设项目。那天，市委组织部一位副部长打电话，要吉农赶回来，召集推荐会议，还要个别座谈。他一看时间，太晚了，便说："今天恐怕买不到飞机票，再则，我在北京的事情还没有办完，能不能请个假。"

对方说："不行，明天上午就开推荐会，你必须马上回来，赶快去想办法买机票。"

吉农只好买了当天晚上飞往省会的机票，从机场乘车到家里已经是晚上两点了。第二天，市委组织部副部长带着干部科长来到市计委，先开会投票，然后分别征求班子成员、二层骨干和部分老同志的意见。临走时那位副部长对吉农笑笑，说："往后多管管家里，外面的事放手交给其他同志去跑。"

干部科长把吉农拉到一旁悄悄地说："你威信蛮高，人缘关系好，推荐基本上是满票，座谈时大家对你的评价也不错。"

推荐考察后不久，市委书记杨治海找吉农谈话，说："市委决定你担任计委主任，担子不轻啊！你要好好干，干出点成绩来，报答党的培养、组织的信任、人民群众的殷切希望。大湖治理是件大事，你千万不能放松，要继续抓紧、抓好、抓落实。"

吉农当主任后第一个办公会议就明确，大湖治理规划编制办公室主任仍然由自己担任，并安排一位业务能力强、年纪轻、经验丰富的副主任分管农林水利计划，任规划办常务副主任负责具体工作。他还反复给这位副主任交代，专心专意编制大湖治理规划。即使这样，吉农还是放心不下。委内工作刚刚理顺，他就跑到规划编制办公室，询问情况，督促进度，研究和解决问题。

初稿拿出来后，吉农多次组织座谈会，广泛征求意见，反复进行讨论，不断修改完善。自己觉得满意了，才带着规划文本去省里汇报衔接。到省计委分别向农经处长、规划处长和陈安江等汇报后，来到王先平办公室。

一见面，王先平就说：“当主任几个月了吧，感觉怎么样？”

“蛮好。我这次来，一则感谢您对我的关心和培养，二则汇报大湖治理规划。”吉农说着，就把规划文本递了过去。

王先平接过规划文本，翻了翻说：“看起来还不错。你们是完成最早的。先放在这儿，我再抽时间仔细看。大湖治理规划是件大事，你不能当了主任就撒手不管啊！”

吉农说：“不会，我现在拿了很多的精力编制大湖治理规划。”

王先平说：“那就好。我们不光制定规划，还要考虑早点实施，早点把大湖治理好，早点让老百姓受益。”

王先平的话使吉农受到很大启示。作为计委主任不仅仅是参与规划的编制，更重要的是亲手把它变为现实。回到市里，他立即行动起来，全身心投入到大湖治理中去。

以工代赈

大湖湖畔连续洪涝灾害，不仅暴露出防洪大堤矮小、行洪河道阻塞、生态环境不好、堤防养护缺失等直接影响堤垸安全，威胁老百姓生命财产的问题，还发现电力排灌设施严重不足，渍水排不出，缺水补不进，导致农作物年年受损，减产减收等问题。

大湖地区属亚热带季风气候区，四季分明，降雨丰沛，年降水一千一百至一千四百多毫米，最高年份达到一千八百毫米以上，并且集中在四至六月（占年降水总量的一半以上），多为大雨和暴雨；若遇南江、北水洪峰齐集，积水更是严重。每年五月进入主汛期，八月基本结束，有些年份九、十月还会发生秋汛。汛期水位持续上涨，七月最高。湖水、河水高位运行，遇上强降雨，积水排不出去，就会形成洪涝灾害。

新中国成立以后，大湖地区虽然陆续修建了一些电力排涝抗旱机埠，但是装机容量严重不足，早期修建的机埠，设备严重老化。大湖地区经常出现持续三四个小时的大雨，积水外排不及时，农作物就要被淹的情况。个别年份也会出现旱灾，遇到几十天不下雨，加上强烈的日光照射，高温蒸发，没有灌溉设备，农作物容易干死。因此，排涝抗旱十分重要，电力排灌机埠已经成为大湖地区农民旱涝保收必不可少的生产设施。当地老百姓有句俗语，叫“保命靠大堤，吃饭靠电排”。

国家考虑到大湖地区的实际情况，提出在恢复湖区水域面积和生态环境，彻底根治洪涝灾害的同时，中央财政每年拿出两亿元资金，采取以工代赈的形式，用于电力排灌机埠的新建和改造。当时议定以工代赈搞五年，还有一年就要到期了。国家主管部门却在这个关键时候准备把这笔钱改用于大江大河的治理。听到这个消息，吉农急坏了，心想：“这可是老百姓吃饭的钱啊！我市一年有大几千万元，如果取消这笔钱，还有那么多地方没有修建电排，那么多老电排需要改造，怎么办呢？”

吉农匆匆忙忙赶到省计委，找以工代赈办主任王朝阳打听情况，商量保住这笔以工代赈资金的办法。王朝阳常年在贫困地区跑，帮助排忧解难。到西湖市几个水窝子县跑得最多，他了解大湖地区的情况，懂得老百姓的疾苦，听完吉农的汇报，立即表态：“我全力支持你，咱们共同去做工作。”

两人商定，采取舆论宣传、上门汇报和邀请领导视察等多种形式展开攻势。吉农回到市里，着手拿出有理有据的调查报告，在媒体上进行宣传，赢得社会舆论的支持，引起领导的重视。他从市计委抽调两名文笔好的同志专心专意做调查、搜资料、找依据、写文章。同时，把全市有名的记者、报社副总编请来参与调研，撰写调查材料，完成了两篇洋洋洒洒上万字的大作：《以工代赈是改善湖区排涝设施的最佳途径》和《以工代赈促进大湖地区农村经济发展》刊登在《西湖日报》上，之后，省报和国家级报登也刊登了这两篇文章。通过新闻媒体诉说老百姓的困难，反映老百姓的呼声。吉农又对这两篇文章做了一些修改，在到国家级刊物《宏观经济研究》和省级刊物《经济月刊》上发表。

得到舆论支持后，吉农又带着汇报材料、现场图片和刊有宣传以工代赈用于电排建设的报纸和刊物，找国家主管部门汇报，却吃了闭门羹。一听是为以工代赈修电排的资金来的，都回复说："你们报刊上发表的文章都看了，感谢你们对我们工作的肯定，但是你们提出的要求，我们无能为力。"

吉农打听到，国家主管部门虽然拿了调整方案，但文件还没有正式下达。他当天赶回省里，找省领导出面做工作。首先想到的是省计委主任王先平。因为这位领导务实，了解下情，作为副省长人选，前不久通过了中组部的考察。

第二天一早，上班的王先平见吉农堵在办公室门口，一边开门进屋，一边说："来这么早，有事找我吧。"

吉农跟着进屋，应道："是的，而且事情非常紧急，不然我不会这么早就来打扰您。"

王先平说："你快点讲，等会儿我有个党组会。"

吉农简明扼要地把想留住修电排的代赈资金以及所做的工作讲了一遍，最后说："现在只有您能解决问题了，想请您给有关司局的领导说说。"

王先平看了看时间，说："这个时候他们可能还没有上班，我开一会儿会再来打电话。"

吉农只能耐着性子坐在办公室等着。九点多，王先平回到办公室。

那年年底，吉农作为省人大代表，与大湖地区三个市的代表联名，在省人代会上提出《继续保留以工代赈，建设湖区电力排灌机埠》的议案，引起了省领导与很多省代表的共鸣。春节过后，西湖市人大主任等全国人大代表又将这份议案带到北京，在全国人代会上提了出来。

从第二年起，在国家主管部门的计划安排指标中，继续出现了"以工代赈建设大湖地区电力排灌设施"的项目，而且资金数额有增无减。经过多方努力，大湖地区"吃饭的钱"保住了，老百姓拍手称快，吉农也感到十分高兴。

了却老前辈的心愿

南江和北水是从西南和西北方向汇入大湖的两条主要河流，水力资源十分丰富。南江年均径流量四百亿立方米，北水年均径流量一百三十多亿立方米。庞大的水资源如果利用起来，修建水库电站，既可以调蓄洪水，削减洪峰流量，减少灾害损失，还能够蓄水发电，开发能源，增加收入。相反，如果利用不好，不仅白白地浪费水力资源，而且还会给沿途的老百姓，尤其是居住在中下游的老百姓带来灾难。

南江横跨四个省市，沿途修建了不少水库和电站，但都不在西湖市境内。北水虽然短些，但大部分流经西湖市境内，且主要在西北山区，落差大，水流急，能量多，极少开发利用。

吉农看准了这块丰富的水资源，认为是上苍赐予西湖人民的财富，决不能浪费，更不能让它祸害老百姓，一定要把它利用起来。四年前，他从城中区挂职回到市计委，就专程去北水流域进行调研，看哪些地方适合筑坝，哪些地方适合修水库，哪些地方适合建水力发电站。

吉农带着工程技术人员在县乡干部陪同下，从与邻省交界的上游看起，经过中游和下游，一直到大湖湖畔，历时四天，在西北县境内时间最长，两百多公里的河段看了三天。他们一路查看水文、河道、堤防和生态，一路找老干部、老专家和当地老百姓了解情况。

奔腾不息的北水，在源源不断地给沿途老百姓提供丰沛水力资源的同时，还是一条水上黄金运输通道。千百年以来，勤劳智慧的人民通过北水，把上游地区的树木、楠竹及其竹木制品，红薯、柑橘、茶叶、茶油等农副产品，木耳、菌子、笋干等野生食品，茯苓、白术、天麻、杜仲、金银花等各类名贵中药材，运往下游，运往大湖湖畔，运往全国各地，甚至通江达海，远销国外。返回的时候，又捎上食盐、食糖、布匹、毛线以及各种生活用品，满足上游深山老林里老百姓的生活需要。

运送这些物资的工具主要是排[24]，放排[25]一般只顺着水流方向向下游漂流，到达目的地后便连排带货物一起卖掉，排古佬[26]徒步或乘船返回。家里富裕的，返回时也骑骑骡子，或者坐坐马车。放排一趟少则两三个月，多则半年。放排期间吃住在排上，购买生活必需品和娱乐消遣都得找沿途的集镇。北水河两岸曾经兴起很多集镇，最热闹的数河街、山市、江中渡。当地老百姓至今还流传着一首顺口溜：“河街的羊肉，山市的酒，江中渡的商客满街遛；饭菜香，玩耍够，老板催都催不走。”

北水河畔还孕育出不少有理想、有抱负、有作为的优秀儿女。国内革命战争时期，从这里走出了很多有志之士。这些人，有的把生命奉献给了人类的解放事业；有的至今还在各个岗位上继续为人民服务；有的则解甲归田，回到原籍。回到家乡的这些老前辈也念念不忘国家的发展，家乡的建设。有位姓覃的老红军，走过万里长征，打过日本鬼子，参加过解放战争，多次身负重伤，一条左腿被弹片炸断了。新中国成立后，覃老申请退伍，回到江中渡居住。那天，听说有人来考察水电站建设，覃老扶着拐杖找到吉农，请吉农到他的家里。

覃老的家住在江中渡集镇下游不到一公里的北水河边，三间正房、两间横屋呈丁字形布局，木柱、木梁、木墙壁、木门窗，油光闪亮，屋顶盖着青瓦。房屋不大，但十分漂亮。屋内屋外收拾得干干净净。屋里木制家具用具摆放得工工整整。

吉农和副县长在覃老的引领下，房前屋后转了转，又来到门前的北水河边看了一会儿，回到堂屋里坐了下来。

吉农问：“您老人家请我们来家里有事吗？”

覃老说：“是的，有事请你们支持。我回家几十年了，天天看着北水流失，过去尽管没有利用起来，但对老百姓没有多大的危害，可是近些年，不知是河床抬高

24 排，一种水上交通工具，用木头或竹子平排地连在一起做成。

25 放排，驾驶着排筏在河里行走。

26 排古佬，放排的人。

了，还是洪水大些了，经常淹到河边的住房，大前年我家就进过水。我一直想，要是能够修个水坝，建个电站就好了。今天你们来，建水电站有希望了，我打心眼里高兴。请你们考虑考虑我的请求。我也想表表心意，接你们到家里吃顿饭。”

吉农说：“您老的意见我们带回去，好好研究，多做些工作，尽最大努力实现您老的愿望，饭就不吃了。”

见天色已晚，吉农起身要走。覃老说：“饭菜都准备好了，吃了再走吧。”

副县长和乡党委书记也帮着挽留。盛情难却，吉农只好留下来吃饭。一行人来到设在横屋厨房后面的餐厅里，只见桌上腊猪脚、羊肉、牛肉和土鸡四个蒸钵炉子，五六个炒菜摆得整整齐齐，还冒着腾腾的热气。

覃老拿出一个古香古色、白底蓝花的瓷坛子，一边擦坛子上的灰尘，一边说：“这是一位老首长送我的杏花村，我一直舍不得喝。今天招待贵客，大家要一醉方休啊！”

吉农看着盛满美酒的杯子，芳香扑鼻，心里沉甸甸的，怎么也端不起来。杯子里不是酒啊！是老红军的深情厚谊，是老前辈的殷切希望。一定要把江中渡水电站建起来。吉农暗暗下定决心。

回到市里，吉农组织规划设计人员，拿出了北水河道梯级开发方案。方案中设计北水沿途修建四座水坝，水坝上建设水力发电站，江中渡摆在首位。方案经省有关部门批准后，开始寻找开发业主，筹集建设资金。没有想到，谁都不想做第一个“吃螃蟹”的人。发公告，请外商，找了好几个月找不到开发业主。吉农只好与市电力局局长商量，请他带个头，先把江中渡水电站建起来。

尽管电力局局长同意开发江中渡水电站，但还是遇到了困难。建电站属于经营性项目，预算投资近亿元，全靠银行贷款。吉农协助他们找了多家银行，虽然贷到了几千万元，但还差两千多万元，只好做通单位职工的工作，发动大家集资，费了很多周折才把资金筹够。

不到一年时间，江中渡水电站建成了，春节前覃老提着腊肉、山货到市里来感谢吉农。吉农反复推辞，推不掉只能收下，又从家里拿出两瓶西湖大曲回赠给覃老。

江中渡水电站开始发电后，运行情况良好，经济效益可观，剩下的几座水电站建设便成了抢手货。覃老的心愿了却了，吉农也如释重负。

距离江中渡几十公里的地方有段河道，河面狭窄，水流湍急，两岸悬崖峭壁，非常适合修建大型水库。这段河道在西北县白云乡境内，早在新中国成立初期，国家水利部就派人前来进行考察，聘请苏联专家开展过现场勘测。可是，前期工作启动不久，遇上三年经济困难时期，工程被迫下马，一搁就是近半个世纪。

吉农通过走访老人、查阅资料、现场调查，决定启动白云水库建设工程。他给市里的主要领导汇报，要求市委召开专题会议，研究白云水库的建设问题。市委采纳了他的意见，召开常委会，统一了思想认识，明确了工作任务。还决定：市县成立白云水库建设前期工作领导小组，吉农兼任市领导小组办公室主任，负责日常协调工作。

吉农接受任务后，赶紧抽调水利电力方面的技术骨干，组成工作班子，制订详细的工作方案。他清楚，白云水库建设是重大工程，属于国家重点建设项目，审批权在中央，必须先争取省里的重视和支持。

来到省计委，吉农找到陈安江，汇报了启动白云水库建设的想法和所做的工作，然后说：“陈主任，市里安排我做这件事，没有您的支持肯定做不好，您可千万要重视啊！”

陈安江说：“这是件好事，省里也在酝酿，你们把它提上议事日程，说明还有点远见卓识，我们理应大力支持。”

陈安江又叫来几位与水库建设相关的处长，共同研究了开展工作的细节，明确了具体工作任务和要求。

不久，陈安江带着设计人员，深入现场进行调研，编制建设方案。建设方案几经修改完善，省里的相关部门研究确定后，吉农又陪同陈安江进京汇报。把国家有关部门的领导、专家请到现场考察。那年三月，全国人大常委会议研究同意，白云水库被列为全国五年内建成的六大水利工程之一。又过了半年，国务院下达白云水库建设动工令。

经过几年的紧张施工，一座库容十四亿立方米、装机容量十二万千瓦的大型水库建成了。白云水库建成后，北水流域防洪标准提高到二十年一遇，局部地方提高到五十年一遇，年发电量三亿多度。不仅提高了防汛抗洪能力，减少了老百姓洪涝灾害损失，还增加了经济社会效益。发电收入可观，老百姓缺电的问题也得到缓解。

吉农为北水河道上江中渡、白云等水库的建成，了却了老前辈老领导的心愿而感到无比欣慰。

第五章
推波逐绿

经过历练的吉农，积累了经验，增长了才干。组织防汛抢险得心应手，制定规划认真周密，治理大湖尽职尽责。他根据领导嘱咐，深入调研，提出根治水患的绿色计划，得到国家和省里的支持。计划得到逐步实施，使浑浊的湖水逐渐地绿了起来。

蓄洪

赤日炎炎的夏天，金灿灿的稻谷已经成熟，绿油油的秧苗等待移栽，青嫩嫩的蔬菜和黄澄澄的瓜果随处可见。正值老百姓忙碌着抢收稻谷、抢插秧苗，做饭了去自家地里摘一把蔬菜，嘴馋了摘几个瓜果饱饱口福的时候，洪水来了。

2003年7月中旬的一天上午，吉农刚进办公室就接到市防汛指挥部的紧急通知：北水第一次洪峰晚上八点通过中县，要求防汛人员迅速进入责任区域。

今年有高位洪峰，这是年初预报了的，各地早已作好准备。得到通知，市县领导和相关部门负责人立即赶赴责任区域，沿途防汛抢险的劳力也上了防洪大堤。吉农赶到中县，刚在县防汛指挥部落座，负责中县防汛的常务副市长程光昊就来了。不一会儿，省计委代赈办主任王朝阳也到了。

程光昊年轻有为，思维敏捷，干什么事情都有章有法，充满激情，今年初由副市长任命为常务副市长。他当副市长之前，担任过工厂副厂长、团市委书记、西北县县长和县委书记。他和指挥部的同志打了个招呼，便与中县前不久由县长升任县委书记的蒋宗仁交换意见，决定立即召开会议，会商水情，调度防汛劳力和抢险器材，安排部署防汛工作。

蒋宗仁主持会议。他先安排县水利局和水文局两位局长介绍水情雨情，相关部门负责人各自汇报工作，再由县长布置防汛抢险的具体任务。最后，请省市领导讲话。王朝阳代表省计委表态后，吉农就怎样提高认识，服从调遣，严防死守，强化责任，做好这次防汛抢险工作，发表了自己的意见。陈光昊作指示时就防汛抢险的重要意义、目标任务、纪律要求等方面进行了强调，最后说："这次防汛抗洪既是检验我们近些年来大湖地区平垸行洪效果的极好机会，也是对我们中县干部队伍作风的极大考验。我们一定要继续发扬湖区人民顾大局、听指挥、能吃苦、霸得蛮的精神，全力以赴战胜洪魔，确保安全度汛。"

会议结束，吉农和县长陪同程光昊去防汛一线视察。他们驱车抄近路来到北水下游、中县与东县交界的地方。陈光昊站在宦垸的防洪大堤上，心情沉重地凝视着不断上涨的洪水，再看看搬空居民的垸内一眼望不到边的庄稼；又指着河对岸的东县，对站在身旁的吉农说："你看，东县的防洪大堤还那么单薄，不知抗不抗得了今年的高洪，千万不能溃垸啊！否则又有老百姓遭受苦难。"

"是的，宦垸的老百姓前几年平垸行洪都搬到了安全的地方，再不用那么担惊受怕了，可是对岸东县的老百姓还住在垸内，年年提心吊胆。"吉农边说。

他们沿着防洪大堤一路朝北水上游走，有时坐车，有时徒步，遇上两水夹一堤或有穿堤设施，或堤身矮小的危险堤段，就停下来问问情况，作些安排。下午六点多钟，大家到了与西北县的交界处，稍作停留，就打道回府了。

程光昊到中县招待所简单地吃了点东西，就邀吉农去北水河边的水文观测站，看看第一次洪峰通过的情况。

招待所离水文站不到两公里，一行人边走边聊，穿过县城从北到南的一条主街道，上防洪大堤上左拐就到了。大家站在水文站旁边的大堤上，注视着滚滚东流的河水，停留了一会儿洪峰就到了。第一次洪峰流量不大，晚上八点多钟通过时，接到几处翻沙鼓水的报告，及时抢住了。

之后，吉农又陪同程光昊到县防汛指挥部，与县里的同志一道研究下一步工作。回到招待所已经午夜了，赶紧洗洗脸，上床睡觉。

第二天清晨，吉农与程光昊一起来到县防汛指挥部，吃了碗牛肉米粉，听了相关人员水情汛情报告后，又准备下去视察。

这次，县长留在家里坐镇指挥，县委书记蒋宗仁陪同。他们调换方向，沿着北水防洪大堤，从上游往下游走。一行人来到中县与西北县的交界处。这时的水位已经越过警戒线，翻沙、冒泡、鼓水等险情开始显现，防汛抢险人员忙碌起来。程光昊赶忙下车，越过县界，吉农和蒋宗仁也赶紧跟了过去。

程光昊问防汛人员：“你们劳力上齐没有？有没有发现险情？”

一个看上去还算精神的中年汉子快步上前说：“程市长，我们组里的劳力都上齐了，昨天晚上发现两处翻沙鼓水，抢住了，目前还没有发现大险。”

程光昊说：“你是村干部吧。要好好巡查，发现险情，及时抢救。”

那人说：“我是村民组长。请市长放心，我们一定落实您的指示，保证不出问题。”

站在身旁的蒋宗仁说：“程市长您还这么关心西北县，他们不太害怕洪水，只怕干旱呢！”

程光昊说：“也怕洪水，尤其是与你们县接壤的这几个乡镇，我在西北县工作时，年年防汛都往这边跑。”

吉农插话说：“程市长最体贴民情，西北县的老百姓都记得。”

大家一边说话，一边向下游走去。遇上险情，现场察看调度。中午折回县城，草草地吃点东西，又到县防汛指挥碰头情况。

下午两点多，接到市防汛指挥部通知：预计晚上十点第二次洪峰到达中县县城，道垸准备蓄洪，天黑前撤离垸内人员，做好炸堤破口准备。

平垸行洪后，道垸垸内的居民全部搬迁到了新建的集镇上，人员撤离的任务不重。程光昊提议，蒋宗仁留在指挥部调兵遣将，县长督导垸内人员撤离，自己带着吉农和县人大主任去炸堤破口。蒋宗仁担心他们安全，请求陪同程光昊去实施爆破，让人大主任留在家里坐镇指挥。

炸堤破口选在道垸东北角的防洪大堤上，紧挨着由北至南、连接北水主洪道的一条支流。蒋宗仁指挥爆破人员冒雨在拐角处挖出一个朝天口，小心翼翼地埋进炸药和雷管，装上引线。一切工作就绪时天已经黑了，大家坐上机帆船，等待上级炸堤的命令。机帆船停泊在离爆破口不远的支流河道里。程光昊一边观察水情，一边与蒋宗仁、吉农等商议破堤后，机帆船向哪个方向转移，还不时拿起手机调度全市其他地方的防汛工作。

深夜十点多钟，市防汛指挥部命令：道垸实施爆破，炸堤蓄洪。爆破手立即点燃引线，只听“轰”的一声巨响，随即一轮火光划破伸手不见五指的夜空。大家感到机动船一阵剧烈地震动，然后开始漂移。蒋宗仁大声喊道：“赶紧把船开走。”

驾驶员回答：“柴油机启动不了，可能是震坏了。”

“用竹蒿撑开，船被吸进大堤溃口就麻烦了。”蒋宗仁说完就拿起早已准备好的竹蒿，指挥工作人员撑的撑、划的划，把船驶离溃口。

吉农也拿起竹蒿，使劲去撑，但竹蒿短了，撑不到河底，只好划着。一会儿，大家感觉水流明显减缓，可是雨下得更凶，还伴着电闪雷鸣。虽然船上有遮棚，但进进出出，大伙身上全都湿透了。

陈光昊说：“找个地方靠岸吧。”

吉农拿着手电筒一照，一片汪洋，只有几根树枝、几片树叶冒出水面，一团团浪渣在船边漂过。随后他用手电指着前方，要船工把船向树叶簇密的地方划去。到凌晨四点，机帆船仿佛又回到了原处。

程光昊说：“把船靠岸，停下来，天亮后再说。”

吉农借着微弱的手电光四周查看，发现不远处有几棵粗壮的杨树露出水面，便指挥船工把机帆船靠了上去，用绳索绑在树干上。天亮后大家一看，机帆船已远离爆破的溃口，顺着支流河道向下游漂流，漂到了另外一个县境内。其实机帆船离堤岸不远，大概两百米，只因天黑辨不清方向，一直在河道中打转。船靠岸后，大家坐上来接的汽车，回到县防汛指挥部。

在家坐镇的人大主任说：“把我们急坏了，不知道船漂到了哪里，生怕出事。”

程光昊没有把一夜的辛劳和惊险放在心上，问道：“道垸里的老百姓撤完没有？有没有人员伤亡？”

县长回答：“堤垸内只有几个在田地里劳作的农民，决口前已经撤出，早晨清点过人数，没有伤亡。”

程光昊又问值班人员：“洪水什么时候退？有没有第三次洪峰？”

人大主任抢着回答：“我问过市防指，没有第三次洪峰了，洪水已经稳住，中午前可能会开始退。”

大家又在一起，研究加强巡堤查险等工作。程光昊还就如何强化责任，坚守岗位，严防死守，确保退水时及早发现险情、及时组织抢险、不溃一堤一垸作了指示。

吉农见洪水开始回落，催程光昊去招待所休息。一行人来到招待所，各自进入房间。吉农刚刚开门，还没有放下手里的公文包，就听到住在隔壁房间的程光昊大声喊道：“吉农，吉农，我房间里进了小偷！”

吉农急急忙忙跑过去一看，程光昊的行李箱、手提袋全部被打开，衣服、毛巾、日用品散落一地，便说：“赶紧清清看，偷走了什么东西？有没有偷走贵重物品和现金？”

陈光昊仔细地清理了一遍，说：“贵重物品和现金倒是没有。好像不见了一件衬衫和一件罩衣。”

吉农开玩笑说：“这个小偷真的偷错了对象，偷了一个穷市长，找不到钱和贵重物品，衣服都要掳走两件。”

程光昊说：“哎！饥寒起盗心啊！这些年湖区的小偷一直较多，恐怕与垮堤溃垸有关系。”

吉农说：“只要把水灾治住，老百姓能够旱涝保收，有吃有穿有住了，小偷自然就会少了。”

程光昊心情沉重地说：“是啊！我们肩上的担子重得很嘞！”

领导的嘱咐

国庆节前，已升任副省长的王先平打电话告诉吉农，国家主管部门领导来西湖市休假，还想顺便看看西湖的治理情况。

王先平说：“领导几年前陪同中央首长到大湖的东边视察过防汛抢险，这次抽假期来只待两天，四号回京。想了解你们市防洪保安的情况，不召开座谈会，不听专题汇报，不作宣传报道。”

国庆节那天下午四点多钟，领导一行人来到了西湖市，吉农陪同市委书记杨治海和程光昊在招待所门口迎接。

把领导安顿到房间后，吉农来到王先平房间，本以为会挨几句批评，可王副省长只说了句：“后面的接待要减少陪同人员，注意影响啊！”

第二天吃过早饭，一行人乘车直奔大湖。车上，由杨治海介绍西湖市的人文历史、风土人情、经济社会发展和老百姓的生产生活状况，领导不时插话询问。当汇报到洪涝灾害时，领导问得更加细致。不知不觉到达了大湖西南岸的水运码头。这时，江东县安排的一艘机动船早已停泊在那里。县委书记站在船码头等候。汽车刚刚停稳，吉农赶紧打开车门，招呼领导和王先平以及两位家眷下车，又给县委书记作了简单介绍。杨治海先介绍大湖的地形地貌和大家所在的位置。说完把大家引上机动船。

机动船不大，只能容纳二十多人，但还算漂亮整洁。木制的船体闪着古铜色的亮光，刷了青漆的顶棚显得十分典雅，船体中间有两道绿色的横杠，非常醒目。登上机动船，领导并没有走进船舱，而是停留在前甲板上。幸好昨天提前让工作人员准备了几把靠背椅子。

领导落座后，大家才坐了下来。机动船启动了，驶出码头，沿着大湖湖边往东行进。吉农想让领导对大湖的堤防、湖泊、河流以及生态环境尽可能多的做些了解，所以安排机动船先在湖边绕行，然后深入湖心。

今年连续两次遭受洪水袭击，夏天汛期过去，秋汛接踵而至，经历洪水洗涤的大湖满目疮痍。滩涂的浪碴依稀可见，芦苇被洪水冲弯了腰，有些倒伏在地面；杨树上挂着被洪水冲来的碎布片、塑料袋；野草被泥沙覆盖着，拼命寻找生机，偶尔有几片茎叶冒了出来；湖水虽然平静，但泥沙俱存，十分浑浊；漂浮着的木板、泡沫，成堆地拥挤在岸边；沿岸的大堤上洪水漫过的印渍十分明显，冲得坑坑洼洼的堤段随处可见；有的堤段严重脱坡，民工们正在进行修补。

机动船行进到一条狭窄的洪道，领导指着成片的杨树问：“栽这么多树不影响行洪吗？”

杨治海答道：“是有影响，每年汛期都因为杨树、芦苇堵塞洪道，洪水滞留在湖中，抬高水位，增加险情。但也不能砍掉，杨树和芦苇是大湖周边集体收入的主要来源。”

机动船行进到湖中，只见渔民们正忙着捕鱼，有的放鹭鸶咬鱼，有的用渔网网鱼，有的用鱼叉叉鱼，有的用渔罩罩鱼，有的用钓竿钓鱼。岸边还有几处扳鱼罾的，渔民把三米见方的罾网沉入水底，罾的四角用麻绳连着一根五六米长的木杆或楠竹的顶端，木杆中间用支架撑着，人坐在木杆尾部的岸上，悠闲自得地抽着旱烟，隔两三个时辰，估摸着罾里有了鱼，就拉上来，起网收鱼。

领导感慨地说：“湖区的渔民是勤劳智慧的，捕鱼的方法多种多样。”

吉农说：“这是文明的捕鱼方法，我小时候还使用炸药炸鱼，在滩涂用干凼捕鱼。炸过鱼的水体里大鱼小虾不仅全都死光，还容易毁坏防洪大堤。干凼后大鱼小虾一网打尽，对生态也是严重破坏。”

领导望着湖面，又问："大湖的水怎么这样浑浊？"

杨治海说："南江和北水上游暴发山洪冲刷下来的泥沙和浪渣。夏天更浑浊一些。"

领导说："糟糕的生态引发洪涝灾害，逼着老百姓牺牲生态环境求生存，这是恶性循环啊！我们一定要尽快想办法治理，让大湖的水绿起来。"

杨治海于是抓住时机汇报了西湖市近些年来治理大湖所做的工作，提出下一步设想以及请求解决的问题。临近中午，机动船在临湖镇码头靠岸，吉农把领导引到一处正在加固的防洪堤段，指着正在运送筑堤泥土和护坡块石的卡车介绍说："过去修堤都是老百姓肩挑手提，这两年因为有了国家投入，才换成了机械。"

杨治海接过话题，说："西湖市临洪大堤长，仅主洪道就有一千多公里，绝大部分没有达到二十年一遇的防洪标准，加固任务非常繁重，资金缺口太大，市县财力又有限，恳请国家每年多安排一些投资。"

看完防洪大堤加固，一行人又来到正在扩建的电力排灌站。走进机房，王先平问吉农："机埠改造扩建是国家的以工代赈吧？"

吉农说："是的，感谢省长做的工作！"

程光昊又抓住机会汇报了西湖市近些年洪涝灾害损失和电排装机缺口。

下午，大家换乘三辆越野车沿着南江防洪大堤向西行进，吉农在前面引路。沿途在平垸行洪的巴垸子垸、矮小堤段和需要改造的排灌机埠分别选点，停下来请领导视察。防洪大堤上不好走，坑坑洼洼，司机小心翼翼地开着汽车，每到视察点领导问得详细，不到50公里的路程走了两个多小时。

进城后，吉农把大家带到城区防洪大堤。西湖市城区防洪大堤是一大创举，在十多里长的堤段上修筑一道水泥防护墙，墙上雕刻着1500多首西湖市的人或者与西湖市有关联的人写的诗词，以及不少外地人赞美大湖的诗词。这个诗墙前几年还被收入吉尼斯世界纪录。来西湖市的人，无论是视察指导工作的领导，还是旅游观光的百姓，都要到这里看看。

领导兴致很高，从诗墙东端起，一路向西，聚精会神地看着，听着，品着，时不时向讲解员询问出处，探讨诗意。直到下午七点才结束参观。

当晚，吉农安排领导一行参观刚落成不久的步行街。这是城区的标志性建筑，在闹市区，把诗墙内侧五百米见方的棚户区，全部拆迁，建起一个容商铺、餐饮、住宿、娱乐为一体的城市综合体。杨治海陪着领导观光、赏夜景、看焰火。

十点半钟，吉农把大家请上车，并汇报第二天的行程。他说：“明天，想请领导去看看陶渊明笔下的美景和李自成归隐的地方。”

领导说：“平垸行洪的试点是你们搞的吧！我想去看看。”

旅游观光的行程又被取消。去看自己曾经花过心血的工程，吉农感到一阵喜悦，但心里还是有些过意不去，人家好好的假期，本来可以找个好去处旅游休闲，结果变成了考察工作。

去中县看平垸行洪路程远，来回两百多公里，到宦垸还要过轮渡。按杨治海的意思，早点返回，还想请领导看看市城区的市容市貌。

启程提前了一些，上午八点钟准时出发，赶到宦垸时已是十点。领导在中县县委书记蒋宗仁的陪同下，先到安全平台，再到垸中小垸，细心地察看老百姓的居住环境，走进农户询问生产生活情况。到垸中小垸的宦垸乡政府喝了一杯茶，就往道垸赶。

在道垸一个规模最大的居民安置小镇，领导从街头走到街尾，一路看新镇建设，一路询问住进镇里的老百姓生活生产情况，下午两点才到中县招待所吃午饭。吃完午饭，蒋宗仁想留领导稍稍休息后再走，领导说车上休息，大家便驱车返回市区。

在车上，领导并没有休息，一直探讨大湖治理。他说：“平垸行洪解决了洪道堵塞的问题，减轻了防汛压力，这只是一个方面。如何使大湖地区生态环境得到改善，洪涝灾害能够解除，让老百姓过上平安、富足的日子。你们有没有更好的办法？”

大家各自发表意见。有的说：“南江和北水沿途多建大坝，等高截流。”

有的说：“加固防洪大堤，疏浚行洪河道。”

有的说："完善排灌设施，田里水多了及时排，干旱了及时灌。"

有的说："植树造林，恢复植被，把大湖的水变绿。"

领导说："是的，大湖水绿了，生态环境就好了，洪涝灾害自然也会减少。要把大湖水变绿，不光是植树造林，还必须保护、治理多措并举。'绿色生态是最大的财富、最大的优势、最大的品牌，一定要保护好。做好治山治水、显山露水的文章，走出一条经济发展和生态文明水平提高相辅相成、相得益彰的路子'。你们要好好琢磨。"

大家又就怎样落实中央领导的讲话展开了讨论，不知不觉到了市城区。一看时间，下午四点多了。便要司机放慢车速，进城绕行，在事先选定的博物馆和规划馆停留片刻。杨治海向领导介绍市容市貌和城市建设规划。

到招待所吃完晚饭，领导把吉农叫到房间，说："这几天你们辛苦了，安排得好，非常感谢！住宿费和伙食费是多少？我们要结账。"

吉农一时没有反应过来，停了半晌回答道："接待客人我们不好收啊！"

领导说："那不行，一定要交，我把钱给你，你拿去交。"

接着，领导的夫人递过来一个信封，吉农接过信封，用手掂量掂量，说："不用这么多。"

领导说："都拿去吧，不能交少了。"

吉农拿着钱出门，来到王先平房间，告诉他领导要交住宿费和伙食费。王先平说："他是个很讲规矩、廉洁自律的好领导，你去给他交了吧。"

吉农到招待所前台按标准替领导交了住宿费和伙食费，分别开了发票。拿着剩下的钱和发票，又到了领导房间，先把余钱和发票递给夫人，夫人接收了。

出门时，领导语重心长地对吉农说："你们现在要搞的事情很多，大湖没有治理好。你作为市计委主任，一定要给市委市政府多出主意想办法，集中精力办实事，争取在任期内，使大湖的水变绿变清，把老百姓从洪涝灾害中解救出来。"

领导务实、亲民、廉洁的作风，在吉农脑海中留下深刻印象；领导的嘱咐更加坚定了吉农治理大湖的决心。

绿色计划

根据领导的指示和嘱咐，吉农开始思索怎样把大湖的水变清变绿。他觉得目前制定的治理规划仅限于恢复湖水面积和确保安全度汛，只能治标不能治本。要彻底根治水患灾害，让老百姓旱涝保收，使大湖的水变成绿色就必须有一个更完备的规划。万全之策从何着手，吉农又不断走访本市老领导、老专家，从中得到启发。

市人大副主任张明国说："水是万物生长之源，也是祸害百姓之首。水也是一块晴雨表，哪里的水呈绿色，哪里发展就快，老百姓就安居乐业；哪里的水浑浊，哪里就落后，老百姓就会时常遭受灾害。自古以来发达地区都是水多的地方，靠水汇聚人气，靠水发展生产，靠水活跃经济，而且这些地方都是绿水青山。你可以去这些地方考察考察，看他们是怎么把水变成绿色的。"

吉农采纳了张明国的建议，次年，开始对国内外城市建设搞得好的地方进行考察，第一站到了珠江三角洲。这里，他来过多次，参观学习、考察企业、招商引资。几乎每年要到这里的一些城市参加老乡联谊会。不过这次不同，是专程考察流域治理与环境保护的。他带着几名业务骨干，乘坐一辆商务车，先到东江中部一座治水有方的城市。

西湖市到珠江三角洲做生意的人很多，各个大中城市都成立了商会，计委下属的协作办负责与各地商会联络。每到一个城市，都有商会出面接待。到东江这座城市时，商会会长出面，联系当地水务部门的负责人，带领吉农一行参观了两座电力排灌机埠和一段防洪大堤。

第二天，吉农沿东江向西行进几十公里，到达一座更加发达的城市。在这里，大学时期的同学卢文接待了他。这个同学毕业回到市计委，现在是当副主任，见老同学来了，非常热情。他与吉农合得来，大学时经常一起聊天，聊得最多的是家乡的洪涝灾害。有一年暑假，吉农还带着卢文回家玩，在湖泊、滩涂、堤垸转了好几天。

吉农回家乡工作后，曾经到过卢文住在东江边的一栋青砖灰瓦两层楼房，非常洋气，印象很深。他觉得卢文家周边的地理环境虽然与自己家乡差不多，但是生态环境好多了。东江的水清澈见底，两岸树绿草青，鸟语花香。

这次老同学相聚，有聊不完的话题，但聊得最多的还是怎么治水。次日吃完早餐，两人就去考察城市防洪和污水处理工程。他们考察了一段路堤合一的防洪大堤，堤的临洪面混凝土护坡，堤面上大理石护栏，护栏内几十米宽的江边公园；公园里绿树成荫，花草满目，林荫小道两旁的雕塑栩栩如生。吉农一边参观一边想：这种既牢固又美观的防洪大堤在西湖市也应该建一些，回去要好好设计。

接着，吉农又考察了一个日处理二十万吨的大型污水处理厂和两家工业企业内部的污水处理设施。这个市工业企业多，污水排放量大、面广，处理任务非常繁重，市区内建了十多座污水处理厂，接污管网基本上铺设到所有企业，排污量大的工厂都按照要求在厂内安装初始处理设备。

来到广州，吉农给同行的协作办主任交代，不要告诉商会。因为西湖市在这里有省市两个商会，人太多，时间安排不过来。

吉农给在省统计局当处长的中学同学覃玉明打了通电话，请他帮助订几个房间。

参观市容市貌是覃玉明陪着的。他们白天到江边参观水利城防设施，晚上欣赏璀璨夺目的亮化工程。回到宾馆，深圳商会会长来请吉农，说："你平时都是跟着书记市长一起来，难得单独行动，这次一定要接你到我们那里看看。"

吉农说："我这次主要考察江河治理，你们那里没有合适的考察内容。"

会长说："江河治理是系统工程，你看了堤防建设，看了污水处理，看了排灌设施。垃圾处理不能忽视啊！我们市里垃圾发电不错，值得去看一看。"

吉农觉得会长的话有道理，又去参观垃圾焚烧发电。这个市有一个日处理垃圾两千吨的焚烧发电厂，不仅规模大，而且建设一流，花园式工厂，旅游定点企业。他马上联想到西湖市城北郊区那个垃圾填埋场，周边的草木都枯萎了，市内唯一的湖泊严重污染，要是能建这样一个垃圾焚烧发电厂多好啊！

两个月以后，吉农又集中原班人马，先后到长江三角洲南京、苏州、无锡和渤海湾的天津等地，考察相关城市建设。

同年九月，吉农还利用参加西湖市与美国巴尔的摩市缔结友好城市的访问活动，抽时间看望到波士顿进修的王先平，考察了美国东部的城市治水。

王先平去年下半年在副省长的头衔上加了个省委常委，今年又派到美国进修。吉农想见见他，听听他对大湖治理的意见。

结束巴尔的摩的访问，吉农去了波士顿见老领导。到达波士顿后，王先平亲自带领吉农参观哈佛大学校园，一边走一边聊天。吉农说："校园多美啊！花团锦簇，绿树成荫。"

王先平说："你到城内的查尔斯河看了吗？那里更美。"

吉农说："还没来得及，我们一定去看看。我们这次出来考察，主要是学习治水经验，回去把大湖治理好。"

王先平说："生态环境好的地方都有一个绿色理念，你们要好好领悟，融会贯通。"

按照王先平的提议，吉农又来到查尔斯河畔，果然名不虚传。河里潺潺流水、绿波粼粼；两岸绿草茵茵、绿树成行；空中蓝天白云、大雁展翅，景色十分迷人。

通过不断考察学习，大湖绿色计划在吉农脑海里逐渐成型。

锲而不舍地建议

大湖绿色计划符不符合实际？在西湖市行不行得通？怎样才能付诸实施？ 吉农又开始了新的探索。

吉农想，要拿出一个科学完整而又切实可行的工作意见，才能说服各级领导，引起领导重视，赢得领导支持。于是，他组织专门力量在大湖治理规划的基础上，补充一些生态环境、旅游文化、城镇建设、产业布局、经济发展等方面的内容，并根据近几年大湖的水文、水利变化情况，对原有的内容进行了修改和完善。

工作意见拿出来后，吉农向市委书记杨治海做了汇报。杨治海听完汇报后非常高兴，说："这是件好事情，办成了不光惠及我们西湖市，惠及大湖地区，对全省乃至全国都十分有益。但难度也很大，必须经过省里同意，国家批复。我支持你，咱们共同努力，相信这个计划一定会变为现实。”

听了杨治海的话，吉农心里有了底，说：“关键是争取省里同意，要他们统筹制定计划，积极向国家申报。不过，只要书记您支持，我就有信心了。请您相信，我一定竭尽全力把这件事做成功。”

杨治海又就怎么完善工作意见，特别是如何争取省里的重视和支持，谈了自己的建议。吉农根据杨治海的指示，去给程光昊汇报，提请市政府开会研究，形成意见后再去省里做工作。

程光昊听了吉农的汇报，不出半个月就主持召开市政府常务会议，专题研究大湖绿色计划，批准了工作意见，并责成吉农负责计划制定、申报衔接、组织实施等相关事宜。

市里的工作理顺以后，吉农把着力点放在了省里。他带着工作意见到省城，给省领导和相关部门汇报。他先来到省计委，给已经当主任的陈安江汇报。

陈安江对湖区的水患灾害了如指掌，对湖区老百姓的生存环境极为关切，对大湖的治理工程时刻记挂在心。听了吉农的汇报，他说：“大湖治理是应该纳入议事日程了，你们提出的绿色计划正是时候，我全力支持。”

吉农说：“我们只是提出建议，表明我们市里的态度，主要工作还要靠省里做，靠您支持。”

接着，陈安江又就大湖绿色计划中涉及的城镇建设、产业布局等方面的内容谈了一些看法，然后把规划处长叫到办公室，当着吉农的面明确交代：“由你们处牵头，从农经、工业、基础产业、第三产业等处室抽调专门力量，尽快着手制定大湖绿色计划。西湖市拿出来的这个工作意见可以作些参考，你们还要多征求东湖市和南湖市的意见。”

给规划处长交代完，陈安江又对吉农说：“这个计划必须上升到国家层面，要经过国家批准，争取国家的政策和投资，有很多工作要做，你们基层的同志要多提供情况，多造舆论，把基础打牢固。”

给省计委汇报后，吉农又给水利厅等省直相关部门做了汇报。然后到省委机关向王先平汇报。其实，大湖绿色计划吉农去年就给王先平汇过报，他十分支持，这次吉农主要是呈送工作意见，汇报近期的进展情况，同时把西湖市和省计委等有关部门的态度和意见反馈给他，听听他的指示。

吉农说：“我们市里的决心很大，省里相关部门非常支持，尤其是省计委，已经开始动作了。但我心里还是没有底气，请您一定要加强领导。”

王先平说：“我会过问。这是件大事，还得争取省委、省政府主要领导的重视和支持。方便的时候我会说话，你们也要找机会多汇报。”

吉农心里清楚，大湖绿色计划要争取国家批准，仅有地方的积极性、省直相关部门的支持和一两个省领导的重视还不够，必须争取省委和省政府高度统一思想认识，主要领导亲自挂帅参与工作，亲自带队进京汇报。书记和省长平时很忙，唯一的机会是每年的人大和政协“两会”期间，书记和省长下到各代表团听取意见。好在吉农是省人大代表，可以在代表团小组会上发言。

那年元月，吉农带着厚厚的材料和满满的信心参加全省人民代表大会，准备在会上提出大湖绿色计划的议案，把握机会向省里的主要领导汇报。大会期间，他先与同是省人大代表的东湖和南湖两市的计委主任商量，请每个市选出十多名代表签名，提交一份有三十名以上代表联名的议案，两市计委主任都表态积极支持，二话没说就把本市代表的签名弄好了。他还与两个市的计委主任口头约定，省里领导参加代表团讨论时，都要在会上发言，提出建议。各市代表签字的议案由吉农汇总后交给了大会议案组，在代表团小组会议上他也向省长提了出来。

省长参加西湖市代表团小组讨论，征求对政府工作报告的意见是在开幕式的当天。省长上午作完报告，下午就到代表团来了。主持讨论的杨治海先对省长的报告进行高度评价，随即简单地报告了西湖市的工作，接着把话筒递给了程光昊。程光昊联系政府工作报告，详细汇报了西湖市经济社会发展情况。之后，代表们开始讨论。

吉农第一个发言，谈了对省长所作的政府工作报告的理解，然后说：“我给省长提一个建议，就是制定和实施大湖绿色计划，理由有四条：第一，曾经是全国重要粮棉油猪渔等农副产品生产基地、对国家作出过重大贡献的大湖地区，现在水患灾害严重，生产发展滞后，老百姓生活非常困难，需要通过绿色计划改变这种现状。第二，实施绿色计划可以充分利用大湖地区丰富多样的水资源及其衍生动植物，避免流失和浪费。第三，世界上一些发达国家和国内一些发展快的地区，都把沿湖和沿江经济作为重点发展战略，都因地制宜地制定了计划，并且取得了许多成功的经验。第四，我省相继提出了'一点一线'建设、'南部开发'两个重点战略，位于西北部的西湖市都不沾边，只有把大湖绿色计划制定好，实施好，才能解决被边缘化的问题。"

当然，吉农在发言时，还列举了很多数据和典型实例，讲了近半个小时。省长一边听一边记，还不时提问。代表发言结束后，省长作重要指示时，肯定了吉农的发言。他说："吉农代表提出的大湖绿色计划，想法很好，省委、省政府应该高度重视，有关部门值得好好研究。"

往后五年的省人民代表大会上，吉农都联合大湖地区三个市的代表签名，提交大湖绿色计划的议案，在有省领导出席的代表团小组讨论会上发言，提出建议。他还在全国"两会"期间，把议案带到北京，请三个市的"全国人大"代表联名，在全国人代会上提出。

吉农出席省人代会的第五年元月，省委书记到西湖市代表团参加小组讨论。吉农把大湖绿色计划详细地做了汇报。汇报结束后，省委书记就大湖的历史演变、曾经给老百姓带来的福祉、造成的灾难以及如何进行治理进行了发言。最后强调，"吉农提出的大湖绿色计划符合我省实际，我们要高度重视，要成立专门机构开展战略研究、计划编制、对上汇报衔接等工作。省计委要牵头负责，水利、农业、建设、国土、环保等相关部门和大湖地区的三个市要密切配合，争取早日把大湖绿色计划编制好，纳入国家计划，尽快组织实施。当然，这只是我听了吉农代表的发言后有感而发，具体安排部署我提议专门召开常委会，议一议。"

省委书记在省人代会上表态不久，省里成立了大湖绿色计划领导小组，省委副书记任组长，下设办公室，与省计委合署办公，陈安江兼任办公室主任，负责组织协调。西湖、东湖和南湖三个市成立了相应机构。西湖市领导小组办公室主任由吉农兼任。从此，大湖绿色计划的相关工作走上正常轨道。

任重道远

大湖绿色计划纳入省委、省政府议事日程只是迈出第一步。要获得国家批准，进入计划笼子，得到政策和资金支持，还有大量工作要做。因而，吉农继续深入基层调查了解，掌握新情况，研究新问题；继续配合省直相关部门开展调研，组织论坛，编制规划；还几次进京汇报。

2007年，西湖市人民政府换届选举，吉农当选为副市长，分管农林水利。这项工作的职务也由办公室主任提升为领导小组组长，全部责任落在他的肩上。

正当吉农盘算着怎样施展抱负，履行职责，推进大湖绿色计划的时候，又遇上一场突如其来的防汛抢险。

其实，气象部门年初就预报，今年汛期大湖地区出现厄尔尼诺现象，南江流域将有高位洪峰通过，可是，万万没有想到有那么高的水位，而且那么集中、那么危险。进入主汛期，连续半个多月集中强降雨，到七月中旬大湖已经积蓄了满满的一湖洪水。由于下游江河洪水顶托，西湖市南江沿途和大湖湖畔所有防洪堤段超过防汛水位，有的堤段达到危险水位。吉农担任市防汛抗洪指挥部指挥长，早已进入前线，指挥防汛抢险。

那天上午八点，吉农接到省防汛指挥部通知：晚上六点，南江上游一座大型水库泄洪，流量将达到每秒三万立方米。这可是南江超历史的洪峰流量，千万不能掉以轻心。水库经营管理者只考虑经济效益，多蓄水，多发电，多赚钱，根本没有顾及今年南江源头降雨太集中，雨量太多，超过了水库大坝的最高承载能力，不得不加大下泄流量。

吉农立即赶到市防汛指挥部，正准备询问情况，已经担任市委书记的程光昊来了。两人合计，马上通知市委市政府相关领导、南江流域四个区县党政主官和市直有关部门负责人，召开紧急会议会商水情，研究对策。

四个区县离市城区都不远，最远的江东县不过四十公里。上午十点参会人员全都到齐了。会商会由程光昊主持，先由水利和水文部门的负责人汇报水情、雨情和应对洪峰通过的相关措施，再由吉农安排布置防汛任务。

吉农就责任堤段的包保、险工险段的处理、抢险队伍的安排、防汛器材的调度谈了具体意见后，接着说："如何确保洪峰安全通过，我还强调几点意见，第一，思想要高度重视。决不能因为这几年防汛抗洪能力有所增强而产生麻痹大意和侥幸心理。第二，人员要即刻就位。无论是防守堤段的领导干部，还是防汛抢险人员，下午两点以前全部就位。第三，查险要认真仔细。对临洪堤段展开拉网式巡查，决不放走任何险情。第四，抢险要快速有力。发现险情不允许片刻耽误，立即组织队伍抢救，力量不够，器材欠缺，可向市防汛抗洪指挥部求援。"

吉农稍稍停顿一下，望了望程光昊，继续说："南江北岸城中区的防洪大堤经过近些年建设，建成了十多公里长的混凝土防洪墙，应该是比较牢固了。但是，南岸三合垸的那段堤有点放心不下，我想去那里防守。行否？请程书记指示。"

程光昊立马表态："可以，但你是指挥长，要指挥全市的抗洪抢险，先去三合垸做些安排，我替你在指挥部坐镇。"

吉农讲完，各区县简单汇报工作安排，然后参加会议的有关部门负责人表态发言，市领导发表意见。大家讲完，程光昊作总结讲话。他在肯定吉农讲话的基础上，又作了明确指示。他说："这次抗洪抢险，对我们的领导干部是个极大的考验，虽然防洪大堤加高培厚了一些，防汛设施完善了一些，但是南江三万立方米的洪峰流量，几十年才遇到一次，如果组织不好，就会垮堤溃垸。因此，各级领导干部务必身先士足，深入一线，严防死守，决不允许溃一堤一垸。吉农同志刚才提到的三合垸，是目前全市最危险的堤段，一定要加强防守，确保万无一失。"

三合垸由三个小垸组成，靠西边紧邻江南城区的小垸是一片丘陵，地势较高，新中国成立之初建设了不少三线企业，成为西湖市的工业重镇；二十世纪九十年代初期又在这里兴办经济开发区，招商引资，开发建设了很多工业企业；市里前几年把中部和东部两个子垸都划给他们，这样一来，三个小垸合成了三合垸，全部划归开发区管辖；中部的小垸也新建了不少工业企业。

三合垸防洪堤段西连江南镇，向东延伸与江东县交界。西段四公里已经修成混凝土防洪墙，其中两公里刚竣工不久；中段和东段十多公里还未加固，堤身矮小，没有达到二十年一遇的防洪标准；堤垸内土质不好，土层薄，只有厚度五十公分左右的泥土层，下面全是砂卵石，防洪大堤建在砂卵石上。河水涨到防汛水位，离堤脚两三百米以内就会不断出现翻沙鼓水，如果处理不及时，地下被掏空，就会出现跌窝，甚至堤脚垮塌，大堤溃决。

吉农赶到三合垸时，已经发现多处翻沙鼓水，险情不断。他一方面组织力量巡逻查险，及时发现险情；另一方面成立突击队，抢救翻沙鼓水、跌窝垮塌等险情。

人员调度到位后，吉农带着开发区负责人和水利工程技术人员先沿着南江防洪大堤从西向东督查，到了东头，走堤脚下的小路向西督查。发现险情，立即调度力量，组织抢救。人手不够，调动武警和消防部队支援；器材缺乏，由市防汛指挥部调拨；碰上疑难问题，集中技术骨干现场研究解决。

下午一点左右，吉农接到报告，三合垸中部子垸内，离防洪大堤百米远的地方翻沙鼓水。那段大堤上还有一座中型电力排灌机埠，很容易发生大险，酿成事故。

吉农赶到后立即把突击队拉上去抢险。几十个青壮劳力用沙袋围垸、压浸。围垸不断扩大，鼓水越来越多，鼓出来的水黑乎乎的，全是泥沙。一会儿，开始跌窝，到下午三点多钟跌成了一个十多平方米的大坑。险情十分严重，如果不控制，继续跌窝，地下被掏空，威胁到机埠就麻烦了。机埠一旦塌陷，大堤难以保住。

这时，抢险的突击队员已经精疲力尽，吉农给在市防汛指挥部坐镇指挥的程光昊汇报，请求部队援助。不到半小时调来两百名武警、消防战士，同时调来多辆装满防汛抢险器材的卡车。

吉农指挥抢险战士分两拨全力投入抢险，一拨继续向塌陷的坑内分层抢铺粗砂、小石子和鹅卵石，一层层填实、导渗；另一拨人在外围修反滤围井，准备迎接更大的挑战。

抢险处在危急关头，程光昊陪同在西湖市视察防汛工作的省委副书记和水利厅长来到现场。省委副书记给抢险人员打气鼓劲，水利厅长进行技术指导。下午五点多钟险情扭转过来，跌窝停止，跌窝的大坑被填平，翻沙鼓水彻底止住。省市领导见险情排除，离开了现场。

翻沙鼓水抢住了，吉农到三合垸水利修防会吃了点东西，准备和开发区的同志碰碰头，听听情况，如果没有重大险情，就回市防汛指挥部。刚坐下来，接到报告：三合垸西边新修的混凝土防洪墙与老堤接口处发生险情。他赶到现场一看，只见防洪墙内侧还未竣工的马路上，面盆大的水花往外冒，已经把路面冲垮了一边。

吉农立即组织抢救。他安排一部分劳力在防洪墙外打抱围、填泥土和块石，另一部分劳力在堤内鼓水处压块石、沙袋。越抢鼓水越严重，到晚上十点钟左右，洪水把鼓水的地方冲出一个大坑。他召集市区水利专家会商，分析原因，查找漏洞。三合垸水利修防会主任自告奋勇，脱掉衣裤、鞋袜，泅到洪水深处寻找。反反复复下水四五次，折腾了个把钟头，还是没有找到漏水的地方。幸亏午夜时分洪水开始回落，天亮时洪水下降至防汛水位。

吉农想找到洪水倒灌的原因，亲自去查，结果发现在离堤脚五十多米远的外滩，一个老硒口没有封死，被洪水冲开。这是工程质量事故，修防洪墙时老硒必须清除干净。施工单位不仅没有清除老硒，延伸到堤内的老硒管与新排水设施的连接处也没有进行技术处理。幸亏洪水没多久后开始退了，防洪大堤没有溃决，三合垸的生命财产安然无恙。

防汛抢险工作结束后，吉农责成相关部门，对施工单位和施工人员进行了严肃处理。

从此之后，吉农每逢自己经手的工程，都慎之又慎，把质量放在第一位，严格按规定选择施工单位和技术人员，严格按要求组织施工，并且全过程监督，严格对竣工项目进行检查验收，确保工程质量。

三合垸的防汛抢险，使吉农感到自己肩上的担子更重了。他暗自沉思：这才多大点洪水！搞得手忙脚乱；如果连起码的堤垸安全度汛都无法保证，大湖绿色计划岂不是一句空话？还有多少工作等着要他去做啊！

打响攻坚战役

吉农担任副市长后组织的第一场防汛抢险，尽管没有造成多大的损失，但还是心有余悸。这件事再一次提醒他：实施大湖绿色计划时不我待，不能等到纳入国家规划再去干，不能眼睁睁地一次又一次看到老百姓继续遭受洪涝灾害。他积极行动，着手治理大湖，让上级领导看到西湖市干部群众的信心和决心，加速推进绿色计划；多做一些力所能及的事情，使老百姓早点摆脱水患之苦。

吉农从大湖绿色计划中挑出紧急且重要的大堤加固、河湖整治、污染治理三个方面的内容，向程光昊提出在全市展开三大攻坚战役。

程光昊采纳吉农的提议，他说：“大湖治理是不能等待观望了，我们要主动作为。我同意你的想法，你给秦建同志说说，他如果没有不同的意见，你就拿出一个具体实施方案，提交市委常委会议讨论。”

秦建是市长。听了吉农的汇报，他赞成。

市委常委会议对吉农提出的方案进行认真研究，形成决定：利用三年时间，集中力量，展开大湖整治三大攻坚战役。成立总指挥部，由市委书记担任政委，市长担任指挥长，吉农担任常务副指挥长，牵头负总责；明确分管城建的副市长吴德和联系农口的市人大副主任杨文辉担任副指挥长，协助吉农工作。同时成立大堤加固、河湖整治、污染治理三个分指挥部，吉农和杨文辉、吴德分别兼任分指挥长。抽调一名市政府副秘书长担任总指挥部办公室主任，负责日常协调；同时从市发改委、水利局、环保局分别抽调三名得力的干部担任总指挥部办公室副主任，兼任分指挥部办公室主任。

当初吴德没有当上计委主任，调到县里当了三年县长，接着又担任县委书记。去年初，政府换届时吴德当上了副市长。

杨文辉是吉农的老同事，这次参与大湖治理攻坚战役是吉农建议的。当年，吉农离开城中区后杨文辉担任了副区长，两人继续保持联系。吉农担任市计委主任，觉得缺少一个能为自己分担的得力助手，就向组织提出调杨文辉担任副主任。杨文辉当时任市政协副主席是兼职，主要工作还在市计委，一直跟吉农合作得很好。去年初，市人大换届杨文辉当选为副主任，分工联系农林水利，刚好与吉农对口。所以，这次开展大湖治理三大攻坚战役，吉农又建议把杨文辉拉了进来。

为打响大湖治理攻坚战役，吉农筹备了一次规模大、规格高的战前动员大会，市委常委、人大、政府、政协、军分区几大班子成员出席，各区县市党政主要负责人和市直单位一把手参加，市委副书记主持会议，程光昊和秦建作重要讲话，吉农安排部署工作任务。会上，还下发了攻坚战役三年行动计划，明确了责任制和时间表，制定了奖惩办法。

吉农除负责三大攻坚战役的统筹协调外，还担任防洪大堤加固的分指挥长。西湖市一线临洪大堤一千两百多公里，近几年虽然有些非常薄弱的堤段进行了加高培厚，但还有四分之三的堤段没有达到二十年一遇的防洪标准，存在十分突出的问题。有些堤身矮小、单薄，有些没有护坡、防浪设施，还有一些防汛通道不畅，遇到险情，车辆、器材进不去。整修加固任务非常繁重。

吉农要市水利局根据临洪堤段现状，采取先难后易、先近后远、先重点后一般的办法，把任务安排到各区县市，争取用一年时间，把水情复杂、经常出险和地处城镇部位的重要堤段，尤其是近期度汛有困难的临洪堤段，完成加高培厚任务。这类堤段有三百多公里长，工程量大，占三年总任务的将近一半。江东县、中县、东县、江南区任务最重，是前两三年任务的总和。这么重的任务像过去那样由老百姓肩挑手提是绝对完不成的。再则，现在的临洪大堤与前些年相比，高大了许多，青壮劳力挑一担土都不容易爬上去，何况那些留守在家里的老人和妇女。所以，必须以机械作业为主。机械作业就需要资金，市县财政拿不出那么多钱来，大头还得向国家和省里申请。

吉农把任务安排下去以后，又赴省进京。

杨文辉负责河湖整治的任务主要是河道疏浚、河砂开采整顿、湖泊禁止投肥养殖三件事情。河道的疏浚已经纳入国家计划，每年安排一定资金，由地方水利部门组织实施。他搞得顺顺利利，吉农也没有操多少心。

河砂开采整顿和湖泊禁止投肥养殖都很费劲。杨文辉遇到了困难，有些灰心，找吉农说："感谢你的信任，把这么重要的事情交给我，可实在太难办了。"

吉农说："困难是可想而知的，我们共同商量，肯定能找到解决问题的办法。"

杨文辉说："河道和湖泊治理都影响经营者的切身利益。整顿河道采砂还可能造成砂卵市场紧缺，价格上涨，增加建筑成本，波及市政工程和房屋、道路、桥梁、水利等建设。如果方法不得当，工作不到位，弄不好还会引起社会震动，出现信访、集访等社会治安问题。禁止内湖投肥养殖不仅减少养殖户的收入，影响养殖业的发展，尤其是已经形成的拳头产业—淡水珍珠，将会受到沉重的打击。"

吉农说："不错嘛，研究得深入透彻。要不你带几个人到外面考察考察，看人家是怎么搞的，回来后拿出具体整治方案，咱们再商量商量？"

杨文辉采纳吉农的建议，到河湖整治搞得好的地方进行了一番考察学习，拿出了一个觉得可行的方案，几经商议，再提请市政府常务会议研究，讨论通过后开始实施。

河道采砂整顿采取联合行动，杨文辉把水利、海事、航道、国土、公安等部门都召集起来，有序展开攻势。

首先，清理采砂生产经营者。凡是不具备通航河流采砂、河道管理范围生产作业、水上水下活动和采矿等许可证，没有办理工商、税务登记，或者证照不齐全的一律取缔，强行非法开采的没收船只和设备。

其次，划分采砂范围。将南江和北水河道中的城市区域、桥梁上下游、河道狭窄及水情复杂的河段划为禁止采砂区，允许采砂的河段在距离防洪大堤和桥梁五十米至一百米不等的区域划出红线，红线内为禁止采砂区。采砂船只及设备一旦进入禁止采砂区作业，劝其立即退出，不听劝阻的，扣留船只，没收设备。

再次，招标确定采砂生产经营者。根据河砂的资源分布情况，划分几个标段，每个标段由一家开采，采取公开招标的形式，确定生产经营者，没有中标的，由政府出面协调处置采砂船只、设备及相关资产。通过公开竞标，确定了五家有实力且生产经营规范的采砂公司，没有中标的企业也基本上得到妥善处理。

湖泊禁止投肥养鱼的处理相对简单一些，杨文辉把任务压到各区县市，各负其责，对行动快、效果好的单位和个人给予一些奖励，几千上万亩的内湖、水库承包期未满的，给点补偿，问题得到解决。

养殖珍珠的处理，杨文辉花了不少工夫。淡水珍珠是西湖市的特色水产品，江东县和东县被誉为中国珍珠之乡。养殖面积大，全市几十万亩；这里养殖的淡水珍珠品质好，粒大、圆润、光鲜闪亮，畅销国内外市场；收益可观，每亩水面年收益上万元，高的四五万元。加上养殖户前期投入多，牵绳吊养，水体投放肥料充足，头年殖蚌极费人工，而且收获期长达五至八年。所以都不愿放弃，尤其是那些养殖大户。

杨文辉提议召开珍珠养殖大户退养动员会，吉农亲自到会宣传政策，阐明道理，讲清规则和纪律；会上还请养殖大户代表发言，现身说法，提高大家退出养殖的自觉性。

会后，杨文辉又带领水利、农业等部门负责人深入到那些面积大、投入多、思想转不过弯来的养殖户，做思想工作。几个回合下来，湖泊禁止投肥养殖任务完成，大湖治理攻坚战中的河湖整治战役取得了胜利。

阻力

不过，大湖治理三大攻坚战役中的污染治理遇到了阻力。污染治理范围广泛，任务十分艰巨，它包括污水、垃圾和大气三项污染源处理，涵盖了城市和农村，地面和地下，水体和空气。吉农考虑到财力、物力以及人们思想观念等方面

的因素，只把修建排污和截污管网站房，添置垃圾和有害气体处理设备，关停和拆除排污不达标的企业和设施作为这次攻坚战役的内容。

污染治理攻坚战役由吴德负责，推进速度缓慢。吉农很着急，去找吴德商量，没想到讨了个没趣。

那天下午，两人一起参加政府常务会议，散会后，吉农对吴德说：“吴市长，污染治理好像还没有动静，有什么困难吗？说出来我们共同想办法。”

吴德只顾低着头收拾桌上的资料，半晌，蹦出一句：“我的事自己会管好，不用你操心。”

吉农怏怏地离开会议室，回到家里饭也不想吃，坐在客厅里生闷气。郭莉知道丈夫的脾气，他平时极少这样，今天肯定是碰上了“钉子”。工作上的事，他从来不在家里说，她也从来不过问。她伸手摸了摸他的额头，说：“你不发烧啊！怎么饭也不吃？有哪里不舒服？”

吉农说：“没事。你吃饭吧，我想一个人静静。”

说罢，吉农干脆起身，走进书房，坐在椅子上，满脑子全是大湖治理攻坚战役中污染治理的事。他想，污染治理是绿色计划的重中之重啊！半年多过去了没有一点动静。今年的计划泡汤了，三年治污任务就完不成，整个攻坚战役也会败下阵来，大湖绿色计划岂不会夭折？看现在吴德的态度，是绝对不会配合的。怎么办呢？是顺其自然还是主动出击？思考了半天，他觉得不能打退堂鼓，要吹进军号，千方百计把污染治理这块短板补起来。想着想着就顺手拨通了秦建的电话。对方听出了吉农的声音，说：“老吉啊，有什么事吗？这么晚了。”

吉农说：“不知市长现在有没有时间，我想当面向你汇报。”

秦建说：“你来吧，我在办公室。”

吉农来到市政府已经是晚上十一点了。他推开秦建办公室的门，见秦市长正在等他。两人寒暄几句后，吉农说：“污染治理至今没有开工，我心里很着急，怕拖整个大湖治理攻坚战役的后腿。请你给吴德同志说说，要他抓紧点。”

秦建问：“你和老吴沟通了吗？”

吉农避开了这个话题，从侧面回答："你是市长，你说的话更管用。"

秦建说："那你有什么具体意见？"

吉农说："全面启动恐怕来不及了，看能不能今年把市县城区的污水处理厂建起来，国家有部分投入，不用也会收回。城镇的垃圾处理也要搞了，有几个老板想修建垃圾焚烧发电厂，找过我，可以和他们谈谈。几家排污严重的企业，上级环保部门多次点名，再不处理不行了。"

秦建说："今年只有四个多月了，就先搞这几件事吧，我明天找老吴。"

三天以后，吴德要办公室工作人员把吉农请到小会议室，半开玩笑半当真地说："你怕我不听你的，还去搬动市长。既然你那么有能耐，就好好帮帮我。"

吉农也不作解释，说："要我做什么，老吴你尽管开口。"

吴德说："建污水处理厂你不是说国家有投资吗，你当过市发改委主任，熟门熟路，你负责去跑，钱跑来了我马上动工。建垃圾焚烧发电厂的投资人也请你去落实，我只负责施工。"

皮球又踢了过来，吉农哭笑不得。但事情还得去做啊！吉农丝毫不敢耽误，当天就把市发改委主任刘启志请到办公室，研究污水处理厂投资计划问题。刘启志说："省里制定了建设计划，三年内污水处理厂覆盖所有城市和主要集镇。今年起步，把市城区建好。县级城市今年只规划和申报，明年开始建设。后年集中精力建设农村集镇，但要提前规划设计。"

吉农问："市城区是怎么安排的？今年的投资计划下达了吗？"

刘启志说："主城区的东部和西部各规划了一个污水处理厂，年初就向省里申报了，投资计划已经下达，由于未动工，资金没有拨付。"

吉农问："为什么不动工呢？"

刘启志说："吴市长想在城区中部建一个污水处理厂，等省里批复了一起动工。"

吉农问："报上去了没有，什么时候批得下来？"

刘启志说："由于年初没有规划进去，省里不同意追加计划。要我们今年把这两个厂建好，城区中部的厂明年再说。"

吉农感到问题很严重，如果已经批准的这两个污水处理厂建不好，不仅城区中部的省里不会批，其他区县市的也别指望了。现在关键是促成已经批准的两个厂尽快开工。他说：“看吴市长在办公室吗？我们和他一起商量商量。”

两人一起来到吴德办公室。吴德招呼两人坐下，问吉农说：“这么快就把资金问题解决了？”

吉农说：“资金问题我会想办法，但两个省里批复了的污水处理厂必须马上开工，否则我们不好做工作。”

刘启志也帮腔：“城区中部的污水处理厂我们去省里申报了多次，他们每次都问起批了的两个厂建了没有，并且说，批了的不动工，不仅计划安排的资金不拨付，再申报其他项目也一律免谈。”

吴德思考了一会儿，慢条斯理地说：“批了的开工可以，资金你们必须保证，不然的话，搞出个半拉子工程，我可不负责任。”

三个人又就具体工作细节进行了进一步磋商。吴德表示马上组织力量开工建设已批的两个污水处理厂。吉农和刘启志约定第二天去省城，把已批的两个厂资金搞到位，同时争取城区中部的污水处理厂获得批复。

吉农先到省发改委找陈安江汇报，见面就挨了一通批评。陈安江说：“多好的政策啊！国家给你们出钱建污水处理厂，就你们市迟迟不动。过了这个村就没有这个店了，吃亏的还是你们自己。”

吉农说：“是我们不对，接受陈主任批评，今天是专程来做检查的，同时给您汇报，已批的两个污水处理厂马上开工，能不能现在把资金拨付给我们。两个厂太少了，市中心的污水处理不了，我们还想在城区中部建一个，把方案报上来，请您支持。”

陈安江说：“只要开工了，安排了投资计划的项目可以拨付资金，要上新项目恐怕今年不行了。”

吉农说：“我们年初申报的时候考虑不周到，其实城中心的污水处理厂重要得多，如果不建，中部的污水处理不了，城市环境得不到改善，这么好的机会失去了，我们就会成为千古罪人。”

刘启志也说：“城中心离东西两端距离太远，截污管网接过去十分困难，而且截污效果不好，只有中部修建污水处理厂，才能解决这个问题。”

陈安江说：“你们给相关处室和分管领导去汇报，让他们拿个意见吧。”

从陈安江办公室出来，吉农赶往投资处，给经办的科员、副处长、处长一一汇报，做检查、谈实情、提要求，处里工作做通后，又找到分管投资的副主任汇报。所幸他离开发改委的时间不长，见面都客客气气。对两个已批污水处理厂，都表示即刻安排投资。当说到要新批一个污水处理厂，增补投资计划时，都说记在心里了，研究研究再答复。

吉农见工作做得差不多了，要刘启志留下来继续盯着，自己先回市里。不到一个月，刘启志给吉农报告，说：“两个在建的污水处理厂国家和省里的投资已经全部到位，新增的污水处理厂项目研究通过了，很快就会得到批复，如果前期工作进展顺利，再有十天半月就可以破土动工。”

污水处理厂建设走上了正轨，大湖治理三大战役中的污染整治算是冲破阻力，有了点起色，但垃圾处理、关停排污企业等任务还未正式启动。

垃圾处理是吉农的一块心病。江北主城区唯一的垃圾填埋厂，不仅场地严重饱和，而且对周围环境影响很大。填埋厂周边山地上树木枯萎，叶草发黄；湖水颜色暗红，污浊不清；湖中植物绝种，鱼亡鸟迁；空气中臭味弥漫。各个县城连个正规的垃圾填埋厂都没有。农村集镇更是垃圾遍地。前几年他带队去珠江三角洲考察时就产生过修建一个垃圾焚烧发电厂的想法，可是一直没有实现。

吉农向吴德建议，找投资商来参与垃圾焚烧发电厂的建设，还主动牵线搭桥，前前后后找来了六七拨投资商人，都没谈成。吉农知道，这是个新生事物，让人接受需要一个过程。

关停不达标的排污企业困难更多，阻力更大。吉农曾经多次找吴德沟通，要求尽快启动，吴德敷衍几句就过去了。

治理规划得到支持

正值西湖市全力以赴开展大湖治理攻坚战役的当口，又迎来一次防汛抢险。这次，对于吉农来说，既是考验，又是机遇。

当时，防洪大堤加高培厚虽然完成了一部分，但还有很多堤段仍然堤身单薄，没有防汛通道，不少险工险段和开挖的穿堤设施未得到妥善处理，尤其是内河和湖泊防汛堤段加固还没有提上议事日程。吉农想好好利用这次防汛抢险，一方面对近期开展的大湖治理攻坚战役进行一次检验，看效果理不理想，防洪抗灾能力有没有提高；另一方面找出大湖治理的薄弱环节，看还存在哪些问题，需不需要调整思路。高洪水位持续的时间长了一些，六月底就来了，南江河里的水涨涨停停，到七月中旬还保持防汛水位以上。外河水位居高不下，接连不断的降水又把内河、湖泊、池塘灌得满满的。内涝渍水最严重的是主城区，不仅湖泊和沟渠超出承载能力，有些低洼的小区和庭院也进了水，房屋被淹，所有防洪堤段超出危险水位。

市主城区在南江北岸，西北部为连绵起伏的丘陵山地，东部有个三十平方公里的内陆湖泊，形状像一片底稍宽、中部阔、顶上尖的樟树叶子，而且湖周围长满了樟树，当地人叫它樟叶湖。

樟叶湖北边有一条宽宽的河道，酷似一根粗壮的树枝，在城市北部郊区紧靠丘陵山地向西延伸；为打通水道，在城市西郊开了一条人工渠，连接南江。樟叶湖南端叶尖部位也有一条河道，在城郊东部与南江交汇。两条河道用水闸隔断南江水。

樟叶湖中部西岸有一条十多公里长的河道，从东至西贯穿整个主城区，把城市分成南北两个部分。很多年前，河道还在城市以北的郊区，每当春暖花开的时候，河道两边的水田里，长满五颜六色的紫云英、红三叶、草木樨、苕子，满眼紫色，漂亮极了，周边还有不少农家乐，是城里人赏花、郊游、休闲的好去处。所以，当地人称这条河为贯紫河。如今城区向北渗透，虽然已经越过贯紫河，但河道并没有进行有效的治理。

樟叶湖和贯紫河给城市带来了灵气，却也常常造成水患灾害。每逢雨季，如果连续三五天集中降中到大雨，或者在十几个小时内降暴雨，南江水位保持高位运行，内渍排不出去，就会发生洪涝灾害，威胁城区老百姓的生命财产安全。

近些年来，虽然已经开始整治，但是因为地方财力不够，每年修修补补，远远没有解决根本问题。果然，今年遇上了麻烦。樟叶湖沿岸防洪堤段险象环生，抢险队伍日夜奋战；贯紫河沿途多处漫水，子堤加高了一段又一段。城中区区长李斌坚守抗洪抢险一线已经有一个多月了，哪里发现险情，他就组织抢险人员奔赴哪里。

那天夜晚，已经升任省长的王先平来到西湖市视察防汛抢险工作，到市防汛指挥部听汇报，吉农说："主城区的内渍相当严重，樟叶湖水位一直居高不下，李斌带着防汛抢险队伍正在严防死守。"李斌是王先平的老部下，早在王先平任团省委书记时，李斌担任西湖团市委书记。

王先平立即发话："去现场看看。"

程光昊说："李斌同志抢险的地方离城市中心有二十多里路，堤上的路很不好走，汽车过不去，您还是别去。已经午夜了，您奔波了一天，该休息了，有情况我们及时向您汇报。"

王先平哪里肯听，起身便走。程光昊连忙喊吉农带路，自己钻进王先平坐的车里。吉农立马上了另外一辆车，叫司机把车开在前面带路，又嘱咐司机尽可能开慢点，确保安全。

汽车驶上防洪大堤，吉农的心提到了嗓子眼上。随着防汛路灯和汽车灯光看去，只见白茫茫的湖水几乎与堤面持平，汽车仿佛在樟叶湖中行进。堤身长时间被水浸泡，防汛人员和车辆来回穿行，堤面淤泥有几十公分深，很烂很滑，不时出现一个个大坑。有些低矮堤段加固的子堤，把本来狭窄的堤面拦去了一边，汽车通过非常艰难。

走走停停，汽车行进得十分艰难。在离李斌抢险的地方还有大约两公里远的堤段上，王先平的越野车陷在了泥坑里，吉农下车组织工作人员推的推、拉的拉。由于路面淤泥太深，汽车太沉重，四个车轮全部被淤泥掩埋，折腾半天，汽车原封不动地趴在那里。

这时，又下起雨来，吉农指挥工作人员用一根粗绳绑在前面的汽车上，前面的汽车开足马力使劲拉，再安排一些身强力壮的武警战士向前推，汽车打滑，车轮不停地原地打转，泥巴甩了推车人员满身，就是不肯向前移动。不一会儿，前面的汽车也陷在烂泥里开不动了。一行人只得步行去李斌抢险的地点。

险情发生在樟叶湖西北角、湖面与河道交汇处、两水夹一堤的堤段。堤内一个几十亩水面的池塘，老百姓养着鱼。天黑前，有人发现鱼塘中，离堤几米远的地方鼓水，立马报告防汛巡查人员。巡查人员到现场一看，水越鼓越凶，赶紧报告区防汛指挥部。

李斌闻讯赶到现场，只见面盆大的水花夹杂着泥沙往上冒，冒出的洪水越过几处低矮的塘坝，涌入了农田。他立即调来抢险队伍，在大堤外边用木桩打抱围，投入沙袋和泥土，试图堵住入水口；调来货车，把泥土和沙袋整车整车往鱼塘里运，想压住鼓水；用翻斗车、挖土机在鱼塘周围筑堤，防备大堤底部掏空，堤身垮塌，阻拦洪水涌进城区。

毕竟是内陆湖泊，压力不大，王先平赶到时，抢险接近尾声。鱼塘已经全部填实，冒水基本止住，堤外打抱围的抢险人员和堤内筑坝的施工机械已经停止作业。见王先平前来慰问，李斌立马放下铁锨，在衣服上擦擦双手，迎上前去，紧紧握着王先平的手，说："谢谢省长关心！您通宵没有休息，路又不好走，还亲自来看望我们。"

王先平说："李斌同志辛苦了，同志们辛苦了，我代表省政府慰问你们，感谢你们不畏艰难奋战在防汛抢险最前线。祝贺你们又打了一次抢险战役的胜仗！"

这时，雨已停，天空开始明亮。程光昊见抢险基本结束，说："天大亮了，堤垸已经脱险，请省长到宾馆去休息。"

又对李斌说："你们也赶紧扫尾，安排几个人留守，其余抢险人员都回家休息，有问题随时汇报。"

此刻，广袤的樟叶湖水掀起微微的波浪，文静而美丽，早已忘记曾经伤害过周围的百姓；跌宕起伏的山峦，森林密布，云雾缭绕，仿佛是一幅美丽的画卷；田野里，饱满而金黄的稻谷，垂首期盼一轮朝阳出现后，勤劳的主人把她们颗粒归仓；农舍开始冒出青烟，主人已经起床，正准备收拾工具，出门收获丰硕的果实；主城区的高楼隐约可见，密集的吊车开始运行，建筑工人投入了紧张的劳作。

王先平自言自语道："有山有水，有村有城，多么美丽的景色啊！要是没有水患灾害那就真正是老百姓的天堂。"

他转身对紧跟左右的程光昊和吉农说："防汛抗洪能力这么差，你们还得抓紧治理啊！"

程光昊回答："是的，这事正想给省长汇报。近些年来我们把主要精力都放在了大湖和北水、南江的治理上，内湖、内河，特别是城区内的湖泊、河流基本没有治理，欠账实在太多，现在想补起来。市里已经安排吉农抓这方面的工作。"

吉农接着说："我们正在打一场攻坚战役，不仅治理江湖，把内陆湖泊、河渠、塘坝、水库整治，废气、废水、垃圾处理全部列了进来。现在的问题是缺资金，还想劳驾省长出面做些工作，早点将大湖绿色计划呈报国家批复，给点投资。"

王先平爽快地答应："需要省里做些什么，写个报告，我带回去研究研究，尽力支持你们。"

吉农一听，顿时笑逐颜开，连忙说："谢谢省长！我们马上打报告。"

采访

金秋十月，天高云淡，气温渐渐凉爽；花草泛黄，在阳光的照射下璀璨夺目；树叶纷纷飞落，为鲜嫩的新芽准备温床。樟叶湖与贯紫河内十分宁静，损毁的防洪堤段陆陆续续被修复。

近段时间，吉农把主要精力放在城区的水毁工程修复和内河湖泊的治理上。他每天在城区及周边穿行，看到城内一栋栋楼宇拔地而起，一个个庭院和小区不断建成；金灿灿的稻谷大丰收，绿油油的蔬菜和鲜嫩嫩的瓜果接连上市，心里满是喜悦。但是，一想到城市防汛抗洪的能力如此薄弱，又产生许多惆怅，感到肩上的责任重大。此时，省里派出大队人马来西湖市进行大湖绿色计划的大型采访活动。

原来，王先平从西湖市回去后，召开了如何加速大湖绿色计划报批进程的省政府常务会议，决定由宣传部牵头，发改、建设、水利、国土等部门配合，集中经济界知名专家，与大湖地区的党政负责人及相关业务骨干一道，采取实地考察和现场研讨相结合的形式，开展大型电视采访，用以统一思想，凝聚共识，探讨路径，制造舆论，为赢得国家的批复寻找理论和实践依据。

采访活动从西湖市开始，在南江北岸举行了一个高规格、隆重热烈的启动仪式。省长王先平亲自出席，参加的人员除相关省直单位主要负责人、大湖地区三个市的主要领导和分管负责人、二十多名大学教授和经济专家外，还有省里和三个市的电视台、报社、网站等多家新闻媒体的记者，共两百多人。吉农组织会务人员在江滩公园广场中间耸立的抗洪纪念碑北侧搭建一个简易主席台，主席台上方悬挂着“大湖绿色计划大型采访活动启动仪式”的横幅，左右两旁分别挂着条幅，写着：“探索良方，广泛征求意见，共商好策略；高扬士气，充分利用宣传，同绘美蓝图。”

主席台对面，越过广场就是进入吉尼斯世界纪录的西湖诗墙，诗墙上雕刻着大湖地区及南江、北水流域的平面图和文人骚客对大湖的赞美诗篇；广场西侧挂着大湖治理规划巨幅图案，广场东侧靠近主席台的旁边插着一面红旗，上面写着“大湖绿色计划大型采访”几个醒目的大字。

上午十点，主持仪式的省委宣传部部长宣布：大湖绿色计划大型采访活动启动仪式开始，先由省发改委主任陈安江代表省直部门发言。

陈安江就大湖绿色计划编制和申报的有关情况作了简要介绍，之后说："这次采访活动是省委、省政府的英明决策，是实施大湖绿色计划的重要举措，省发改委一定大力支持，积极参与，并以此为契机，努力向上汇报，争取早日纳入国家计划。"

接着新闻媒体和专家代表发言。秦建作为大湖地区三个市的代表表明了态度，他说："我们西湖市将全力投身到采访活动中来，认真组织，搞好服务，主动作为，多出素材；利用这次采访活动形成共识，提振信心，集中精力，强化措施，率先把大湖治理好。"

最后，王先平作重要讲话。他首先阐述大湖绿色计划的重大意义和开展大型采访活动的目标要求，然后强调："我们要通过这次采访活动把认识统一好，把方向搞明确，把声势造起来，全省上下拧成一股绳，尽快把大湖地区建设成生态文明、环境优美、生活富足的绿色家园。"

王先平讲话结束后，宣传部长宣布授旗。一名英俊威武的工作人员拔起主席台东边标有"大湖绿色计划大型采访"的红旗，双手交给王先平。王先平接过红旗，然后郑重地交到新闻媒体代表手中。

启动仪式结束后，由各课题组组长召集，分农业、林业、水利、环保、城镇、旅游以及产业布局等若干专题，召开小型会议，布置任务，明确分工。采访时每个专题指定一家媒体负责，选择一个景场地，确定一名专家、一名当地负责人或业务骨干接受记者专访，现场直播。

第一拨采访是启动仪式的当天下午三点开始的，在南江河道的轮船上，省电视台记者采访程光昊和省水利厅长，由吉农陪同。

吉农前几天想办法找来一艘轮船，船的甲板上有个能够容纳二十多人的平台，又在平台周围安装了防护设施，中间靠前的位置摆上一张方桌，三把靠背椅，靠背椅后面并排摆放十多个方凳子。

所有人员就位后，轮船驶离码头，船头向东，朝南江下游的大湖方向行驶。轮船进入江心，采访正式开始。记者面向镜头，手拿话筒，介绍完采访活动的目的和接受采访的嘉宾后，侧向程光昊，说：“程书记，上午在西湖市成功地召开了启动仪式，下午您又第一个接受采访，听说你们早就着手大湖绿色计划的制订和组织实施，而且取得显著成绩，请问有哪些具体做法和经验？还有哪些设想？”

程光昊就西湖市近年来启动大湖绿色计划、开展大湖治理三大攻坚战役的做法与成效，以及治理大湖的决心和美好愿景作了详细的介绍。记者又问了几个大湖治理中的细节，然后说：“您对这次采访活动有什么期待？”

程光昊说：“希望通过这次采访活动客观真实地反映大湖地区的水患灾情和干部群众抗洪救灾的战斗精神，以及治理河湖的强烈愿望，引起有关部门重视，早日批复大湖绿色计划。”

水利厅厅长也就如何把握机遇，争取国家支持，积极主动地治理大湖以及南江和北水回答了记者的提问。船开得很慢，下午五点多钟才驶入大湖，结束采访。

第二天，吉农与省著名经济学家、农业大学教授刘杰接受省经济电视台采访，专题是提出大湖绿色计划的背景与目标，采访地点选择在樟叶湖。

当天上午，风和日丽，吉农穿着西装，打上领带，神清气爽地来到采访现场。樟叶湖西岸码头早已架起了高高的摄影机，四周挤满了围观群众和工作人员，码头上停靠着一艘带棚的木船，木船前甲板上摆着一张茶几，三把木椅，拿着话筒的美女记者站在甲板上恭候着。

吉农通过桥板走到木船上，刚刚落座，刘教授也来了。九点钟准时开始采访。当灯光、镜头打开，话筒伸到面前的一刹那，吉农有点紧张。听完记者的开场白和嘉宾介绍，他的情绪才慢慢平静下来。记者说：“请问吉副市长，听说大湖绿色计划是您提出来的，您什么时候提的？为什么提出这个计划？”

吉农回答说：“大湖绿色计划是五年前提出的，提出这个计划主要原因有三个：其一，当年大湖地区遇上高洪，夏汛秋汛双至，七月防汛抢险几乎搞了一个月，九月又上了防洪大堤。农作物被淹，稻谷减产减收，不少地方颗粒无收，严重影响老百姓生产生活。其二，近些年来尽管采取了一些改善生态环境的措施，但大湖仍然没有得到有效治理，防汛保安和排灌设施远未完善。年年暴发高洪后，满湖浊水，满目疮痍。其三，国家开始重视绿色发展，提出‘绿水青山就是金山银山’‘宁要绿水青山，不要金山银山’‘既要绿水青山，又要金山银山’等理念。”

记者又问：“那么，想通过大湖绿色计划达到什么目标？”

吉农说：“目标是大湖地区水变绿，山变青，生态环境得到很好改善，把老百姓从洪涝灾害中解脱出来，过上平安、富足、快乐的绿色生活。”

结束对吉农的采访，记者就大湖绿色计划的理论依据对刘杰教授进行了采访。

一周以后，吉农到东湖市参加大型采访活动总结暨大湖绿色计划学术研讨会。总结会上，西湖市新闻采访启动仪式及活动安排得到了省委领导的充分肯定。学术研讨会上，吉农再一次汇报了开展大湖治理攻坚战役的做法和体会，提出了加速推进大湖绿色计划的几点建议。也再一次请求省委、省政府及相关部门继续呼吁，争取国家早日批复大湖绿色计划。

批复

大湖绿色计划尽管在全省上下已经形成了共识，声势也造了起来，西湖市还率先打响大湖治理攻坚战役，但由于没有进入国家计划，不敢也没有经济实力大张旗鼓地去干。想来想去，吉农觉得还是要拿到国家的批复。只有拿到批复，获得国家政策和资金支持，大湖绿色计划才能够顺利实施，宏伟蓝图才有可能实现。

为大湖绿色计划早点批复下来，吉农决定去北京找相关部门汇报，为此他还做了不少功课。吉农先到省里请示陈安江，看他有什么指示。陈安江也很着急，要吉农去找熟悉的司长，请他们出面催催。

于是，吉农带着市发改委主任刘启志，邀请省发改委农经处和规划处两位处长一同进京汇报。

吉农从京城回到西湖市两个月之后，接到国家关于同意大湖绿色计划的批复。至此，大湖治理拿到了通行证。从第二年开始，大湖地区享受到了国家政策支持，国家投资计划中也陆陆续续出现了一些大湖绿色计划的项目。

关停污染企业

大湖绿色计划的批复拿到手后，吉农底气更足了，准备甩开膀子大干一场。他给市委书记程光昊汇报，建议由常务副市长牵头，成立专门班子，负责实施大湖绿色计划。程光昊说："这个事，前期工作一直是你做的，你情况熟悉，继续抓好实施吧。"

吉农说："涉及一些重要部门，很多都不是我分管的，怕能力有限，协调不来。"

程光昊说："这个好办，你制定一个具体工作方案，在常委会上议一议，明确一下。"

见吉农还有些犹豫，程光昊又说："你放心去干，我会和秦建同志通气，其他相关副市长的工作让他去做。"

吉农只好说："我先去拿方案。开会研究的时候还请书记给我派几个得力的帮手。"

回到市政府，吉农立即把发改委主任刘启志找到办公室，商量搭建工作班子，制定大湖绿色计划实施方案等相关事宜。

大湖绿色计划实施方案拿出来后，吉农先给市长秦建汇报。秦建做了些修改，把治理污染列为重中之重，由吉农一并抓起来。

市委常委会议经过一番讨论，原则上同意吉农提出的方案。程光昊在总结发言时说："实施大湖绿色计划要成立一个精干高效的领导班子，组长由吉农来担任，一切权力归农会，我和秦建同志都不挂名了，副组长搞两三个主管部门的一把手，相关副市长也不兼任，但要全力支持。至于工作班子，按照吉农提的方案落实到位。为了把声势造起来，市里近期召开一个高规格的会议，全市总动员。"

三天后，西湖市召开实施大湖绿色计划动员大会。会上，吉农传达了国家和省里有关文件精神，安排部署了工作任务，市长秦建作动员报告，市委书记程光昊主持会议并作重要指示。在统一全市领导干部思想认识的基础上，把广大人民群众的干劲都带动起来。

实施大湖绿色计划是前两年开展的三大攻坚战役的延续，而且涉及的范围更广，领域更宽，任务更加艰巨繁重。吉农根据实际情况对工作思路进行了一些调整。在充分利用国家投入，加固防洪大堤，疏浚行洪河道，完善排灌设施，实施退田还湖、退耕还林的基础上，把主要精力集中到关停污染企业上，以还老百姓一片蓝天。

西湖市有小冶炼厂、小电镀厂、小火电厂、小玻璃厂、小造纸厂、小水泥厂、小砖瓦厂和小锅炉等污染企业上千家，这些企业工艺落后，能耗高，产出少，效益差。但其中一些企业是市里的骨干，在市财政税收中占有一席之地；有些企业则是县乡财政税收的主要来源。所以，关停这些污染企业，区县市有抵触情绪，污染整治战役打响两年多了，基本上没有动作。如今，关停污染企业的任务落在了吉农身上，他感觉压力天大。他想，疏理洪道、植树种草、平垸行洪、移民建镇、修筑防洪大堤、修建排灌机埠等都是一些老百姓看得见摸得着的好事情，不仅不会影响任何个人的利益，而且全社会受益，更重要的是国家有投资。可是，污染企业数量众多、队伍庞杂、牵涉面广暂且不说，关键是关停企业需要大量补偿资金，钱从哪里来？人员下岗，怎么安排再就业？再者，这些企业的归口部门不由自己分管，一旦指挥失灵，工作就会搁浅。吉农越想越头痛。

吉农从市经委和环保局各抽一名工作人员，组成短小精干的关停污染企业的工作班子，由自己直接调度。并在市政府机关找了几间办公室集中办公，便于商量工作。工作班子先进行调查摸底，制定关停方案。

吉农认为，先要找到突破口。如果能够在两三个方面有所突破，其他问题就好解决了。从哪里入手呢？他想到一个是小电镀厂，另一个是小锅炉，再一个是砖瓦厂。这三者都要关停，但是不能全部关死，关死会影响到其他关联企业。电镀厂如果全关了，很多需要电镀的企业，尤其是机械制造业，就会受到极大的影响。热气虽然还没到家家户户使用的程度，但工业企业是少不得的，所以小锅炉也不能全关。尤其是砖瓦厂，不仅老百姓建房需要，建工厂、建学校、建医院、建办公楼，哪个都不能缺，因此，砖瓦厂的关停也要有个万全之策。

吉农带着工作班子，开展调查研究，寻找解决这些问题的办法。在开发区调研时，他得到了启示。德汉汽车制造有限公司董事长对他抱怨说：“吉市长，据说政府要关电镀车间，那等于把我们的厂全关了，离开电镀我们寸步难行啊！”

吉农说：“政府也不想关，但上面有要求，再说污染也太严重了。这不是征求你们的意见吗？看看有什么解决的好办法。”

董事长说：“我前不久去沿海一个开发区，发现他们把分散的小电镀厂和大厂里面的电镀车间都关了，建了一个大型电镀厂，需要电镀的产品都拿到那里去加工。”

吉农转身对陪同的开发区主任说：“这是个可以考虑的办法，你们研究一下，看行不行，可行的话就选块地，建一个大型电镀厂，把全市的电镀业务都拉进来。”

三天以后，开发区主任向吉农报告，说：“新建电镀厂面临两个问题，一是要建在三类工业区，二是要有投资方。后者好办些，关键是前者，我们开发区没有三类工业区。”

吉农说：“可以去批吗？问问具体的审批流程。”

主任说：“这些我们都了解了，是省环保部门审批的，据说很难，全省才批了两个，有几个市早就报上去了，全搁在那儿。”

吉农说：“不要紧，我们一起去申报，你去准备资料。去汇报时别忘了叫上环保局局长。”

第二天，吉农带领开发区主任和环保局局长到省环保厅，正好分管三类工业区审批的副厅长是老乡，与吉农有几十年的交情，当场就表态去做工作，争取尽快审批。

不到两个月，三类工业区批了下来。此时，吉农记起有位老朋友想投资兴办电镀厂，便打电话把他邀请过来，动员他把厂办在开发区。这位朋友开始有些犹豫，经不住吉农反复劝说，就同意了。

开发区在三类工业区划出两百亩土地，建成了一个设备齐全、工艺先进、技术精湛的高标准电镀企业。全市六十多家电镀厂和电镀车间全部关停，所有需要电镀的产品都拿到这个厂来加工，电镀质量也提高了。

对煤炭小锅炉的关停，吉农也采取了分而治之的办法，妥善解决。开发区充分利用大型电厂的余热，架设管道，把热气输送到各个工业企业和千家万户。开发区以外的其他地区，强制性改煤炭锅炉为燃气锅炉，减少废气排放。

小砖瓦厂虽然数量众多，但投入不大，绝大多数是当地有点经营头脑的人建起来的。他们因陋就简，就地修个烟囱，做个窑洞，建几间办公用房，有的仅搭建了几个窝棚作厂房。关停时，吉农安排工作人员对所有砖瓦厂逐个进行清理，给予适当补贴奖赏。对有些规模大且条件成熟的砖瓦厂，则引导他们引进新设备、新工艺，实行技术改造，转型生产节能环保的新型建筑材料。

由于像小电镀厂、小砖瓦厂和小锅炉这样数量多、分布广而且关联产业不少的污染企业得到稳妥处理，炼铁、炼钢、玻璃制造等小冶炼厂，还有几家小火电厂，知道撑不住了，在工作人员的引导下，一律关停。当然，政府也给予了适当补贴。

改造传统产业

造纸和水泥是西湖市名噪一时的传统产业，并且形成了一定规模，给当地政府和老百姓带来不少经济效益，但是，生产企业小型分散，设备陈旧，污染严重。无论是实施大湖绿色计划的需要，还是国家环保政策的要求，这些企业都必须关停。吉农不想一刀切地放弃所有传统产业，在关停的过程中集思广益，努力选择改造的好路子。

大湖地区有造纸的传统习惯，自古以来利用稻草制造草纸。草纸又叫黄草纸，金黄金黄的，用途很广，老百姓普遍用作卫生纸和包装纸。工艺精湛的草纸很细很薄，可以作书写纸，写毛笔字。吉农印象深刻的是奶奶经常从草纸包里面拿出饼干、糖果、鸡蛋糕给他吃。母亲喝别人家的喜酒回来，从口袋里掏出用草纸包着的红烧肉。又肥又大的方块红烧肉他想起来就涎水直流。那时条件太差，把草纸打开，里面有两三坨就不错了。

当地人管红烧肉叫作“蹄的肉”，它是农村赈酒的主菜，一桌一大碗，八个人每人吃一坨就所剩无几了，剩下的红烧肉，同桌的人都想拿回家让老人和孩子尝尝，这已成为当地习惯。母亲在酒席上自己是从来没有吃过红烧肉的，每次都用草纸包了带回家。

后来，勤劳智慧的大湖人民发现芦苇造的纸比草纸好，而且大湖湖畔众多滩涂和湖汊子垸适宜芦苇种植，草纸就退出了历史舞台。到二十世纪八十年代初期，湖滨的乡镇几乎都兴办了小造纸厂。江东县、中县、东县和城中区等县兴办的小型造纸企业最多。近年来虽然进行了一些改造，但全市还有上百家小型造纸企业，而且十有八九是民办的。

造纸需要把切成小段的芦苇放在蒸球里面蒸煮。蒸煮过芦苇的碱水乌黑发臭。由于小造纸厂没有处理设备，碱水直接排入河道和湖泊，严重污染环境。所以，关停小型造纸企业成为迫在眉睫的事情。

从情感上讲，吉农是舍不得关掉造纸厂的。本来就少的市县财政收入要减去一大截，发工资都困难了。再者，自己为这些企业没少出过力，青少年时期就栽芦苇砍芦苇，培植原材料；参加工作以后又四处呼吁，出谋划策，为造纸企业争取投资和原材料，很多纸厂的烧碱都是他向上面争取的指标。现在要他亲手去关停，确实心痛，下不了决心。

正在吉农进行激烈思想斗争的时候，一些造纸企业的老板纷纷上访，要求保留企业；一些县乡干部也来反映情况，请求手下留情；一些同事提出不同意见，要求慎重妥善处理。

吉农提议召开政府常务会议，专题讨论关停小造纸厂的问题。会上，吴德首先发言。他说：“好不容易办几个纸厂，把它关掉了，丢失传统产业，减少财政收入。今后，我们只能喝西北风。”

吉农说：“我也不想关啊！实施绿色计划有客观要求，保护生态环境有政策要求，小造纸厂的污染也确实太严重。再说，滩涂上的芦苇还阻碍洪水流通，严重影响防汛保安，只有把小纸厂关了，芦苇种植才会退出历史舞台。”

吴德说：“政策是死的，人是活的，就不能想办法做些变通？”

吉农说：“今天就是请同志们出出主意，大家一起想办法。”

吴德说：“市委把任务交给你，你就应该自己拿出个成熟意见，不能光叫别人给你出主意。”

秦建见吴德的发言明显地带有情绪，赶紧打断他俩的对话，说：“你们俩别争了。其他同志说说自己的意见，集思广益嘛。”

与会班子成员见市长发话了，纷纷发言，谈各自的意见。最后，秦建说：“造纸是我市的传统产业，也是支柱产业之一，全部关停损失太大了，要采取灵活多样的方式，争取关停一批，重组一批，改造一批，把污染问题解决好。老吉，你们拿出一个切实可行的方案，下次常务会再议。”

吉农根据秦建的指示，组织工作人员一方面深入造纸厂开展调查研究，倾听企业的意见；另一方面到沿海发达地区考察，学习治理污染的先进经验，终于拿出了一个改造升级的方案。方案明确：年产十万吨以上纸品生产能力的造纸厂，引进新工艺，添置新设备，进行技术改造，使其达标排放。五至十万吨的造纸厂，鼓励扩大规模，或者兼并其他小厂，达到年产十万吨以上的生产能力，并添置污水处理设施。三至五万吨的造纸厂限期扩建整改，在规定时间内达不到十万吨生产能力且排放不达标的，坚决关停。三万吨以下的造纸厂一律关停。同时，压减制浆，引进知名企业，扩大成品纸生产规模。

方案提请市政府常务会议讨论通过后，吉农又带着工作人员逐个区县，逐家企业去抓好落实。遇到矛盾突出的，就与当地干部和企业负责人一起研究解决。

在实施过程中，吉农绞尽了脑汁。对于条件较好的民办小厂，帮助企业兼并重阻，为他们解决技术、设备和资金难题。支持和鼓励有经济实力，且具备经营管理经验的民营企业收购国有企业。实在没有办法改造升级的企业，关停时给予适当补偿。

花了将近一年时间，小造纸厂改造终于结束。最后全市保留下来的造纸厂不到十家，这些企业不仅达到了生产规模和污染排放标准，而且全部改制成为民营企业。开发区内全市最大的造纸厂被外地一家老牌造纸企业收购，几经改造，扩建成设备一流、工艺先进的大型造纸企业，有效地控制了污染排放。吉农还把关停有污染的小造纸厂与引进大型成品纸生产企业结合起来，亲自带队到东南沿海招商引资，经过多轮洽谈，引进一家不制浆，只进口木浆生产生活用纸的大型企业在开发区落户。

改造小水泥厂同样困难重重，吉农花的精力也不少。小水泥厂虽然数量不及小造纸厂多，但规模大一些，而且绝大多数是民营企业，工作非常难做。

南江和北水中上游丘陵山区，尤其是北水上游的大山区，石灰石储藏量十分丰富。这些地区过去只有几家国有和集体所有的水泥厂，二十世纪八十年代后期民营企业陆续介入。吉农着手整顿时，已经发展到三十多家，而且日生产能力千吨以下的小水泥厂占绝大多数。

小水泥厂开采石灰石对山体植被和土壤破坏很大，往往是开采到哪里，树木、草地等就损毁到哪里。开采过石灰石的地方形成一个个大坑，一遇刮风下雨，水土严重流失。更糟糕的是小型水泥厂因陋就简，没有安装任何污染处理设备，排出的粉尘、二氧化硫、一氧化碳、二氧化碳等污染空气，影响人们的身体健康。但是，建水泥厂投入较多，每个企业动则几百万元，多的上千万元，给地方缴纳的税收也不少，是当地的主要财政收入来源，处理起来阻力很大。

听到要关停小水泥厂的消息，西北县县长就带着几个水泥厂的厂长来找吉农，说："吉副市长，听说你负责关停水泥厂，我们县的几个厂千万关不得啊！它占了全县经济总量的三分之一，财政收入的半壁江山。如果把它关了，我们县的行政机构将无法运转，我这个县长也当不下去了。”

有个厂长接着说：“我们厂不仅每年上交几百万元的税收，还养活几百号人，把它关了，这些人怎么办？我个人和国家的损失都很大，建厂投资了上千万，主要是银行贷款，谁来还？”

吉农说：“我知道你们的难处，希望大家正确对待。现在正在搜集意见，研究解决问题的办法。”

大家又你一言我一语，七嘴八舌，提了不少意见和建议。吉农说：“你们说的我都记下了，会好好研究，拿出一个尽量使你们满意的方案，提交市政府。你们先回去，做好稳定工作，千万不能闹出事故来。”

随后，吉农经过反复调查研究和考察论证，提出了一个改造提高、兼并重组、逐步关停、循序渐进的方案。先根据石灰石的分布和当地的地质及植被情况，划分区域，不能开采的区域，小型水泥厂一律关停；可以开采的区域，对现有企业进行技术改造，添置新的机械设备，使其达到生产规模、污染排放和植被恢复、水土保持等标准。

吉农还把引导小水泥厂实行兼并重组，引进国内外知名企业收购水泥厂作为关停的重要措施。企业改造升级资金不够，他又出面组织银企联谊活动，亲自把银行行长带到企业，现场办公，当面解决资金问题。对于那些改造升级无条件和污染处理无指望的小水泥厂则勒令关停。

正当各项工作扎实推进的时候，吉农得到报告，西北县一个水泥厂职工堵门堵路，还准备到市县上访。他立刻赶到出事地点。

原来，位于西北县西部的一个老水泥厂被一家国有大型企业集团收购，投资近十亿元，原址建设两条新型干法水泥熟料生产线，配套新建水泥粉磨系统和石膏中转站，合同已经签订，投资方派人进厂洽谈厂房、设备和人员接收事宜，职工们害怕被解雇，就自发组织起来，找工厂和地方政府讨要说法。

吉农到达时，有上百人聚集在老厂办公楼门口。与投资方代表一起开会的副县长和老厂负责人正在进行劝解。

吉农向副县长询问了一下情况，又简单地与老厂负责人交换了意见，然后站在台阶上，高声对职工们说：“乡亲们，我是副市长吉农，请你们放心，水泥厂不会关，只会办得更大更好，你们也会得到妥善安置，决不会让一个人吃亏。有什么诉求，派代表与我们的工作班子来谈，大家都回去等消息吧！”

员工们听了吉农的话，现场商量了一会儿。几个胆子大的工人又提了一些要求，副县长当场做了答复。最后推举出三名员工代表留下，其余的全部散去了。

大家回到会议室，吉农给投资方和县厂负责人交代：“员工一定要安置好，技术熟练、没到退休年龄的可以留在新厂，到了退休年龄或有其他原因不愿留下的，给足安抚资金。你们要先摸清底子，再拿个满意的方案。如果再出现堵门上访，我要追究你们县长的责任。”

新水泥厂不到一年就建成了，而且运行情况良好。大部分老员工留了下来，离开水泥厂的员工也得到了妥善安置。

通过采取一系列行之有效的措施，全市的小水泥厂都关停了，取而代之的是几家年生产能力上百万吨的水泥厂。

造纸和水泥两个传统产业的成功改造，让吉农看到了希望，觉得任何事情只要用心努力地去做，就能成功，对实施大湖绿色计划更加充满信心。

砍掉黑杨树

黑杨又叫欧美杨，二十世纪八十年代初期，江东县一位林业科学工作者从南京带回一麻袋意大利杨树枝条，种植在大湖肥沃的滩涂上，便迅速发展起来。到二十一世纪初期，不仅湖中滩涂遍地都是，连堤垸内沟港堤坝和田间地头也种上了，有些地方还把低湖田退出农作物种植，栽上成片的黑杨。西湖市种植黑杨面积最多时达到50多万亩，江东县达到二十多万亩，被授予“中国黑杨之乡”。

黑杨为乔木，树冠阔，椭圆形；树皮暗灰色，老时沟裂；小枝圆形，淡黄无毛；树干通直圆满，生长快，材质优良，用途广。生长周期十年左右，单株树高三十米，平均胸径四十厘米，材积每年可达一立方米以上。树干可制作家具用具、建筑材料，是制浆造纸的上等原料，树枝、树叶也可制作胶合板或打成木浆。木浆能根据需要制造出各种高档书写纸、面巾纸、卫生纸。

前些年，西湖市有个宏伟的计划，准备栽植黑杨一百万亩，建成国内最大的木浆造纸原材料基地，拟引进印尼的金光集团新建大型造纸企业。吉农参与考察团到金光集团在海南的基地考察过多次，也多次邀请金光集团来西湖市考察，最终因为远离大型码头和口岸，没有区位优势，交通不方便，金光集团放弃了投资办厂。后来，吉农又参与引进本省第一造纸企业兴办纸厂的洽谈，已经进入申报审批阶段，国家开始强调生态环境保护，内陆制浆严格限制，项目搁浅。

尽管大型造纸企业没有兴办起来，但黑杨建筑材料、家具用具生产企业比比皆是，有做实木的，有做胶合板的，有做床柜桌椅板凳的。制作简易木条木板的小作坊最多，仅江东县就有几十家形成规模的实木和胶合板加工厂。吉农曾经扶植过几家做实木和胶合板的企业，给他们申请国家投资。有些企业的产品销路好，还有两家能出口创汇。

随着黑杨树种植面积的不断扩大，湖泊逐渐缩小，河床慢慢抬高，对大湖生态环境的不利影响开始显现出来。有的黑杨种植户在湖中滩涂挖沟抬垄栽植杨树，严重破坏湖泊湿地生态系统的完整性和连续性，导致湿地生态系统向陆地生态系统演变，威胁鱼类、水生动物和鸟类的生存环境。由于黑杨树干太高，湖中繁衍的鸟类飞行不畅，只好另寻栖身之地。树叶落入湖泊，导致湖水碱化，导致鱼虾死的死，逃的逃。同时，在湖中滩涂栽植黑杨，成林后将造成湿地植被群落衰退乃至大面积死亡，出现物种单一的“绿色荒漠”景象，使得湖泊生物多样性下降。再者，黑杨根系发达，加上林中灌木、草本植物的根系，固沙作用明显，加快了泥沙淤积的速度。当汛期洪水到达林冠层后，位于中低部位洲滩地、水域、主洪道中的杨树林，大部分树干与树枝被水淹没，对水流产生阻滞作用，降低了行洪能力。

实施大湖绿色计划有一个重要内容是建立湿地保护区，既要保护好湖泊和滩

涂的生态环境，使水更清、地更绿；又要保持动植物的多样性，让鸟群重新飞回来，让大大小小的鱼儿自由自在地在水里游戏，让多种多样的树木茁壮成长，门类各异的花花草草竞相绽放。如果继续保留黑杨的种植，不仅蓄洪、行洪和防洪能力受到影响，湿地保护区也无法实施，绿色计划就成了一句空话。因此，无论从哪个方面讲，黑杨都不能在大湖地区继续生存下去。

要把曾经荣耀和风光一时的黑杨树砍掉，确实不是一件容易的事情。吉农准备从宣传建立湿地保护区和恢复生态环境的意义和作用入手，展开攻势。搜集和编印各种宣传资料，制定政策措施，邀请国内知名环保专家开展专题讲座。

吉农把讲座与动员会议合二为一，在市工人文化宫举行。参加会议的人员有黑杨种植地县乡主要负责人、种植大户、生产加工和营销企业老板、相关部门负责人，还邀请了部分群众代表。

专题讲座前，吉农宣读国家关于大湖绿色计划的批复，传达国家和省领导有关大湖湿地保护区建设的指示精神。市长秦建到会作动员报告，与会代表作表态发言。环保专家生动、全面、深刻地阐述了黑杨的生长特性和对生态环境的影响，还列举了大量典型实例，使与会人员受益匪浅。

尽管会议声势浩大，但由于涉及黑杨种植户和加工企业的切身利益，尤其是那些种植面积大、投入资金多、产品销路好的种植户和加工企业，光靠会议根本解决不了问题。于是，吉农亲自带队，深入到大湖中，找那些种植大户倾心交谈，攻破一个个堡垒。

吉农首先选择的是在老家承包两万多亩滩涂栽植黑杨的舒文能，想从儿时的伙伴那里打开突破口。他与舒文能从小一块儿长大，关系好，在江东县工作期间还保持着密切联系。调到西湖市工作后，尽管往来少一些，但还是知道他成了黑杨种植的大户。舒文能会不会带头砍掉黑杨，吉农心里也没有底。

市里召开动员大会，舒文能只安排一名副总参加。吉农估计这位老兄思想还没有转过弯来，所以，准备亲自上门做工作。

吉农带着工作人员乘车来到临湖镇。镇党委书记对吉农说：“市里开会通知过舒文能，他说出差了，过几天才能回来，还交代，如果有什么事，就找他的副总。”

吉农说：“我要找他本人谈谈，你带我去他办公的地方。”

舒文能办公的地方在吉农读中学时栽过芦苇的大湖中心滩涂上，离临湖集镇二三十里水路。吉农在镇党委书记的陪同下，乘上一艘机动船向湖心行进。

一会儿，机动船开到一个地势明显比较高的滩涂靠岸，吉农上岸后沿着石板小路步行数十米，一个幽静的庭院呈现在眼前。高大阴森的黑场丛中，一米五左右的木桩围着的围墙内，约五六亩端方四正的地面上，坐落一排木瓦结构的平房，平房两端建有杂屋和餐厅，房屋前后种满了名贵树木和花草。有杨树、樟树、玉兰树、银杏树、桂花树，有杜鹃、牡丹、红枳木、栀子花等，葱葱绿绿的草地也修剪得有模有样，十分典雅整洁。吉农暗叹：这位仁兄真的会过日子啊！

副总满脸堆笑地站在门口迎接，一边把大家带进会客室一边说：“欢迎市长光临，舒总没在家，安排我接待您。”

吉农说：“我要会会老朋友，在这儿等他，请你转告他，见不到他的面我是不会回去的。”

副总把大家安顿下来，赠上绿茶、水果，自己轻手轻脚地退了出去。不到十分钟，他又表情尴尬地走了进来，对吉农说：“舒总听说市长您来了，从省城往回赶，还有一个多小时就到。”

吉农看看手表，对镇党委书记说：“还早，才下午四点钟，我们去附近转转。”

四月的春天，茂密的黑杨新叶已经绽放，一束束稀疏的阳光从缝隙中钻了进来，耀眼夺目；高高大大的树干下，乔木、灌木、青草密密麻麻，寻不见通行的道路。吉农领着大伙在其中穿行，一会儿手脚并用，蹚开前进的路，一会儿伸出双臂抱抱树干。黑杨已经成材，有的一人去抱碰不到手。看着壮实的树干，吉农越发心痛，问镇党委书记：“你们镇栽了多少亩黑杨？成材林有多少？都是哪些人承包的？”

党委书记回答：“全镇栽了四万多亩黑杨，其中三万亩已经成材，由十多个本乡本土的人承包，一般承包两千亩左右，舒文能承包得最多，栽植面积接近全镇的一半。”

傍晚，舒文能气喘吁吁地赶了回来。他身着藏青色西装，白衬衣，打一条红领带，脚蹬棕色皮鞋。他直奔吉农跟前，紧紧握住吉农的双手，嘴里不停地念叨：“你怎么到了这孤岛丛林中，有事通知我去市里汇报就行了。”

吉农仔细打量着舒文能，说：“几年不见，老兄这么阔气啦，我都快认不出来了。”

舒文能一边把吉农往树林外边拉，一边说：“天色晚了，我们回去吃饭。”

其实，舒文能没有去省城，自从市里通知他参加动员会以来，就一直躲在老家没有出门。今天得知吉农要找他时，正和几个老伙计打跑胡子[27]。

吉农想谈谈黑杨的事，刚开口就让舒文能挡回去了。舒文能说：“兄弟好不容易见一面，只叙旧，不谈工作。”

两人又说起读小学时怎么逃课，怎么和小伙伴打群架，出集体工怎么与队长顶牛，怎么策划篡夺生产队长和会计的位子。一直喝酒，侃大山到深夜，两人相互搀扶着睡在舒文能的卧室里。

第二天早晨，吉农从睡梦中醒来，发现自己躺在一个陈设简单，却非常整洁的房间里，努力回想这是什么地方？为什么来到这里？这时，舒文能推门进来，问：“还睡得好吗？”

吉农说：“哦！很好。”

“我也一样，咱哥俩难得聚在一起，醉得高兴。”

舒文能一边说，一边叫人给吉农打水洗脸、刷牙。洗漱罢，两人又一同走进餐厅吃早饭。吃饭时，舒文能当着大家的面，对吉农说：“我知道你们是专程来给我做思想工作的，我也确实舍不得砍掉黑杨。我日守孤洲，夜守河滩，守着这

27 跑胡子，当地一种游戏娱乐的纸牌。

些宝贝疙瘩六七年，眼看就要成材获利了，你们却要一刀砍掉，我心里痛啊！但是这几天，我反反复复想了许多，这是大政策，不敢违背。我也搞明白了，黑杨危害生态环境，再说我不能当老弟的绊脚石，砍了吧，我同意。”

听了舒文能的一番话，吉农非常感动，连声说道：“谢谢老兄的理解！谢谢老兄的支持！”

舒文能带了头，大湖地区的黑杨树几个月就被砍光，吉农在实施绿色计划的征程上又向前迈出了一大步。

第六章
绿色城乡

吉农把主要精力转移到城市改造升级上，用绿色打造主城区。西湖市的生态环境得到改善，不仅乡村的水绿了，山青了，城市也被绿色装扮，老百姓过上平安、富裕、环保的绿色生活。吉农更加热爱家乡，放弃上调省城，留了下来。

转战城市

西湖市的主城区在南江以北，始建于两千多年前的秦代。二十世纪四十年代初期，八千虎贲将士在这里与四万装备精良的日寇展开激烈的阻击战，孤军奋战十多个昼夜，阻止了日军西进，但城市全部毁坏。新中国成立后，西湖地区行政公署设在这里。四十年后进行地改市，继续作为市政府所在地。历任地市领导虽然进行了一系列卓有成效的建设，但离现代化城市的要求还有很大差距。砍掉黑杨之后，吉农又把战场从农村转到城市，投入了主城区的改造。他准备用绿色把这座城市装扮美丽。

城市建设和管理一直是由吴德负责的，大湖绿色计划全面启动以来，虽然有些动作，但进展不快。程光昊担心城市建设会拖整个工作的后腿，便找吉农商量："市委想把城区改造与治理江河湖泊结合起来，由你负责。"

吉农犹豫了一下，说："城市建设是吴德同志分管的，我插进去他会不高兴，我也怕搞不好。"

程光昊说："全市城建工作和主城区的管理还是由吴德同志负责，只把主城区改造升级给你，你只负责建设。两三年时间，把城区内的水搞清、地搞绿、路搞通、灯搞亮，城市搞美了你就撤出来。"

吉农是服从命令听指挥的好干部，接手了主城区建设。他准备从樟叶湖和贯紫河的整治入手，打一场城市全面改造的攻坚战役。他深深懂得规划先行的道理，在公开招标引进国内外知名设计院，修订和完善城市总体规划的基础上，重点编制城中湖泊和河流治理以及沿岸美化的系统规划。为了拓宽视野，引入先进理念，他带领设计团队到苏州、无锡、芜湖等城市进行考察，学习先进的城市建设和治水经验。

吉农一边考察，一边与专家探讨怎样运用先进的治水技术，改造市城区的樟叶湖和贯紫河。他引进发达城市的治水技术，与本地传统做法和实践经验融合起来。按照"绿色环保，水中新城"的理念，在充分考虑生态效益、社会效益和经济效益的前提下，对市主城区的水系统地进行综合治理，重新规划，制定了防洪排污与合理用水、河湖治理与景观建设、工程措施与生物技术三个相结合的设计方案。

规划设计中，引进和充实一些新的工程措施。城区内防洪堤段的加固，改变长期以来一直运用的做法，不再一味地垒泥土、浇筑水泥砂浆，而是在加高培厚、达到防洪标准的同时，拉通沿途道路，新修亲水游道，在道路两旁植树、栽花、种草，再根据地形地貌选择适当的位置修建各种特色的公园和旅游休闲、文化娱乐、体育健身等场馆，开发建设高档住宅、商贸物流和城市综合体。

吉农又拿着设计方案征求老同志、老专家的意见，提请市委、市政府开会研究，广泛听取意见和建议，讨论通过后才组织实施。

工程建设期间，吉农在樟叶湖和贯紫河交汇处找一栋两层楼的房屋作为临时

指挥部，带着工作人员驻扎进去，一心一意指挥调度。白天他不是在指挥部开会研究，就是上工地督促检查。晚上常常开会到深夜，散会后就睡在指挥部简易的床铺上。市里的活动，除非常重要的会议，一般的能请假就请假。他常年吃住在指挥部，只有春节，施工人员放假了，他才回家住几天，陪陪家人。有个三病两痛，他也不离开岗位。

一天上午，吉农带领建设、规划、水利、环保等部门的负责人视察工地，只顾看现场、作指示，不小心让锈钉把脚掌扎穿了，鲜血直流。建设局局长说：“赶快去医院，包扎一下，消消毒，打破伤风针。”

吉农说：“没有时间去，给我弄点茶叶水洗洗就行了。”

随行人员拿来茶杯，用里面的茶叶水反复冲洗吉农脚上的伤口，血似乎止住了，又找来一块布使劲地缠了几层，继续带领一行人马一瘸一拐地进行视察。

两天后，伤口发炎，吉农的脚肿得像个大馒头，铮亮铮亮的。他还不肯去医院，忍着剧痛在指挥部开会，撑着拐杖到工地视察。工作人员只好从市人民医院接来医生，到指挥部给他重新清洗伤口，贴上药膏，又打针又服药，折腾了半个多月才好起来。

通过两年多的日夜奋战，主城区改造见到了成效。樟叶湖和贯紫河沿岸修建了百果园、松杉园、桃花园、梧桐园、紫薇园、垂柳园、香樟园、竹园等多处园林，小餐馆、小商店、咖啡厅、茶室、书屋等多个休闲场所，新建了多处高档商居楼和城市综合体。

樟叶湖和贯紫河等内湖内河沿途用泥土修筑堤坝，堤岸用木板铺设亲水游道。游道上方坡地栽种花草、树木，下面浅水处种植铁皇冠、宫廷草、虎耳草、红叶草、蒿草等耐水植物。

污水处理采取层层接流、分段截污、雨污分流等办法，通过铺设管道从源头上截住污水，再在管道与河湖交汇处修建污水处理厂，流出的污水经处理达标以后排入湖泊、河道。采取地下填埋砂卵石、地面栽花、种草、植树等形式，制造软质地基，涵养部分雨水，多余的雨水与污水分开排放进入雨水管网，经过机埠进行处理后排入河道，不仅留住了雨水，而且减少了面源污染。污水处理厂和排水机埠的建设也有新的措施，前池用砂卵垫层处理，池内种植芦苇、蒿草，既美观又没有臭味。

吉农还充分利用湖水面积大、江河支流多的优势，打造旅游休闲、文体娱乐亮点项目和标志性工程：

从海边拖来海沙，运来棕榈树，在樟叶湖北岸依山傍水的地方，建成一个两百多米宽、两千米长的沙滩公园，公园内可以游泳、戏沙、骑行、采摘、观鸟。

樟叶湖北面山地里由于存在多年的垃圾填埋场，森林、草地和湖水受到污染，尽管垃圾填埋厂已经关闭，但鸟群早已消失。就在湖中浅水处投放小鱼，将各类鸟群引了回来。随后，又在沙滩公园一侧，修建鸟类陈列馆、水中长廊和观鸟台，游客可以在沙滩享受湖水乐趣之后，接着观赏湖中的鸟群。

在贯紫河两岸，修建十多处表演亭台，购入游艇，每天晚上供游客坐游艇、赏夜景，观看西湖丝弦、《刘海砍樵》等具有地方特色的文艺表演节目。满载客人的游艇，每晚两三趟，四季开航，座无虚席。

利用樟叶湖中湖心岛的大片滩涂，新建欢乐水世界。里面有刺激的玩水游乐体验、惊险的魔幻城堡、巨型摩天轮和趣味十足的异国风情艺术表演。

欢乐水世界旁边的紫色庄园，种植着千亩薰衣草，蓝色、紫色、白色、黄色的花朵竞相绽放，游客们仿佛置身于普罗旺斯的浪漫意境。

在湖心岛外种植七彩花田，千亩土地上千姿百态的梅花、樱花、紫薇、海棠、月季、杜鹃、波斯菊、疏华菊等色彩斑斓的花卉，每到开花季节，百花竞放，一片花的海洋。

河街是半个多世纪前西湖地区的城市标志之一，勤劳智慧的人民利用南江发达的水运交通优势，在北岸修建的一条商业街，商贾云集，十分繁华。抗战时期，日本兵攻进城内后，一把火把这个百年河街烧得精光。吉农选择在贯紫河下游，接近樟叶湖的地方复制一条长约两公里的河街，既恢复了历史记忆，留住了乡愁，又增添了城市景点。街道两旁的窨子屋，绝大部分是两层楼房，也间隔着建有空间高大的平房。粗粗的梁柱，厚厚的板壁，雕龙画凤的门窗，配带屋顶上的青瓦，极其耐看。多数房屋楼上居住，楼下商铺，也有楼上楼下都做商铺的。商铺有些经营各种各样具有浓厚地方特色的麻花、麻坨、桃酥、油条、油饼、姜糖果、糯米糕、糖饺儿、蒿子粑粑等食品，不少手艺人还现做现卖；有些用来开餐馆，烹饪甲鱼、乌龟、土鸡、腊猪肉、鱼全席和牛肉米粉等特色菜肴，乡味十足；还有一些个性化的小茶馆、小戏院、小酒楼、小旅店等。河街投入运行后，不仅本地居民纷纷前往，外地游客也慕名而来，每逢节假日人流如潮，水泄不通。

在贯紫河中游，河街以西，修建了一条千米长的欧洲风情街，引进西方文化，招揽游客。风情街中洋味十足的啤酒屋、咖啡厅、红酒坊、读书屋、食品店以及进口服装、鞋帽、香水等各类商店，仿照欧洲建筑风格建造，招租给国内外客商经营。欧洲商人优先，免收三年租金，因此，不少德国商人租店经营。来这里观光的游客众多，大部分是前来领略欧洲风情的，更想一睹白皮肤、黄头发、绿眼睛的外国人的容颜。

有几个德国青年在风情街经营的咖啡店，每天门庭若市，高朋满座。夏天客人更多，凌晨三四点还不打烊。

一天，吉农开完“双抢”现场调度会回到办公室处理文件，忽然记起前些日子有个京城的朋友说过：欧洲风情街建得好，要来游玩。心想，我得自己先去瞧瞧啊！免得到时候一问三不知。便走出办公室，坐上越野车，对司机说：“去欧洲风情街。”

司机望了一眼时钟，说：“快十二点了，您还不回家。”

吉农说：“咱们今天去喝杯啤酒，开开洋荤。”

俩人来到欧洲风情街，只见街道两旁华灯璀璨，人来人往，小酒馆、咖啡厅、冷饮店里挤满了吃宵夜的客人。走到德国青年经营的咖啡店门口一看，更是水泄不通。喝咖啡的、喝啤酒的、喝香槟的、吃奶酪的、吃披萨的、吃蛋糕的，绝大部分是些年轻人。明亮宽敞的大厅内，十多张小方桌坐得满满的，不少人端着杯子站在吧台前、过道中。吉农见店内顾客实在太多了，正准备离开，一个德国姑娘面带笑容地迎了上来，操着生硬的中国话说："先生，欢迎光临！"

司机说："没位子啦？"

"请进，我给你们找地方。"德国姑娘一边说，一边招呼两位进去。

吉农对司机说："看看就行了，我们回家吧！"

德国姑娘说："欢迎下次光临。"

吉农离开了欧洲风情街，尽管没有喝杯啤酒，饮杯咖啡，但心里感到无比舒畅。

主城区还利用樟叶湖和贯紫河的环行道路，建成了一条高标准的马拉松赛道。由于沿途有山地、水域，有树林、花草，还有城池、田野，湖光山色，空气清新，环境优美，加上西湖人热情好客，喜欢且擅长组织各类活动，每年都有国际马拉松比赛在这里举行。赛道上，除马拉松比赛之外，还举行过很多国际国内的其他赛事，如环湖自行车赛、摩托车赛、汽车拉力赛等。樟叶湖上的水上运动就更多了，国际皮划艇比赛、帆船比赛、快艇比赛。一年一度的龙舟赛由地方上升到全国，由国内上升到国际。

大湖湖畔有划龙舟的传统习惯，每到端午节为纪念爱国诗人屈原都要划龙舟、抛粽子，慢慢地演变成了一种竞赛活动。吉农的父亲炫耀过，他曾经是龙舟比赛的主力，率领过临湖公社沙坪大队的龙舟称雄湖西垸。他暗自感叹：父亲要是还健在的话，依他不服输的性格，一定会来樟叶湖参加国际龙舟赛，与外国友人一较高下。

吉农每次想到现在的美好生活，都会勾起对往事的回忆。想到自己的父辈、祖辈，甚至祖祖辈，真是太苦了，并不是他们不努力，而是没有赶上好时代。同时他也庆幸自己赶上了这个好时代，不仅可以尽情享受生活，更重要的是有机会用自己的智慧和汗水，为建设这个绿色城市出一份力。

江南镇升级

南江从西南向北绕行约五公里，再向东行四公里，又转向南方，直行五公里，然后向东流去，把南岸西、北、东三方围住，形成一个半岛。由于地处南江的南岸，人们把它叫作江南镇。

江南镇地势低洼，加上连续四个接近直角的急转弯，洪峰经过时水流常常受阻，河道内洪水添堵，压力加大，极其容易垮堤溃垸。因担心溃垸，江南镇一直没有费大力气进行城市建设。二十世纪八十年代中后期，成立西湖市江南区，把区行政机关设在江南镇，还从南江北岸的市主城区架起一座通往江南镇的桥梁。但是，城市建设仍然相对滞后，仅仅修建了一些四五层的小楼房。十多年之后，又在主城区东边修建一条公路与铁路共墩共基础的南江二桥，通往江南镇东南方向的开发区。当时，开发区内的工业企业建了不少，但沿江的城市建设没有引起重视，基本没有动作。尽管江南和江北有两座桥梁连接，但两岸的城市建设很不平衡。南江以北主城区的改造还没有结束，吉农又投入到江南镇的升级中去了。

吉农负责江南升级纯属偶然，是几句闲聊促成的。那天，市里组织城市建设流动现场会，吉农和市委书记程光昊、市长秦建坐在同一辆面包车里，同坐的还有副市长吴德及其他市级领导。在江北看了城区道路改造、住宅小区建设、樟叶湖和贯紫河治理等几个城市建设项目之后，通过南江一桥进入江南镇。大家看到瘦小低矮的防洪大堤，茅草丛生的南江堤岸，坑坑洼洼的垸内街道，街道两旁密密麻麻的小楼房和像蜘蛛网一样的电线，你一言我一语，议论开了。有位领导深有感慨地说："江南镇还停留在上个世纪，建区这么多年了，没有什么变化。"

秦建接着说："江北镇、江南镇两个世界，江北镇有点欧洲的模样了，可是江南镇还像非洲一样。"

程光昊说："江南镇的建设要提上议事日程了，尽快实施一江两岸，共同建设，共同发展，共同繁荣，否则，我们对不起党和国家这么好的政策，也没有办法向江南镇人民交代。"

汽车停在江南市场，大家下车参观前几年失火被烧毁后，重新修建起来的全市规模最大的集贸市场。上车后，大家又开始了议论。刚从城中区区长调到江南区任区委书记不久的李斌说："江南镇幸亏有这么个市场，集聚了人气，还给区财政缴纳了不少的税收。"

吉农说："近两年集贸市场冷清了许多，人都跑到江北几家大型超市去了。那里档次高，环境好。"

秦建说："如果江南镇不把基础设施搞上去，把城市建设漂亮，这个市场会更加冷清，离关门歇业的日子不远了。"

程光昊对李斌说："你到任以后区委研究过江南镇的城市建设没有？有什么好的举措？"

李斌说："前天我们召开了专题会议，研究来研究去总感觉任务重，压力大，精力、经验和财力都不够，想请求市委支持。"

程光昊说："有什么具体想法吗？"

李斌说："我给班子成员出了题目，让大家想想，下次再开会讨论。"

程光昊说："不如把江南镇的建设纳入主城区，统一规划设计，统一建设管理。"

李斌说："这个办法好，即解决了我们的实际困难，又能够使两岸建管一体化，全市一盘棋。"

秦建说："你们是财政独立的行政区，可不能撂挑子呀。"

程光昊说："规划由市里统筹，建设市里支持一点，区里要拿大头，管理仍由区里负主要责任，但必须服从市里的统一调度。这件事由吉农去办，具体怎么运作，你们商量。不过，这是我个人的想法，下次开常委会还议一议。"

吉农接受任务后，首先想到的是贯通一江两岸。经过反复研究和论证，他认为，要把江南镇建设好，两岸贯通应该放在首位；怎么贯通？那就得架桥梁，修隧道。他在广泛调查研究，充分征求李斌等江南区领导意见的基础上，找设计院在南江再规划设计了三座公路桥梁，一个过江隧道。

穿过江南镇西部，直通飞机场的三桥，是市城区在南江最长的公路桥梁。建设标准高，双向六车道，两旁还有自行车、人行通道；建设速度快，不到两年就建成通车了。

三桥以东的过江隧道，在提请市政府常务会议讨论时，出现了不同的声音。吴德说：“江北主城区人口并不多，江南镇的人更少，现在有三座桥梁贯通，没有必要投入巨额资金修建比桥梁成本高得多的隧道。”

财政局局长说：“这几年城市建设投入大，政府负债太多，现在修过江隧道，确实拿不出那么多钱来。”

分管财政的副市长也说：“前几年融资搞城市建设，目前进入偿还高峰期，再去融资，恐怕很困难。”

秦建见意见不统一，就说：“规划设计等前期工作照常进行，建设缓一缓，等条件成熟之后再商定。”

吉农仍然不死心，继续做工作。过了将近一年，他又提出来，在市政府常务会议上研究。这次多数人表示同意，只有吴德持不同意见，秦建拍板通过了。过江隧道的建设虽然起步晚了一些，但建成后不仅方便两岸民众的出行，而且成为一张城市名片。城区西边的四桥和东边的五桥，吉农也作好了修建的设计方案，一旦条件成熟，随时可以投入建设。

江南镇的城市道路只有防洪大堤内一条由国道拓宽改造而成的街道，其余全是通村公路。防洪大堤还是几十年前修筑的泥土堤坝，镇上的给排水[28]也只有沿国道的一条主要管道，强电[29]和弱电[30]都架在空中。

吉农结合主城区的平面布局和建筑风格，对江南镇的道路、管网重新进行规划设计。设计方案拿出来后，他又反复征求市直相关部门和江南区委区政府等方方面

28 给排水，一般指用水供给系统、排水系统。
29 强电，指电工领域的电力部分。特点是功率大、电流大、频率低。
30 弱电，指直流电路或音频、视频线路、网络线路、电话线路。

面的意见，反复进行修改和完善，觉得满意了，才提交市政府常务会议通过。

市政府常务会上，吉农提议从市财政每年安排两亿元城建资金，连续三年，用于江南镇的城市道路和管网建设。建议成立江南城市建设投资公司，采取BT[31]、BOT[32]等多种形式对外融资，修建城区道路和管网。

经过大刀阔斧的建设，江南镇主次城市道路和给排水管网全部打通，供电和通信等线网全部入地，南江岸边也建成混凝土防洪大堤，堤面上块石铺路，花岗岩护栏，建成观光游道。

道路骨架和地下管网拉通后，吉农着手美化江南镇。首先把城区绿化和亮化搞好。要求江南镇所有行政部门在办公机关和生活小区，带头植树、栽花、种草；鼓励居民小区绿化、花化；组织市民在暂未开发的闲置土地上植树造林。市区政府安排专项资金对绿化搞得好的单位和小区，实行以奖代投。亮化由市政部门负责，统一设计，统一安装，统一管理。老小区、老庭院、老房屋在亮化前统一维修。同时，美化江边景色。聘请园林绿化专业团队对防洪墙外的江滩进行设计，设计中充分考虑本地人文历史和湖乡文化；招标选择施工队伍，建成了一个集休闲、观光、旅游、娱乐于一体的临江公园。与江北镇的诗墙公园遥相呼应，相得益彰。

江南镇的棚户区很多，都是一些平房和两三层楼单家独院的房屋。这些房屋大多数建于二十世纪末期，有当地农民自己建的；有看准这个地方的商机，从外地迁来的；还有不少市区和乡镇干部营建的私房。没有规划，杂乱无章。不少房屋年久失修，破旧不堪。为改造这些棚户区，吉农用好用活国家政策，采取向银行申请贷款、地方财政自筹和对外招商引资等多种渠道筹集资金。成立的棚改公

31 BT，一种融资方式。项目发起人通过与投资者签订合同，由投资者负责项目融资和建设，并在规定时限内将竣工后的项目移交给项目发起人，项目发起人根据事先签订的回购协议分期向投资者支付项目总投资及确定的回报。

32 BOT，一种融资方式。私营企业参与基础设施建设，通过向用户收取费用或出售产品以清偿贷款，回收投资并赚取利润。

司与本地有经济实力的房地产企业和国内知名房地产商合作，多措并举改造棚户区，很快见到效果。转眼间，一栋栋壮观的高楼大厦，一个个美丽的居民小区，一座座气势磅礴且功能齐全的城市综合体，取代了一片片棚户区。

位于江南镇西南角的民航机场扩建，吉农花了一番精力。这个机场是二十世纪后期西湖市所有公职人员停发五年肉价补贴、节省资金修建的，也是全省早期除省会外两个民用机场之一。他在市计委工作期间，曾经赴省进京申报立项，争取资金进行过两次改造。但还是规模小，设施落后。没有廊桥，旅客上下飞机要步行到停机坪；一层房屋的候机室，容纳不过上百人；航线仅有北上广，而且时点差，要么很早，要么很晚。

为改造飞机场，吉农与民航部门的负责人一道多次跑省里，争取改造升级计划；跑北京，争取国家投资。同时，积极提供建设用地，维护施工环境，确保工程质量和速度。改造后的机场，规模扩大了，设施更新了，航线增加了，造型美观了，成为标志性工程，排到省内地市级民航机场的前列。

升级后的江南镇，提高了几个档次。一个破烂不堪的农村集镇，变成了具有现代气息的绿色新城。

东区扩容

吉农在抓好主城区和江南镇改造升级的同时，没有忘记整个城市的扩容提质，他要把绿色计划向东区推进。

东区位于市城区的东部，也是国家级经济技术开发区。这片区域西与江南区以内河为界，北临南江，东与江东县接壤。它的西北角是一片起伏连绵、森林密布的丘陵地带，由于地势高，不怕洪水，二十世纪后半叶当地政府就开始在这里兴办工业企业，逐渐形成了老工业区。到二十世纪初期，大部分企业倒闭，厂房闲置，几万下岗职工和当地居民仍然居住在厂区的职工宿舍。不过，森林中还有一座宝塔和两间寺庙，很有开发利用价值。

坐落在群山之巅的文峰塔，始建于明朝万历年间，象征此地人杰地灵，文运昌盛。但现存的文峰塔规模小，只有七级八面，几经损毁修复，还是找不出一点书中描绘的壮观与气派。

文峰塔以南，是始建于唐朝初期的德禅寺，从半山腰往北拾级而上，依次是龙王殿、金刚殿、观音殿、万佛殿和大雄宝殿，五进五层，直达山顶。两旁分布着古德禅院、回头是岸、大悟无言、立地成佛等佛家弟子学习和起居的场所。寺内有金刚塔、慧光塔、毗庐阁、铁经幢、白龙井、断桥、乌龙等名胜古迹。当地把这座寺庙称为积福宝地，佛学乐园。可惜，抗战时期德禅寺被日寇炸毁，大雄宝殿也被夷为平地。近些年虽不断修复，但还是失去了昔日的光彩。

再往南行进，位于山丘树林之中的善德观，由山门牌楼、老子塑像、善卷殿、真武殿、玉皇殿组成，门朝东开，西面与江南镇隔河相望。由于资金不够，修修停停，还没有竣工。

吉农去现场察看过多次，感触颇多。他想，这是一块风水宝地，蕴藏着深厚的文化，一定要挖掘出来，打造成一张名片。他把想法向秦建和程光昊做了汇报，两位领导都非常支持，并提出了要求。

秦建说："我们市确实缺少休闲旅游的好场所，希望你把它打造出来，成为开发区居民的休闲中心，外地客人必到的旅游景点，全市文化建设的标志性工程。"

程光昊说："秦建同志的话我赞成，在此基础上再加两点。第一，设计起点要高，建设标准要高，建筑质量要好。第二，要把佛教和道教文化融合在城市建设中去，弄出一个不朽的作品来，为人民造福。"

征得书记和市长的同意，吉农开始行动。他亲自带队赴上海，请来顶尖设计团队，又陪同设计人员一同前往现场，边考察边探讨良策。

经过几番周折，在老工业重镇的基地上，拿出了一个居住休闲、旅游观光、文化娱乐、商贸物流、水运码头并存的设计方案。

设计方案确定后，吉农开始寻找开发商。通过公开招拍挂，本地土生土长的房地产开发公司老板摘牌，开发老工业区部分原有工业厂房，并改造附近的棚户区。又引进碧桂园和绿地两家国内知名房地产开发企业，开发建设新型城市综合体。同时，积极筹措资金，采取统一规划设计、分片分期开发的形式，修缮宝塔和寺庙。

通过艰苦努力，吉农把过去的老工业区建成了一个具有现代习气和文化底蕴的繁华城镇。镇内高楼林立、街道繁华、绿树成荫；临江商铺云集、花团锦簇、游人如流；宝塔和寺庙也整修装饰一新，前来旅游、观光和敬香的人络绎不绝。

文锋塔是推倒重建的，建成的九级八面八角，檐上挂有铜铃，雄伟壮观；塔内墙壁上雕刻着名人图像，立柱上悬挂着名家字画，四处彰显文化气质；旋梯直达塔顶，游人登塔远眺，江水和城市的风光尽收眼底。

德禅寺的大雄宝殿及其他宫殿也被修复，内外环境大为改善，每天香火不断。善德观也已经完全建成，十分气派。

改造老工业区只是东区扩容的一角，而且这个地方没有洪涝灾害。吉农最不放心的还是东区的安全度汛。前几年出现险情之后，虽然进行了一些修复，但是没有达到城市大堤的防洪标准，尤其是三合垸临江大堤，仍然单薄弱小。再者，作为国家级开发区仅仅加高培厚防洪大堤还不行，还要把环境搞好，使来这里投资落户的企业和人才，不光感到安全，还要舒适舒心。因此，吉农在改造老工业区的同时，着手抓包括防洪大堤加固在内的东区环境改造。

吉农把开发区和市直部门的负责人召集拢来，召开“诸葛亮会议”，要大家畅所欲言，献计献策，最终形成了利用防洪大堤加固，建设沿江风光带和旅游休闲景点的意见。根据会议形成的意见，聘请水利和城市设计院，制订了三合垸综合治理方案：南江二桥桥头以东，已经开发建设区域内的堤段，修筑混凝土防洪墙，墙上建观光游道，墙外建江滩公园；从防洪墙起，直到与江东县交界的堤段，加高培厚，堤面水泥硬化，迎水面块石护坡，有外滩的地方植树、栽花、种草，修建凉台、亭阁等休闲设施，还在垸内设计了一个公园。

设计方案几经讨论修改后付诸实施。在修建公园时遇到了麻烦。南江二桥桥头有个小湖泊，西抵新近改造的城镇，北靠防洪墙，南临街道，东边是密集的居民。这块水面长期荒芜，杂草丛生，垃圾成堆，臭水横流。吉农想把它改造成公园，并要设计人员拿出了修建方案，施工队伍也招标确定，正要进场施工时，通道被当地老百姓堵住了。

吉农来到现场一看，不仅进场施工的土路挖了一条很深的沟，而且深沟对面的马路上还坐着一群老百姓。他问在场的开发区负责人："是谁挖断的路？"

负责人指了指坐在对面的老百姓，说："他们挖的。"

吉农问："他们为什么挖路堵路？"

负责人又指了指湖泊东岸的五六栋房屋，说："那些不肯搬迁的房屋都是他们的。"

吉农问："他们为什么不肯搬迁？房屋没拆完怎么进场施工？"

负责人说："这是几个钉子户，做了半年工作没有效果，我们看工期不能再推了，就想边施工边做拆迁户的工作。"

吉农说："你们的工作要做到位，耐心说服他们。修公园是件好事，把道理给他们讲清楚。"

负责人说："好话说了几箩筐，门槛都让我们踩破了，他们就是听不进去。其实，就是一个牵头户的工作不好做，这户工作做通了，其他的几户都会跟着搬走。"

吉农说："这户是什么原因不搬？"

负责人说："他家里开餐馆。明里是说补偿少了，实际上是舍不得那块好地方。提出要我们调整设计方案，绕开他家的房屋。仗着有后台啊！"

吉农问："谁是他的后台？"

负责人把吉农拉到旁边，小声说："吴德副市长是餐馆老板的亲叔伯兄弟。"

吉农说："要你们书记主任一起去给吴副市长汇报，请他出面做做工作。"

开发区负责人第二天回话，说他们找了吴德，吴德不愿意管这件事。吉农只好指示开发区依法强拆了。

餐馆强拆后，其他的房屋也拆了，公园建设顺利推进，可是吉农与吴德的矛盾进一步加深。吴德总是认为吉农找他的碴，时不时讥讽吉农几句，有几次会上公开抨击吉农。不过，这些都丝毫没有影响吉农的工作热情。

公园建设中的拆迁问题刚刚处理完毕，吉农又接到一个老村支部书记的举报，有一座水库被生猪饲养场严重污染。吉农决定亲自前去处理。

这是一座中型水库，位于开发区的南端，大坝以北的土地全是开发区的，离大坝不远的东西两侧少量土地在开发区境内，水库南面和东、西两面大部分丘陵山地由江南区管辖。水库里的水除灌溉开发区几万多亩耕地外，还为周边两个区的几万居民提供饮用水。水库管理权限在开发区。

吉农来到水库，见库中的水深黑浑浊，大坝边上的水面还有成坨成团的漂浮物，鼻子闻到一阵阵腐臭味。

老支书介绍说："水库里的水去年都是清澈的，一片碧绿，今年开春就慢慢变黑了。进入夏季，气温升高，排到水库中的猪屎开始发酵，随着东南风一吹，就漂到了坝边。您看，这都是猪场漂过来的猪屎。"

老支书边说边指着库中的臭水，接着撸起裤腿说："库里的水毒性很大，前天我下了一次水，腿脚痒得不得了，还起了红色斑点，您看，现在还有呢，有的地方被我抓破了皮，钻心地疼痛。"

吉农问："老百姓吃水怎么解决的？"

老支书说："经过水厂过滤后，水的颜色好了点，但还是有气味。经济条件好的人家做饭、饮用都买桶装水。家里有婴儿的都买矿泉水冲牛奶。"

吉农说："我们去猪场看看。"

一群人来到猪场。水库东南角，茂密的丛林中，一片崭新的猪舍呈现在眼前。猪场老板向吉农介绍："猪场是去年下半年从城郊搬过来的，现在养了几千头母猪，上万头肥猪。污染处理设施还没有建设好。"

实施绿色计划以来，下大力整治城市环境，近郊的畜牧家禽养殖场四处迁移，今天发现的估计不是个案。吉农感到问题十分严重，回到市里，召开紧急会议。处理猪场的排污问题，同时研究解决全市畜禽养殖场的布局。

开发区和江南区的负责人汇报了水库边猪场的处置意见，农业局局长汇报了全市畜禽养殖情况，环保局局长汇报了畜禽粪便对环境的污染及解决办法。紧接着大家开展讨论。

吉农见大家都已发言，有些情况已经明了，便说："我说三点意见，第一，水库旁边的猪场立即关停，限两个月内做好善后工作，农业局拿出一个补偿方案，补偿金按四三三的比例，由市里和两区的财政分别承担，猪场老板是江南区的人，又建在江南区的地盘上，关停由江南区负责。第二，由环保局牵头，农业局配合，对全市的畜禽养殖场进行一次全面检查，发现违规排放污染环境问题，当场进行处理。问题严重，当场处理不了的，拿出处理意见，交市政府研究。第三，由农业局牵头，环保局配合，制定畜禽养殖场管理暂行办法，明确规定养殖场规模多大，哪些地方可以建，哪些地方不能建，添置哪些污染处理设施，排污标准怎么定以及违反规定怎么处罚等等。两个月内拿出来，由市政府下发文件。"

会议效果很好，两个月后，水库边猪场关停，全市检查中发现的多处污染环境的养猪场、养牛场、养羊场、养鸡场、养鸭场都得到妥善处置，《西湖市畜禽养殖场管理暂行办法》也出台了。

在开发区，吉农还牵线搭桥新建了一所学校。开发区有个房地产老板找到吉农，说："吉副市长，我有点钱，想投资公益事业，回报社会。"

吉农给他出主意："办所学校吧，引进优质教育资源，既能减轻地方政府的压力，还可以凝聚人气，同时促进房屋销售。"

两人一拍即合。吉农又应房地产老板邀请，到民营投资办学搞得好的广东、江苏、浙江、福建等地参观考察，学习建校办学的经验。对办教育，吉农不太懂，没有发言权，但修建校舍他略知一二。考察一圈后，他建议修建一座简中式结构的校园，大家采纳了他的建议。

在学校选址的问题上费了一些周折。房地产老板想把学校建在他正在开发的住宅小区旁边和废弃的工厂厂址上，开发区领导要他选址在管委会机关附近。吉农给开发区领导做工作，同意了房地产老板的意见。

从动议到开学不到一年时间，一座可容纳六千名学生的学校落成。学校开设从幼儿园、小学、初中到高中的教学课程。校园青砖灰瓦，亭台楼阁，连廊曲折，假山真池，林荫夹道，花草满园，既简洁又大方，还美观耐看。加上优秀的管理团队，强势的师资力量，全新的教学理念，成为开发区的明星学校，前来参观学习的人一拨又一拨，校方应接不暇。

城市建设告一段落，吉农珍惜那段时光，珍惜那些作品。他每次路过南江，不管是哪座桥梁，都要司机把车开慢点儿，摇下车窗，看看江水，看看两岸美丽的景色。有时干脆下车，徒步过江，在高悬南江上空的桥面一边走，一边观望，一边思索：哪些建设还算成功，哪些地方还有缺陷，与绿色城市相比，还有哪些差距，怎么弥补！

吴德被抓

正当吉农全身心把大湖绿色计划推进到城市，取得节节胜利的时候，听到消息：吴德因为收受贿赂被纪检监察部门带走，实行隔离审查。吉农心里一惊，昨天还为城区垃圾处理方案和吴德在会上发生过争执！尽管两人做人做事的风格不同，还有一些恩恩怨怨，在工作上也常常因为政见不一闹得很不愉快，但他还是为吴德感到惋惜，甚至痛心，毕竟都是在一起长大的。

吴德与吉农的关系一直比较疏离，两人同在沙坪学校教书，后来又同时在西湖市计委担任副主任，同乘一条船，就是没有同过心。为争市计委主任的位子，吴德曾经做过很多努力，吉农心知肚明，但谁也不愿意挑明。两人进入市政府领导班子后，原本井水不犯河水，却没想到程光昊安排他俩分管同一项工作。

吴德听说把城区改造升级拿出来交给吉农负责，专程去找过程光昊，他说：“程书记，城区改造是城市建设的内容，城市建设和城市管理本来就是一个整体，要分一块出去，我不好管，吉农同志恐怕也不好管。您看能不能调整分工，我去分管农业，让吉农来分管城市建设和管理。”

程光昊说：“你分管的城建城管事情太多，怕忙不过来，正好城区改造与大湖绿色计划有些关联，把这块工作划给吉农负责，给你减轻一些压力。两三年就搞完了，改造后还由城建口管理。你要积极配合，多支持他啊！争取早点完成任务。”

见没有回旋的余地，吴德自打圆场：“我只是跟书记汇报汇报思想，既然您已经决定，我服从安排。”

吴德虽然表面服从，但心里不舒服，工作中更谈不上支持与配合了，还时不时给吉农使绊子。吉农接手主城区改造任务后办的第一件事就遇到了麻烦。

吉农准备找几个熟悉业务的骨干组成一个精干的班子，自然就想到抽城建和水利部门的业务骨干，水利局好说，自己分管的，可是建设局归吴德分管。吉农怕吴德不放人，影响工作，与组织部门商量，拿出一个工作班子搭建方案，两个局各抽调三人，一名副局长，两名工程技术人员。要求这些人从原单位抽出来集中办公。并把这个方案给程光昊做了汇报，建设局抽调的人请书记出面跟吴德发个话，程光昊要吉农自己去找吴德沟通。

那天，吉农敲门进入吴德的办公室，有两位正在汇报工作的干部见吉农来了，连忙打个招呼，就退出去回避了。吴德起身与吉农寒暄几句之后，吉农说：“城市建设这方面你老兄是专家，还请多多赐教。”

吴德说：“你很能干呀！书记市长都很信任你，还要我赐教什么？”

吉农说：“真的要请老兄支持。城市建设的人才集中在你麾下，我想借调几个干部过来。”

吉农说出名字，吴德思考了半晌，问：“借用多长时间？”

吉农说：“暂定三年，把主城区改造升级搞完。”

吴德慢条斯理地说：“你抽的这三个人，我理应支持，两个搞技术的干部我没有意见，只是这位副局长手头一摊子事，确实离不开，要不给你另外换一个？”

吉农说：“这位副局长是分管城建的呀。”

吴德说：“我对他的分工另有安排。”

吉农问：“换谁？换的人一定要搞得了事啊。”

吴德提出用一名刚从部队转业的副处级干部调换，吉农当时就傻了眼，正想与吴德打商量，吴德马上封口，说：“抽不出其他的人来了，只好请你体谅。”

见吴德态度如此坚决，吉农也不便再强求。

吉农对城市建设规划设计看得很重，设计院拿出的方案他都要反复征求意见，定稿之前交市规划委员会讨论通过。秦建是规委会主任，吉农和吴德都是副主任，每次研究吉农提出的规划设计方案，吴德总是发表相左的意见，有时争得面红耳赤，不可开交。有次，按吉农的提议，市规委会开会讨论设计院提出的应用生物技术护坡护岸的设计方案，吴德坚决反对，拂袖而去。

这次规委会秦建没有参加，吉农主持。会上，设计人员汇报设计方案的话音刚落，吴德就发表意见，他说：“水泥、块石护坡是千百年来行之有效的方法，是湖区人民在实践中长期摸索出来的成功经验，你们想放弃就放弃。栽种一些花花草草既挡不住洪水，又防不了大浪，还要增加成本，劳民伤财。”

设计人员反复解释说：“我们提出的设计方案参考了国内外很多发达地方的先进做法，是当今世界上最成熟的内河内湖护坡护岸技术，保护环境，涵养水分，美观适用。”

吉农又说了一些内江内河堤岸植物护坡的好处。吴德见大家众口一词，都反驳自己，夹着公文包，气冲冲地离开了会场。

吉农与吴德真正结下怨仇还是在建设工程的招投标上。吴德平时很仗义，身边围着不少小兄弟，担任分管城市建设的副市长后围着的人更多。在平常人的心中，管城建手头项目多、权力大，八竿子打不着的朋友，隔十万八千里的亲戚都围了上来。这些人中间有的注册建筑开发公司承揽工程；有的打人家的牌子参与工程招投标；有的牵线搭桥替别人拿工程，空手套白狼。吴德呢，只要与自己沾亲带故的，或对自己有好处的，都尽力帮忙，不少人在他那里拿到了工程和项目。

吉农接手城市改造升级时，主城区内的道路、管网改造，好地段的小区开发；樟叶湖和贯紫河的道路建设、污水治理、园林绿化等市政工程，沿岸的土地开发，大多被吴德默许给建筑包头和房地产开发老板，还有几处签订了施工或开发协议。

吉农一上任，就对所有建设项目和建筑工程进行全面清理，不符合招投标程序的一律作废。只保留了两个勉强合规的施工企业中标的工程。清除的项目中有几个是吴德的弟弟插手的。吴德的弟弟多次找吉农求情，说："我们都是一块儿长大的，你和我哥又是同事，低头不见抬头见。他原来定了的工程，你就高抬贵手让我们这些小老乡去搞吧。"

吉农说："不是不让你们搞，按程序参与公开招投标，你们中标了，我坚决支持。"

吴德的问题也出在建设工程不按规矩招投标上。两年前，贯紫河南岸有几百亩闲置土地，位置好，被多家房地产商盯上，纷纷找门路托关系跟吴德接上头。吴德来者不拒，都欣然领受了。可是一女不能多嫁，他只能把土地承诺给他认为最有实力的一家房地产开发商，好几家找过他的房地产开发商不服，都说自己的条件好，怎么没拿到土地，非要讨个公道。

有个外地房地产公司老板想出一个绝招，邀请记者扛着摄像机，打听到吴德在一个市直单位开会，赶到会议室旁边候着。

散会后，房地产老板走进会议室，拦住吴德说："吴副市长，好久不见，别来无恙啊！今天带来几个记者想采访采访你，请教几个问题。"

吴德见这位老板来者不善，又这么大的阵势，毫无思想准备，立刻现出尴尬且紧张的表情，问道："哪里来的记者？采访什么？"

站在一旁的年轻男记者说："我们是省电视台的，想了解一下贯紫河旁边那块闲置土地的招投标情况。"

吴德说："我们市里任何房地产开发的土地都是按招拍挂程序取得的。我还有事，恕不奉陪。"

回头对跟随他的干部说："你问问情况，怎么事先不联系好就来采访。"

说完，吴德就匆匆离开了。采访的时间尽管很短，但房地产商的目的基本达到，留下了一些难得的影像资料。不久，西湖市房地产开发招拍挂内幕及副市长高调会见记者的消息在网上发了出来。这条消息开始由一家主流网站登载，紧接

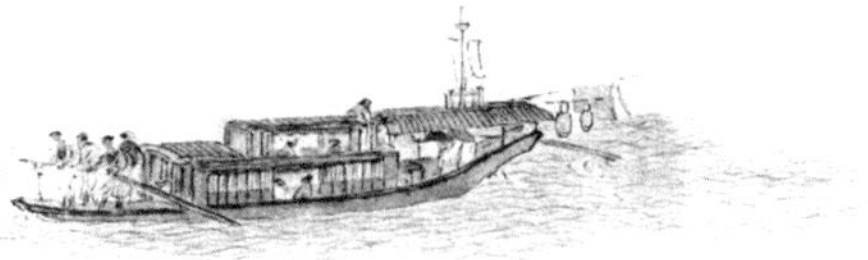

着国内媒体纷纷转载，不久境外多家网站也转发了，一时间铺天盖地。毕竟是负面消息，有损形象，市委宣传部等有关方面做了很多工作，花费半年多时间才慢慢平息下来。

吴德这次东窗事发，是因为一个建筑企业的老板被抓后，供出曾经给他送过巨额现金。半年后宣判，吴德犯受贿罪和玩忽职守罪，被判处有期徒刑。

尽管吴德被抓，工作上没有了唱反调的人，大湖绿色计划尤其是城区改造可以顺利推进，但吉农心里五味杂陈。吉农后来抽时间到监狱看望吴德，吴德泣不成声，哽咽地说："我对不起党和国家的培养，罪有应得，也对不起你，请你原谅。"

吉农说："过去的事情就让它过去吧。你要好好改造，争取减刑，早点出来。"

那年清明节，吉农还利用给爷爷、奶奶和父母亲扫墓的时机，提着两瓶好酒，去看望吴德的父亲。年至耄耋的吴成，眼睛还好使，一眼就认出了吉农，唉声叹气，念叨："还是吉农好，从小就听话，做事规规矩矩，不像我们家德儿那样不管不顾地乱来，他是咎由自取啊！"

捷报频传

2014年盛夏，骄阳似火。农村稻田波浪滚滚,棉花含苞竞放，荷花争艳，瓜果飘香，一派丰收景象；城区楼宇高耸，街面繁华，亮点频添，绚丽多彩，一座现代化的绿色城市正在建设。此时，吉农又遇到了一次特大洪水。

这次洪水与"九八洪灾"相比有过之而无不及。南江和北水的洪峰流量以及洪峰通过时的最高水位均超过了那年。值得庆幸的是，这次洪水没有造成灾害损失，老百姓的生命财产安然无恙。大湖地区广大人民群众心里清楚，这是党和国家的政策好，批准实施大湖绿色计划，投资治理江河湖泊，恢复生态环境的结果。当然，大湖地区的老百姓也知道，有那么一群人，包括一批土生土长的大湖儿女，从小怀揣治水梦想，立志根治水患灾害，日夜奋战在大湖和南江、北水流域这片神圣的土地上，锲而不舍地争取国家支持，坚定不移地落实党的政策，才有今天这样的结果。吉农明白，洪涝灾害再也不会那么可怕了，再来几次高洪也抵挡得住，再下几次暴雨渍水也排得出，一般的干旱也不必担心农作物因缺水而减产减收了；随着大湖绿色计划的实施，高洪也会逐渐减少。

根据气象部门预报，今年受厄尔尼诺现象影响，大湖地区尤其是南江和北水流域，降雨量将超历史。怕有闪失，入春以后吉农就对全市的水利设施进行了一次全面系统的检查，一方面看看这些年来治理大湖的措施到不到了位，效果怎么样；另一方面做好防大汛的准备，免得让老百姓再受水患之苦。

吉农利用三天时间，跑遍所有区县，视察主要湖泊、河流、子垸，检查重点临洪堤段和重要防汛设施，特别是排查过去的险工险段。检查结果是令人满意的。无论是大湖周边，还是南江和北水两岸，防洪大堤基本达标。江河障碍物全部清除，洪水畅通无阻。大湖湖面恢复原生态，蓄水行洪两不误。陆地栽花种草，绿树成荫。分段截流的水库和电站运行正常。新建的电力排灌机埠随处可见，老电排多数已经更新。

吉农没有因为检查结果满意而掉以轻心，他认为这只是表面现象，防汛抗灾能力是不是真正提高了，老百姓是不是真正摆脱了水患，还要看能不能抵抗住高位洪水。进入汛期以后，他主持召开会议，研究部署如何在新形势下，培训防汛抢险队伍，组织防汛抢险。高洪一到，他就带着水利局长先去洪峰早到的北水，从上游与邻省交界的河段查起，一路下行，经过西北县、中县、东县，直到大湖。

行驶在防洪大堤上，沿途的洪水和坚固的堤防尽收眼内。吉农仿佛觉得洪峰温顺多了，再也寻不见昔日的猖狂。离堤面几米远的洪水裹着泥沙，带着浪渣顺流而下，时而掀起浪花，时而汇成漩涡，时而拍打着堤岸，奏出美妙悦耳的声音。防洪大堤上，老百姓有的背着铁锹，有的拿着锄头，秩序井然地巡堤查险；偶尔也能遇到成群结队上堤观看洪水的妇女、儿童和老人。时不时有沿途的县乡负责人汇报情况，都是如何认真组织查险，及时发现险情，全力排除危险的好消息。四处报告险情、请求调度劳力器材、紧张组织抢险的情景没有了。

吉农转到南江流域时，南江已经通过了两次洪峰，洪水一直保持在警戒水位以上，此刻已经进入了危险水位，滔滔的洪水逼近了堤面。但是，最大的洪峰明天才能到达。他仍然从南江与邻市边界处看起，经过西湖市城区，再到江东县。当天下午，吉农到江东县停了下来，参加县里的迎接洪峰战前动员大会。

江东县的县委书记主持会议，先要县长安排部署工作任务，然后自己分析水情，明确要求，宣布纪律之后，欢迎吉副市长作指示。吉农说："同志们守护防洪大堤已经五六天了，尽管没有出现重大险情，没有组织重大抢险，但是，昼夜巡逻查险，辛苦了。今年最大的洪峰明天上午九点左右到达，我们决不能有丝毫松懈情绪，决不能有任何麻痹大意，更不能有一丁点侥幸心理，一定要发扬江东人民不畏洪水、连续作战、顽强拼搏的精神，严防死守，确保安全度汛。"

当晚，吉农睡在了县里，第二天清早驱车赶到南江与大湖的交汇处，站在防洪大堤上，一直守候到洪峰顺利通过。还好，历史上最大流量的洪峰到达时，防洪大堤安然无恙。虽然有儿处翻沙鼓水的报告，但很快就被压住了。吃午饭的时候，水位开始回落，吉农又在周边的几个乡镇转了一圈。水位退至防汛水位以下，他才返回市里。

吉农从抗洪防汛一线回来，立马投入到城市绿色战役中。现在，他又有一个更高的目标，要把西湖市建成海绵城市。

去年初，吉农得知国家颁布推进海绵城市建设的指导意见、中央财政下拨专项资金扶持海绵城市建设试点的消息后，就着手按海绵城市技术要求和质量标准调整设计，组织施工，同时，积极申请纳入国家海绵城市试点。经过一年多精心设计和施工，他把西湖市城区建设成为了具有吸水、蓄水、净水和释水功能的海绵体。随后，他又组织技术骨干对城区建设工程进行全面验收，不合格的及时整改，觉得满意后，整理资料，向国家申报。申请报告呈上去两个月，迎来了国家海绵城市的验收。

验收专家看到城里城外满眼翠绿；湖泊里、河渠中、庭院内外的水体纯净；花园式的排污、排水、给水站房；加上整洁的街道和房屋，赞不绝口。验收顺利通过，半个月后，吉农进京参加海绵城市建设答辩。就在那年年底，国家举行海绵城市授牌仪式，西湖市名列其中，吉农再次前往京城，把中国海绵城市的牌子背了回来。

不久，北京传来消息，西湖市已经通过测评验收，被授予国家文明城市称号。

三年前，西湖市开展国家文明城市创建活动，成立创建指挥部并组织向上申报。因为创建国家文明城市的内容全面，既涵盖经济方面，又涵盖社会方面；既包括基础设施，又包括宏观管理；还分硬件和软件；考核时不仅采集数字指标，还要搜集市民意见。所以指挥长由秦建担任。吉农担任常务副指挥长，负责综合和协调城市建管方面的创建达标。

吉农对照国家文明城市创建要求，一手抓城市绿化、亮化、花化、美化和道路、管网的改造升级等基础设施建设，一手抓城区清洁卫生和市民的文明出行等社会化服务建设。连续两个多月不分白天黑夜深入现场，指挥调度，督导检查，他累倒了。

国家文明城市测评组来西湖市测评的前夕，吉农得了重感冒，高烧不止，喉咙红肿，咳嗽不断。他担心基础设施建设出问题，仍然坚持要去工地现场督促检查。下午五点，他带领杨文辉、李斌、刘启志等创建领导小组成员及办公室工作人员，检查污水处理设施建设的煞尾工作，突然头晕目眩，栽倒在地，额头碰在钢管上，撞起了一个大包。杨文辉见状，立刻把他扶起，伸手摸着他的额头，现出着急的神色，说："老吉，你烧得这么厉害，赶快去医院。"

吉农说："不要紧，吃点药就行了。还有几处地方我放心不下，今天必须看完。"

杨文辉说："明天上午再看吧。"

吉农说："不行，测评组后天就到了。今天发现有什么问题，明天补救还来得及。"

创建办主任说："吉副市长都感冒好些天了，一直在忙，没有时间去医院看病，就在药店买了几粒丸子吃。你看，越来越厉害，昨天还有点咳血，真怕拖出大病来。"

吉农说：“我病是小事，耽误了国家文明城市创建事就大了。再说，等忙完这阵子，我还可去医院治疗，国家测评组是不容易请来的啊！”

大家见拗不过吉农，跟着他继续检查。

在国家组织的测评中，吉农分管的城建城管各项考核指标都打了高分。国家文明城市测评验收顺利通过，他为西湖市获得国家文明城市的光荣称号感到由衷的欣慰。

西湖市成了秀美的绿色城市，拥有很多荣誉，不光是中国海绵城市、国家文明城市，还是国家卫生城市、国家园林绿化城市，还获得联合国颁发的世界最佳人居环境奖。与此同时，江东县境内的大湖被列为国家湿地公园，西北县的白云山被列为国家森林公园，市城区的樟叶湖成为国家级旅游度假区。吉农感到骄傲，因为这些荣誉的获得，他付出过辛勤劳动，这里面凝聚着他的心血和汗水。

绿水青山

转眼间到了2015年，白露过去将近十天，暑气消失，天气凉爽。田野里的晚稻一片翠绿，有些早插的秧苗陆续抽穗扬花，开始孕育颗粒饱满的稻谷，长势十分逗人喜爱。今年又是一个丰收年，大湖地区老百姓正在着手酿五谷酒，祭祀大禹，以谢风调雨顺；老人坐在宽敞的亭院里喝着清茶，享受悠闲生活；妇女忙着给家人准备御寒的衣物。大湖绿色计划实施告一段落，吉农满怀喜悦地带领一群人在各地视察秋季水利建设工程，他要寻找一些亮点，为即将召开的总结大会准备现场。刚出门，就接到王先平秘书的电话：“先平省长调京城了，走之前想来你市看看。”

王先平调动早有传言，有的说到其他省当书记，有的说到国家部委当主官，还有的说王省长觉得自己年纪大了，而且身体不太好，提出就地退休。结果调到全国政协当了部门负责人。

接到通知，吉农立马转告程光昊，并说明省长此次来不是官方考察，主要是看看老部下，看看大湖绿色计划的效果。

吉农就王先平的行程进行认真安排，选择了白云山国家级自然保护区和大湖湿地公园作为重点。

修建白云水库时，时任省计委主任的王先平反复强调重视白云山的保护，亲临现场指导制定保护计划。

建成后的白云山自然保护区是全球二百个重点生态区之一，被誉为国家级生态旅游示范区、“地球怪圈”上的“自然迷宫”、东半球上的“诺亚方舟”。旅游开发区域一千二百平方公里。区内森林茂盛，珍木众多，异草遍野。有木本植物八百多种，其中国家重点保护树种近30种；药用植物上千种；野生动物三百多种。在珍稀动物中，有国家一级保护动物云豹、金钱豹、华南虎、黑鹿、金猫等；有国家二级保护动物猕猴、白冠长尾雉、红腹角雉以及世界现存的最大两栖动物娃娃鱼等；有国家一级保护植物珙桐、钟萼木；有国家二级保护植物银杏、连香树、厚朴、鹅掌楸等。被生物专家称为“内藏万金的绿色保库”。

大家陪同王先平乘车来到白云山自然保护区最深区的一条溪沟旁，徒步沿着游道向山上攀登。

溪沟里潺潺流水，清澈见底，时而缓缓东进，时而飞速俯冲，溅起一朵朵浪花。深潭的鱼儿欢快地游动，摇头摆尾，好像在欢迎远道而来的贵客。溪岸边野菊花、山茶花从石头缝里钻了出来，成片的绿草维护着。溪沟两旁成林叠嶂、古树参天、灌木遍野，偶尔还能看到野生动物自由自在地乱窜。程光昊在西北县当过县委书记，对这里的情况了如指掌，一边走，一边介绍情况。他说：“这条旅游线路是新开辟的。建白云水库前这片原始森林很少有游客来，您看，现在多漂亮。”

遇上名贵树种和珍稀动物，大家抢着给王先平介绍。走着走着，一片瀑布出现在眼前。几十米宽的瀑布从几百米高的山腰飞流直下，周围云雾缭绕，山脚下宽阔的水潭里溅起朵朵浪花。王先平说：“这里还蕴藏着如此壮观的瀑布，真是‘珠帘钩不卷，匹练挂遥峰’，人间仙境啊！”

吉农说：“我们绕到瀑布后面的水帘洞里去。”

程光昊说："盛夏来最好，现在天气转凉，还是不要去洞里，太阴凉，别让省长感冒了。"

王先平说："我没那么娇贵，进去看看吧。"

大家从陡峭的山脚下绕进洞里，洞口被瀑布封得严严实实。洞里寒气袭人，雾气夹杂着水珠打在身上，冰冷冰冷，滔滔的流水声十分洪亮，程光昊扯着嗓门说："出去吧，别着凉了。"

走出瀑布，王先平抬头望了望远处层林叠翠的山峰，还想继续向上攀登，程光昊说："省长，山太高了，海拔两千多米，这里是半山腰，再上去没有道路。"

一行人上车往回走，去白云水库。汽车沿着水库岸边的公路，向大坝枢纽行驶。王先平欣赏着碧水蓝天，湖光山色，若有所思，说："空气新鲜，环境优美，和我十多年前看到的完全不同了。"

吉农说："您那次来是考察修建白云水库吧！这些年北水流域修建了大大小小的水库电站十多座，白云水库是最大的。同时注重植树造林，封山育林，增加了植被，特别是自然保护区的建立，生态环境得到根本改善，年年暴发山洪、危害老百姓的水患灾害基本没有了。这要感谢您的重视和支持呢。"

王先平说："不要感谢我，是党的政策好，国家的重视和支持。"

王先平指指清澈的河面，问："来往的游船还不少，还有快艇，没有看到捕鱼的船只了，禁渔做得还好吧？"

程光昊说："水库里不仅禁止了网箱养鱼，投肥养鱼，各种捕鱼的都禁止了。您看，岸边连垂钓的都没有了。

王先平又指了指两岸连绵起伏的山峦，说："满山遍野的森林，绿绿葱葱，保护得不错。"

程光昊说："保护森林成了一种自觉行动。老百姓建房屋用钢筋水泥，生火做饭烧燃气，都不砍伐树木了。"

看到对岸山脚下一片漂亮的房屋，王先平说："那是移民新村吧，水电解决没有？出行还方便吗？老百姓稳不稳得住？"

吉农说："不仅解决了移民衣食住行的问题，还给他们调剂了土地，开辟了多种致富的门路，他们的日子过得红火呢！"

说着说着，一行人到了白云水库枢纽。大家先到大坝上，程光昊介绍说："水库建成后有效地调节了山洪下泄流量，北水下游至大湖湖畔再没有发生过垮堤溃垸，再未出现过因水患灾害导致减产减收的现象；达到危险水位的次数也少多了，大大减轻了老百姓防汛抢险的压力。"

来到水力发电机房，王先平又详细地询问了一些发电的情况。

第二天，大家陪同王先平视察大湖湿地公园。来到大湖南岸码头，一艘顶上有平台的游船候着，吉农走在前面想把王先平引到船舱里就座，王先平径直走向平台，程光昊跟了上去。吉农赶紧折回来，对王先平说："省长，外面风大，太阳晒人。"

王先平笑笑说："没想到吉农同志还怕风怕雨怕日头呀！我就待在上面，吹吹风，晒晒太阳。"

幸好，船上准备了几把椅子。吉农又找来两个茶几，把船舱里的水果、点心拿上来，泡上茶。游船朝大胡深处驶去，大家陪同王先平喝茶、聊天、赏景色。

大湖的秋天，景色十分迷人。碧波万顷，浩无涯际，港汊迂回，洲滩突兀，湖外有湖，湖中有岛，白帆点点，草叶青青，鱼跃水底，鸥鹭翔飞。王先平起身，站在船舷，扶着栏杆，时而低头观察湖水，而时抬头远眺湖面，不由得从心底发赞叹："啊！大湖的景色真美。"

湖面上来往船只穿梭而过，有白帆船、机动船，有货运船、客运船，还有划着双桨的小木船。湖水中水草茂盛，水生动物极多，有鲤、鲢、鳜、鲭、鳊、鳡、龟和银鱼、草鱼、甲鱼、凤尾鱼。滩涂上绿草遍野，荆棘丛生，大片沼泽自然形成，野生的芹菜、藜蒿、芦笋、蓼米被誉为绿色食品中的"大湖四珍"随处可见。斑鸠、斑鹟、麻雀、鸽子、伯劳、白头鹎、布谷鸟、百灵鸟等鸟儿成群结队，栖息、遨游。湖水清澈见底，游动的鱼儿和漂浮的水藻清晰可见。微风吹过，水面上不时泛起几丝涟漪，与灿烂的阳光交相辉映，美得似一幅画。

王先平说："大湖的生态环境确实改善了。"

程光昊说："自从实施大湖绿色计划以来，我们砍掉杨树、芦苇，森止掠夺性捕捞，建立湿地保护区。鱼游回来了，鸟也飞回了家。曾经濒临绝种的中华鲟、白鹤、白头鹤、中华秋沙鸭等多种国家一级保护动物又在大湖里出现。"

王先平问："大湖周围的洪涝灾害消除了吗？"

吉农说："几年没有大的洪涝灾害了，即使有，也能防治，损失不大。"

程光昊说："我们正在研究妥善的办法，根治水患灾害，让老百姓旱涝保收，过上平安、富裕的日子。"

不知不觉游船开到了临湖镇码头。王先平说："这地方我好像来过。"

吉农说："您是来过，那年国庆节您陪领导来的。十多年了，您还记得。"

王先平说："环境变了啊！那时大湖里的水是浑浊的，码头边尽是漂浮物，上岸是简易的木桥。"

游船停靠在崭新且豪华的趸船旁边，吉农引着王先平穿过趸船的走廊，经宽敞的过道，走上防洪大堤的台阶。王先平说："堤修这么高了，爬上去都费劲呢。"

吉农说："防洪大堤不仅修高了，还用块石护了坡，两水夹一堤和有穿堤设施的堤段都进行了加固。堤面也硬化了，两辆货车可以并排行驶。"

吉农有意安排王先平考察了扩建增容的电力排灌站之后，到湖西垸修防会吃午餐。

王先平结束考察，离开西湖时说："治理好大湖一直是我的心愿，如今大湖及南江、北水流域水绿了，山青了，老百姓过上了旱涝保收、无忧无虑的生活。我很高兴。这是党和国家高度重视大力支持的结果，是你们贯彻落实绿色发展理念的结果，也是一代一代人努力奋斗的结果。希望你们珍惜，继续发扬成绩，保持荣誉，争取做得更好。"

不愿得到的调令

王先平考察大湖当年的冬天。常务会议结束，吉农看了看时间，已过午夜。市长秦建考虑到同志们白天都忙于深入基层，便把会议安排到晚上。这不，从下午七点半一直开到午夜。

散会后，吉农回到家里，没有惊动熟睡的妻子郭莉，匆匆洗把手脸，上床睡觉了。因为今天起得太早，天刚亮就出了门，白天到湖区几个县区的冬修水利工程工地上督促检查，晚饭后又开了几个小时的会，实在是太累太疲劳，倒在床上就呼呼大睡了。

“起床啦，快起床”，郭莉在床头大声喊道。

吉农睁眼一看，七点多了。

“噢，睡过头了。”吉农一边起床一边说。他赶紧刷牙、洗脸，来到餐厅，早餐已经摆在桌子上。

郭莉贤惠勤劳，做事干净利索，说话爽快坦诚。平日里吉农从来不管家里的事，全家人的吃穿住用都是郭莉负责，他只一心一意干工作。

吉农一般不回家吃中饭，晚饭也很少在家里吃。郭莉怕他在外边应酬吃不好，每天晚上家里都准备了夜宵；早餐也是变换着花样安排。他每天早上出门的衣服、鞋袜，郭莉都收拾得干干净净，放在显眼、顺手的地方。

今天早餐是一碗牛肉米粉、一个煎鸡蛋和一杯热牛奶。吉农吃了这些东西，脱掉睡衣，换上每天上班穿的夹克衫，外面套件黑色尼绒大衣，提着磨破了皮的黑色公文包出了门。

吉农快步下楼，登上早已停在门口的越野车，刚落座司机就发动汽车沿着熟悉的路线，朝市政府方向驶去。

深冬的早晨，瑟瑟的寒风有些刺骨，洼地、青草上点缀着白色霜花；冉冉升起的太阳把道路、房屋、绿树照得一片灿烂，同时带来丝丝暖意，使人神志清爽，心情舒畅。

吉农双眼透过汽车窗户，时而凝视着乌黑发亮且白黄线条标志明显的柏油马路；时而凝视着马路两旁经过严冬考验、仍然枝叶茂盛的樟树、玉兰树、桂花树和还冒着油漆味的路灯杆、指示牌、清洁箱、护拦等设施；时而凝视着拔地而起的一栋栋高楼大厦、一个个高档小区、一座座城市综合体；时而凝视着来往穿行的车辆和匆匆而过的行人。他心想：这些年西湖市变化还是挺大的，再过几年应该会更好。一种自豪感美美地从吉农心中升腾起来。

吉农今天要召开专题会议，总结一年来大湖绿色计划的实施情况，研究部署明年的工作。汽车开到市政府，他下车，走进六楼的会议室，各部门的参会人员到齐了。宣布会议开始，先由市发改委主任刘奇志作中心发言，再要大家认真讨论，尤其是对来年的计划任务怎么定？采取哪些举措？提出意见和建议。正当大家争先恐后，踊跃发言的时候，办公室主任来到会议室，凑在吉农的耳边轻声说：“程书记要您去他办公室，说有急事找您。”

市委书记程光昊平时单独找吉农一般都是通电话，今天要他去办公室，会有什么急事？吉农丈二和尚摸不着头脑。他提前结束会议，驱车来到市委，敲门走进程光昊的办公室。程光昊见吉农进门，连忙从办公桌后面的椅子上起身，和吉农握了握手，然后示意吉农跟他一起坐在旁边的沙发上。

吉农对程光昊的热情显然很不适应，越发感觉到可能有重大的事情要和自己谈。

程光昊望着吉农，淡淡地笑了笑说：“吉农啊，省委昨天研究决定，调你去省直单位工作。”

一听这话，吉农愣住了，半晌没有作声。程光昊接着说：“今天上午省委组织部才通知我，要我先跟你谈一谈。”

吉农回过神来，情绪有些激动：“要把我调走也应该征求我的意见，怎么事先一点消息也没有？”

程光昊也把声音提高了几度，说：“确实非常突然，也没有征求我的意见，更没有征求市委其他同志的意见。你的心思我清楚得很，知道你还有很多事情想做，还有抱负要施展，你的大湖绿色计划还没有完全实现，你不想离开西湖市。

原打算最近召开常委会，要你汇报明年工作思路，我们一起好好研究研究。”

吉农回答道：“是呀，上午我正和几个部门的同志开会，拿明年的工作计划，准备汇报材料呢。”

话题一转，吉农又说：“其实，前几天我还向书记您汇报过思想，我年纪大了，真的不愿调离土生土长的地方。只想在现在的岗位上再干三年五载，继续为西湖市的江河湖泊治理，为西湖市的环境改善做些工作，我就心满意足了。”

程光昊说：“我明天去省城，把你的想法给省委领导反映反映，看能不能改变任命。估计难度很大，你一定要有思想准备啊！”

吉农怀着忐忑的心情离开程光昊的办公室，恍恍惚惚地走出市委办公楼，独自一人向南走着，机关内有几个熟悉的人叫他，也只“嗯！嗯”两声。走出机关大门，他无意识地径直来到诗墙公园。

吉农在公园林荫树下，花草丛中，沿着曲径小路，来到一座假山上的亭阁里停了下来，回头看看一眼望不到头的诗墙，绿色的琉璃瓦下，洋洋洒洒的墨宝，散发着耀眼的光芒；看看经过寒冬洗礼的樟树、柳树、玉兰树仍然青枝绿叶，远处的一片蜡梅正含苞吐萼；看看休闲广场的大爷大妈，吹拉弹唱，跳舞弄剑，丝毫不觉寒冷，开心极了；还有几对小青年躲在树丛中卿卿我我，感慨万千。突然，听到有人喊他：“吉市长，您今天怎么来这里。”

吉农见是几年前道路改造征地拆迁房屋时找他上访过的老黄，说：“哦！随便看看，你的补偿问题解决了吗？”

老黄说：“您发话后，没过多久就解决了。谢谢市长呢！”

吉农说：“你有时间吗？咱们一起走走。”

老黄见吉市长还记得自己，受宠若惊，又这么和蔼可亲，连忙应承：“有时间，有时间。”

两人边走边聊，不知不觉到了南江大桥下面。吉农说：“我们上桥看看吧。”

登上桥面的人行道，吉农指指两岸林立的楼宇，对老黄说：“我们西湖的城市还有些变化吧！”

老黄说："变化太大了，成群的高楼，成片的公园，成行的绿树，宽敞的马路，特别是夜晚的霓虹灯，辉煌灿烂。南北两岸的江滩公园，遥相呼应，相得益彰。江南的水一片碧绿。我们这些老百姓享福了，感谢党和政府，感谢您吉市长呀。"

吉农说："我们还做得不够，很多地方需要改进完善。"

吉农顺手指指南江东方，又指指西方，伤感地说："你看，我还想建五桥和六桥，恐怕没有机会了哟。"

老黄一听，话中有话，随口说道："还建两座桥，好事呀，怎么没机会了，老百姓都支持您。"

吉农避开话题，又和老黄聊起了家常，不知不觉来到了抗洪纪念碑前。每次来到这里，大湖波澜壮阔的场面、老百姓遭受水灾的日子和干部群众与洪魔搏斗的情景都一幕幕浮现在他的眼前。他深有感触地说："这是一座丰碑啊！它是用血汗铸成的，象征着大湖人民不屈不挠的精神。真希望有它的存在，老百姓能永远旱涝保收。"

老黄说："吉市长您说得对，自从这个碑修起之后，洪涝灾害就渐渐减少，这两年就没有见到过洪涝灾害。"

吉农看了看时间，已经下午两点，还没吃午饭。与老黄打个招呼，打电话叫司机到桥头来接他。

坐进汽车，吉农寻思着政府机关食堂的饭点早过，破例地跟司机说："回家吃饭吧。"

吉农带着极其复杂的心情回到家里，茶不思饭不想，一直追忆着往事……如今他已经居住在贯紫河北岸市发改委前几年定向开发的住宅小区里。小区离市政府约三公里。他的住房在小区西南角一栋楼房的五层，打开窗户可以清楚地看到贯紫河。每当夜深人静的时候，遇上烦心的事情，他就会站在阳台上，面对贯紫河内深蓝的河水、两岸璀璨的灯光和远处林立的高楼沉思，一根接着一根地吸着香烟。

凌晨两点了，妻子郭莉见吉农还没有上床睡觉，估计他去了阳台，起床披衣来到他身边。问道："又有什么心事？"

吉农把省委要调他去省直机关工作的事情告诉妻子。郭莉是最懂吉农心思的人，听完他的话，便说："你去老家看看吧，也许对你做决定会有些启发。"

故土难离

吉农接受郭莉的建议，第二天吃过早饭就坐上越野车，前往江东县临湖镇沙坪村。他让司机途经县城，跨过南江大桥，直达村里。过去吉农回老家不经过县城，在县城以南向东行驶，到南江与大湖交汇处过轮渡。他担任市计委主任后，与江东县的同志一道，跑省里申请立项，跑京城争取资金，在县城北边建了一座公路大桥，高架穿过围湖垸，跨越南江通往湖西垸。

吉农路过围湖垸时叫上堂兄吉安，一同到自己出生并生活了十多年的沙坪村二组老住宅基地。这块宅基地早被表兄丘先明建起一栋漂亮的两层楼房。丘先明正好在家，见吉农突然到来，心里一惊，说："怎么这时候来了？"

因为平时吉农回老家只有春节和清明两个时段。吉农说："想你们了啊！回来看看。"

站着闲聊了几句，吉农说："你带我到村里转转吧。"

吉农在丘先明的陪同下，沿着内河河堤转了起来。看到河堤上建起了一栋栋楼房；水泥路面通到了家家户户；门前的哑河波光粼粼，清澈见底；他心里美滋滋的。来到曾经读书和任教的学校，见房屋打整一新，屋顶上盖了红瓦片，重砌的砖墙上粉刷得雪白雪白的，正面还贴了瓷砖，一色的红门窗，看起来十分整洁。吉农停下脚步，问："学校住进了村民？孩子去哪里读书了？"

丘先明说："停课很多年了，孩子们在镇上读书。前几年校舍由一个五保老人照看，老人死后就卖给了附近的村民。"

吉农回想起当年在这里学习和教书的情景，不禁长长地吁了一口气。对丘先明说："去三叔家看看吧。"

三叔仍然住在祖屋里。一百多年的祖屋经过多次分家，拆除得只剩两间陈旧破损的房子。三叔分家时把这两间屋留给了小儿子，自己在旁边搭个茅草棚。茅草棚小得可怜，开个床铺，放个床头柜，再也放不下第三样家具；没有地方生火做饭，就借用祖屋一角；遇上雨天，棚顶漏水，只能往祖屋里躲。三叔的茅草棚是当地居住条件最差的，与周边的楼房比起来，真是相形见绌。吉农几次提出给他改造一下，可老人家就是不同意。三叔读过些书，通情达理，勤劳节俭，吉农小时候时常听他讲些仁义道德忠孝廉耻的故事。参加工作后，吉农逢年过节，每次回家乡都要去看看他老人家，听他唠叨一番。老人家经常说："人穷点不要紧，要穷得有志气；你有这份工作不容易，千万要珍惜，一不能贪污公款公物，二不能行贿受贿，三不能腐化堕落。我吃得饱，穿得暖，有地方睡，就行了，你不用为我操心。安心搞好自己的事，趁年轻，多为社会，为家乡建设做点事。"

吉农印象最深的是，上小学时父亲旧病复发，眼看着撑不下去了，全家人急得直哭。三叔来了，对吉农说："孩子，别哭，你爹万一有个三长两短，我们是决不会'看水流舟'的。"

三人来到祖屋时，三叔正坐在小茅棚里，双腿夹着一个烘笼烤火，从虚掩的门缝里看到吉农，问道："不年不节的，回来干什么？"

吉农见三叔准备起身，赶紧推门进屋，双手按住老人家的肩膀，说："看看您老人家啊！"

随后，吉农又问了三叔一些情况，见老人家身子骨还硬朗，日子过得还顺畅，也放心了。

吉农从口袋里掏出点钱递给三叔，说："您自己买点好吃的东西，我走了，您多多保重。"

离开三叔家，吉农来到靠南江大堤居住的沙坪村七组。越野车开到防洪大堤脚下的民房路口，下车步行。三兄弟在村民房屋前面从西到东走了一趟，又爬上高高的防洪大堤，在堤面上从东到西走了一趟。吉农一路走一路四处环视，完全找不到当年的踪迹。他曾经居住过的防洪大堤堤面没有了房屋，宽了许多，还铺上了砂卵石，靠边建上房屋后还能跑汽车。防洪大堤内，他曾经插过秧苗、割过稻谷、捡过棉花的土地上，靠堤脚边建起了一排楼房；房屋后面的水田里有些种上了油菜，有些冬闲，成片的嫩叶和金黄的稻茬交相辉映，沁人心脾。防洪大堤外，迎水面用六边形块石护了坡，既能抵抗洪水的冲击，又显得美观。往南江望去，水面一片蔚蓝，微风泛起涟漪，在阳光的照射下显得宁静而浪漫。南江河道中，他曾经看湖的滩涂，杨树和芦苇都不见了，取而代之的是各种自然生长的灌木和野草，在寒风吹拂下，摇摇摆摆，婀娜多姿。再往远处眺望，大湖的滩涂上一群鸿雁迎着蓝天白云，腾空而起、追逐打闹。

丘先明告诉吉农："这些年洪水小了，特大险情很少见，更没有发生过垮堤溃垸；老百姓安居乐业，有条好路走，有口好水喝；公共服务设施基本配套，学生有书读、病人看病也方便，生活富裕了许多。"

吉农仔细地听着，不停地询问。看时间不早了，三兄弟上车，往二姑家里赶去。二姑住在临湖镇政府旁边一条小巷子里。多年前住在防洪大堤上的房屋往堤下搬迁的时候，调到乡镇企业工作的二姑父舒友就把住房搬到了这里。汽车刚到小院前停下，早就等候在那里的舒文能迎了上来。老朋友见面，相互问候了一番，走进一栋装修简朴且十分整洁的小楼房。舒友在门口接着，一边往餐桌上引一边对吉农说："饿坏了吧！你二姑把饭菜早就做好了，赶快吃。"

二姑从厨房端着两盘菜出来，说："快两点了，怎么才到？"

吉农说："对不起，让二老久等了。"

早上，吉农从家里出门时给二姑打过电话，说来吃午饭，几个地方一停，就拖晚了。

舒友不能喝酒，特地叫儿子舒文能来陪两杯。兄弟四个你来我往地敬酒，两位老人坐在旁边看着。酒过三巡，二姑对吉农说："这时候怎么有空回老家？"

吉农说："省委要调我去省城工作，我拿不定主意，想来听听二老和大家的意见。"

大家你一言我一语议论起来。舒文能主张去省城，他说："人往高处走，水往低处流，省城码头高些，能做更多的事情。”

吉安说：“能不能先去试一试，到省城搞两年再调回来。”

吉农心里清楚，去了就要干到退休，中途往回调几乎是不可能的。

丘先明模棱两可，说：“去留各有利弊，你自己拿主意。”

两位老人则建议吉农留下来。舒友能说：“忙惯了的人去坐大机关，恐怕难适应；再则过几年就要退休了，人还没有混熟，就要回家养老。”

二姑也附和着说：“西湖多好，熟人熟事，离老家又近，想回来就回来。”

二老和兄弟们的话，吉农都听进去了，他知道亲人们都很关心他，希望他好好的，越是这样，他越觉得亲情难舍，家乡可爱，故土难离。

从老家回到市里，吉农再次去找程光昊，探听他到省委说情的结果。程光昊说：“我昨天去省里找了组织部长和分管干部任免的常务副部长，他们都说，已经决定的人事任免不能变更。”

吉农说：“谢谢程书记为我的事费心！看来，要省委收回任命是不可能了，那我只好辞职。”

程光昊又做了一回工作。吉农主意已定，便向省委递交了辞职报告。几天以后，省委组织部把吉农请到省城谈话，部长劝他服从组织安排，否则就只能就地免职。吉农态度坚决，辞去职务，留在了西湖市。

从一线领导岗位上退下来，吉农没有闲着，也不愿意闲着。他还在为西湖市的发展，为实施大湖绿色计划，为父老乡亲过上美好幸福的小康生活，继续探索，建言献策，四处奔忙。

后 记

退休以后，过去那些艰苦的岁月、激动人心的场面、牵肠挂肚的往事和孜孜追求的梦想，不断地浮现在脑海里，于是乎，就想把亲身经历且感受最深的生活记录下来。

生长在湖区，饱受水患之苦，也得到过水的滋润，更重要的是经历和目睹了湖乡人民治理水患可歌可泣的壮举，见证了湖区儿女在与水患斗争的过程中成长起来，为改变家乡面貌作出的努力，因此，确定了《大湖波澜》这个主题；选择了一个专注治水、不懈奋斗，并给湖区农民带来了吉祥和安宁的主人公——吉农。

通过对湖水由浑浊到清澈、由祸害到造福、由苦涩到甘甜的描写，对湖乡人民由惧怕水到认识水、改造水、利用水这个过程的叙述，我想还原一个时期的生存环境，记忆一代人的奋斗精神，歌颂伟大祖国的建设成就。让读者了解过去湖区洪水泛滥、十年九灾，老百姓担惊受怕、缺吃少穿的遭遇；认识如今蓝天白云、青山绿水、丰衣足食、安闲宜居的来之不易；记住防汛抢险、抗旱排涝、挑土筑堤、修坝建站、平垸行洪、移民建镇等曾经用过的治水手段。唤醒大家珍惜幸福，激发热情，开创美好明天。

本书写作过程中，得到了人民出版社陈百万先生的大力支持和热情鼓励，并在他的指导下，几经修改。在此，表示衷心感谢！

中央党史和文献研究院李源正先生为本书撰写《一幅波澜壮阔的大湖画卷》为序，深表谢意！

湖南幼儿师范高等专科学校原校长郭立纯先生为本书题写书名。一并致谢！

书中讲述的人物、事件均系本人虚构，如有雷同，纯属巧合，还望读者海涵。

秋鹤

2022 年 10 月